最強は
田舎農家の
おっさんでした
~最高ランクのドラゴンを
駆除した結果、
実力が世界にバレました~
天池のぞむ

「ふぅ。……最近多いなぁ、この赤トカゲの魔物
王都にいる時は見たこともなかったけど、
新種かな？」
ゴーシュ
35歳。謙虚かつ温厚だけれども
ゴツい大剣を愛用するオジサン剣士。
ギルドを追放され、
自分で「動画配信」を始めるが……？

動画配信中、交信状態のままになっていた微精霊は、
ゴーシュが次々に現れる赤い魔物を撃退する様子を
映し続けていた。

ミズリーが、微精霊を介した配信を開始させた。
「どうも皆さん。ゴーシュ・クロスナーです」

ミズリー
18歳。冒険者。
配信初心者のゴーシュのことを
なぜか敬愛している。
「私はミズリー・アローニャです！
この度、ゴーシュさんと二人で
配信ギルド《黄金の太陽》を立ち上げまして、
今日は記念すべき初配信となります！」

「ロコちゃん決めちゃってください！」

「よし、ばっちこい」

ロコ
10歳。

ゴーシュの元に押しかけた獣人族の女の子。

体術を得意とする。

ロコは魔物の突進に対して
正拳突きをお見舞いした。

「炎帝の名の持つ者よ。
我が全霊の一振りに朱の理を与えよ」
ゴーシュの持つ大剣の刀身が
熱を帯びたかのように朱く染まり、
それはさながら、
炎を纏った剣のようだった。

最強は
田舎農家のおっさんでした

～最高ランクのドラゴンを駆除した結果、
実力が世界にバレました～

・

天池のぞむ

ハガネ文庫

カバー・口絵・本文イラスト
Cover/frontispiece/text illustrations
●
レルシー
Relucy

キャラクター原案
Original character design
●
如月謙一
Kenichi Kisaragi

contents

004 ▶ プロローグ

017 ▶ 第1章 田舎農家のおっさん、配信を切り忘れる

027 ⏸ 幕間① フェアリー・チューブの掲示板にて

038 ▶ 第2章 田舎農家のおっさんと金髪美少女ミズリー

074 ▶ 第3章 配信ギルド、始動！

105 ▶ 第4章 S級ダンジョン攻略配信

148 ⏸ 幕間② S級ダンジョン攻略配信のその後で

161 ▶ 第5章 高級レストランのチケット

178 ▶ 第6章 大剣オジサンと歌姫メルビス

220 ⏸ 幕間③ 語られる英雄

235 ▶ 第7章 大剣オジサンと獣人族の少女ロコ

288 ⏸ 幕間④ 熱狂するファンたち

303 ▶ 第8章 大剣オジサンは頼られる

330 ⏸ 幕間⑤ 大剣オジサン、期待される

342 ▶ 第9章 配信される英雄

391 ▶ エピローグ

プロローグ

「はいどうもー、皆さん♪　見てますかー？　《炎天《えんてん》の大蛇《だいじゃ》》のギルド長、アセルスでーっす。今日の配信は『クズなオッサンを解雇してみた！』でーす♪」

王都グラハムの一角にあるギルド――《炎天の大蛇》。そのギルド長執務室にて。

ギルドの長であるアセルス・ロービッシュは下卑た笑みを浮かべていた。

「ギルド長！　これはどういうことですか!?」

「どういうことも何も、今言った通りだ。お前は今日限りで『クビ』なんだよ」

アセルスが冷たく言い放ったその先には、一人の男が立っている。

男の名はゴーシュ・クロスナー。ギルドに所属する中年のギルドメンバーである。

「いきなり解雇って……。俺が一体何をしたって言うんですか！」

「おいおい、そんなに興奮するなよ。配信を見ている視聴者たちにも失礼だろう？」

アセルスが鼻で笑いながら指差したその先には誰もいない。

誰もいないが、そこには半透明の絵が映し出され、多数の文字が流れていた。

今ではこの世界で当たり前となった技術――「動画配信」が行われていたのだ。

五十年前――。

国家間の闘争はとうの昔に無くなり、各地に魔物が現れる他は平和になったこの世界で。

とある大賢者の画期的発見がこの世界に革命をもたらすことになる。

元々この世界には各地に存在する微精霊を介して行う《交信魔法《こうしんまほう》》というものがあった。

魔法の媒介となる微精霊はあらゆる場所に存在し、離れた場所にいても声によるやり取りを行うことができたのだ。

そして日常的に《交信魔法》が使われる中で、大賢者があることに気付く。

「声が届けられるなら、視覚情報も届けられるのではないか？」と――。

大賢者が理論を確立し、交信魔法と同じく誰もが扱えるものと判明してからは早かった。

遠方にいる者に声と視覚情報を届ける「動画配信」なる技術が世界中に普及し、それは人々の暮らしに大きすぎる影響を与えたのだ。

――ある歌姫の配信が爆発的にヒットし、動画配信が人々の娯楽の中心となった。

――うだつの上がらない冒険者が偶然レアアイテムを見つける動画を配信し、一躍有名人となると、後追いで動画配信を行う冒険者が増えた。

――ドワーフ族が異国の剣士と共同でカタナと呼ばれる強力な武器を作るようになった。

――獣人族の可愛らしさが癒《い》やし系動画として広まり、猫耳型のカチューシャを着けるファッションが一時期ブームとなった。

――エルフ族が解析した古代文字を広めた結果、若者を中心として俗語が生み出《だ》され、これまでにないような言葉が世間に浸透した。

そんなことが、世界各地で起こった。

情報や言語、文化の共有はいつの時代でも大きな変化をもたらすということなのだろう。

それを証明するかのように、大賢者が体系化した動画配信技術はこの世界を一変させた。

今では発信側が動画を配信し、受信側は配信に対するコメントを書き込むなどのやり取りができる「フェアリー・チューブ」という媒体が出来上がり、世界中の人々の娯楽として定着している。

今、ギルド長アセルスが行っているのはそんな動画配信の一つというわけだ。

「さっきお前は言ったな？　自分が何をしたんだと。それを今から説明してやるよ。さあお前ら、入ってこい」

アセルスがパチンと指を鳴らすと、ゴーシュたちのいる執務室に男性と女性のギルドメンバーが一人ずつ入ってきた。

アセルスはそのギルドメンバーたちに視線を送り、互いに頷《うなず》き合う。

「じゃあまずはオレから。オレ、見たんッス！　その人がギルドの金を盗むところを！」

「え……？」

ギルドメンバーの男性に指差され、ゴーシュは思わず声を漏《も》らした。まったく身に覚えのないことを言われたからだ。

男性のギルドメンバーはゴーシュが盗みを働いたという状況を詳細に語りつつ、非難する言葉を並べ立てていく。

ゴーシュが困惑していると、周囲を多数の文字列が埋め尽くしていた。

現在のゴーシュたちの様子を視聴しているフェアリー・チューブのリスナーたちが打ち込んだ文字《コメント》である。

【おいおいマジかよ】

【横領ってやつ？】

【おっさん最悪だな】

【こんなやつクビでいいだろ】

【→だからアセルスさんはクビにするって言ってんだろ】

【悪事がバレちゃったねえ♪　ざまぁ♪】

「ちょ、ちょっと待ってくれ。俺はそんなことしていな――」

「私は毎日のように体を触られていました！　やめてくださいって言ったのに、ずっと続けられて。私、とっても怖かったですぅ……」

ゴーシュの言葉に被せられたのは女性ギルドメンバーの言葉。これもまた、ゴーシュにとっては身に覚えのないことだった。

【この人、サイテー】

【これクビで済むのか？】

【通報しようぜ】

【クビだけで済ませようとするアセルスさんカッケー！】

ゴーシュは異を唱えるが、犯罪者の言い分と評され、聞く耳を持ってもらえない。

アセルスが宣言すると、改めて、ギルド長としてお前にはクビを命じる――」

「ということだ。改めて、ギルド長としてお前にはクビを命じる――」

アセルスが宣言すると、周囲に流れていた文字列はいっそう激しく流れ出す。

――ゴーシュに対しては激しい罵倒や糾弾《きゅうだん》が。

――アセルスに対しては称賛や讃美《さんび》が。

――そして面白半分に垂れ流された興味や関心が。

リスナーたちの打ち込んだコメント欄は、そんな声で満ち溢れていた。


「よっしゃ。配信切ったからもういいぞ、二人とも」

微精霊との交信を切断し、アセルスが声を上げた。

その言葉を合図として扉の前に立っていたギルドメンバーたちがアセルスに駆《か》け寄る。

そして――。

「「「イエーイッ！！！」」」

アセルスとギルドメンバーたちは満面の笑みでハイタッチを交わした。

「……っ」

その光景を見てゴーシュは確信する。

自分はアセルスの配信の「エサ」にされたのだと。

フェアリー・チューブの配信は実績を築き上げれば大手商会のスポンサーが付いたりとメリットが大きい。かつては冒険者が依頼をこなしランクを上げればより多くの報酬や名声を得ることができたが、今は動画配信という文化が取って代わった形と言えよう。

だからアセルスのように、なりふり構わずインパクト重視の配信を行う者もいるのだ。

「いやぁ、上手くいったようで何よりッスよ、ギルド長！」

「どうですどうです？　あたしの泣き真似、上手くなかったですかぁ？」

「二人とも良い演技だったぞ。見ろよ、最大同時接続数が八千を超えてる」

「うわっ、ホントだ。大成功じゃないッスか」

「やっぱりギルド長の企画はハマりますねぇ」

「これはそろそろ大手スポンサーも声をかけてくるぞ。次は同接1万超えが目標だな」

嬉々《きき》として語る三人の表情に一切の曇《くも》りは無く、本気で喜んでいるようだ。

「自分勝手な欲望を満たすため、仲間の一人を笑いものにした」などという罪悪感は無い。

それはまさしく屑《くず》どもの会話だった。

「説明してくださいギルド長！　配信で注目を集めるためにこんなことをしたんですか!?」

「うるせぇなぁ。ギルドでお荷物だったお前に最後の出番を与えてやったんだろうが」

アセルスが面倒くさそうに言い放ち、ギルドメンバー二人もそれに続く。

「こう言っちゃなんですけど、正直ゴーシュさんは普段からあんまり役に立ってなかったッスよ。魔物討伐の配信とかでも、後ろに立ってるだけでしたし」

「そうそう。ゴーシュさんってば、いっつも配信の隅っこに映ってただけじゃないですかぁ？　ギルド長たちのおかげで視聴数を稼げてたのに、もしかして自分も貢献しているつもりだったんですかぁ？」

「いや、あれは後方から奇襲をかけようとしていた魔物を撃退していたからで……」

ゴーシュが異を唱えると、アセルスとギルドメンバーたちは顔を見合わせて笑う。

それは人を小馬鹿にする低俗な笑みだった。

「あっはっはー！　ギルド長や私たちのことを助けてたとでも言うんですかぁ？　ゴーシュさんみたいな雑魚オジサンが？　ぷぷぷ。ちょーウケますぅ」

「ゴーシュさん、見栄を張るのやめた方がいいッス」

「お前さぁ、ウソは良くねぇよ？」

どの口が言うのかと――。

まともな人間がその場にいたなら恐らくそんな言葉が投げかけられただろうが、生憎ここにはそんな良識人はいない。

「とにかくさ。ちょっとばかし演出したけど、お前がお荷物なのには変わらねぇから。今日限りでクビな」

「待ってください！　モンスター討伐とかなら俺だって――」

「うるせぇ！」

異を唱えられたことが煩《わずら》わしいと思ったのか、アセルスがゴーシュの腹に蹴りを入れた。

「あ、やっべ。今の配信しときゃ良かったわ」

ゴーシュは「ある受け身」を取ったことにより、実はほとんどダメージを受けていなかったのだが、そのことにアセルスやギルドメンバーは気づかない。

ゴーシュがとある動画配信を通じ、密かに体得した古代武術の一つ――《浮体《ふたい》》と呼ばれる防御方法だ。

勢いを殺すためにあえて後ろに跳んだのを、アセルスたちは攻撃によって吹き飛ばされたのだと思ってヘラヘラと笑っている。

「あのな？　今や動画配信は世界中が注目する文化なんだ。動画配信で人を集められれば金だって名誉だって手に入るからな。ファンの女だって食いたい放題だぜ？」

「……」

「しかし、それだけ配信をやってる奴やギルドも多い。そいつらを出し抜かなけりゃ成り上がることもできねえ。なのにお前みたいな、大して再生数に貢献してねえ奴を置いとくなんて、ギルドにとっちゃ負債になるんだよ」

アセルスは淡々と語る。

その価値観や主張の是非はともかく、大きく間違っている点が一つだけあった。

といっても、アセルスがそのことに気づくのはずいぶんと先のことになるのだが……。

「オッサンを見るモノ好きもいるかと思って置いてやってたが、やっぱダメだったわ」

「く……」

「ま、良かったじゃねえか。最後に貢献できてよ。お前みたいなオッサンがメインの配信で同接一万に迫るなんて、もう二度とねえだろうしな。『ギルドから追放される配信を大勢の人に見てもらいました』って言ったら自慢話になるぜ？　ハハハハハッ！」

ゴーシュは反論した。アセルスの考えを改めるよう説得もした。

しかし、アセルスには聞く耳を持つ様子がない。

「さあ、そろそろ出ていけよ。それとも、もう一度蹴り飛ばされてえか？」

諦めにも似た感情を胸に、ゴーシュはギルドの執務室を出ていこうとした。

「でも――」

「あン？」

ゴーシュが去り際に発した声。その声を聞いたアセルスは不機嫌そうに眉をひそめる。

「でも俺は……。動画配信は人を幸せにするものだって信じています。綺麗事だろうとなんだろうと、そう教えてくれた人がいましたから」

それが、ギルド《炎天の大蛇》でゴーシュが残した最後の言葉だった。

＊＊＊

「やーっとあのお荷物を処分できたぜ」

「もー、ギルド長ってば人が良すぎですぅ。もっと早く追い出しても良かったのにぃ」

「いやいや、近頃は理不尽に解雇したりするとお上が不当解雇だとか言ってうるせえからな。念のためだよ、念のため」

ゴーシュがギルドを去ってからのこと。

アセルスたちはひと仕事を終えたとでも言わんばかりに談笑していた。

「でも良かったッス。さっきの配信、ギルド長に賛同する声ばっかりで、オレたちの演技を疑ったりするコメントはほとんどなかったッス」

「そりゃそうだろうよ。ウチのメンバーに指示してたからな」

「指示してたって、何をッスか？」

「普通のリスナーのフリしてゴーシュを叩きまくれってな。ああいう大衆が集まる場では空気感をコントロールすることが大事だからよ」

「うおおおっ！　ギルド長、天才っすか⁉」

「フフン。結局はここだよ、ここ」

アセルスは言いながら自分の頭をトントンと指差す。

それからも《炎天の大蛇》の面々は倫理観の欠落したやり取りを繰り広げていた。

――そして、そんな流れを打ち破るかのように執務室の扉がノックされる。

「ん？　どちら様？」

アセルスが入室を促《うなが》すと、そこには金髪の美少女が立っていた。

少女は軽く一礼をした後、鈴の鳴るような声で話しかける。

「失礼します。私、ミズリー・アローニャと申します」

「なんだ君、俺のファンかな？　しかし今日は他の娘とディナーの予定が入っていて……あ、でも君めちゃくちゃ可愛いな。もし君がどうしてもって言うなら時間を空けるけど？」

「いえ、断じて貴方のファンなんかじゃありません」

ピシャリと言葉を遮られ、アセルスは思わずたじろいだ。

ミズリーと名乗った少女は妖精のように可愛らしい見た目だったが、その青い瞳には不思議な威圧感があった。

「私、ゴーシュ・クロスナーさんにお話があって来たのですが」

「ゴーシュに？　もう出ていったけど、君みたいな娘《こ》があんなオッサンに何の――」

「あぁぁ……。遅かったぁ……」

ミズリーがアセルスの返答を聞いて崩れ落ちる。

何やら酷く落ち込んでいるらしいが、アセルスにしてみれば訳が分からない。

「おいおい、一体どうしたんだよ？」

「行き先は？」

「え？」

「行き先ですよ行き先。ゴーシュさんの」

「いや、それは分からねえけど……」

「……はぁ」

今度は露骨な溜息《ためいき》をつかれ、アセルスはますます困惑した。

この少女が何者なのかということもあるが、これほどの美少女がなぜここまでゴーシュに固執《こしつ》しているのか、その理由が分からなかったからだ。

「もういいです。失礼しました」

「ち、ちょっと待てよ。君、もし良かったら俺のギルドに入ってくれないか？　そんだけ可愛かったらきっとウチで稼ぎ頭になれると思うぞ？」

踵《きびす》を返したミズリーを見て、アセルスが慌てて声をかける。

が――。

「貴方みたいな人の元で働くなんて、冗談じゃありません。私、貴方がゴーシュさんに対してやったこと、絶っ対に許しませんから」

「……は？」

「まあ、自分がどれだけの逸材を追い出したか、今に思い知ると思いますけどね」

ミズリーはそう言い残し、執務室から出ていった。

残されたアセルスは傍にいたギルドメンバーと顔を見合わせる。

「何だったんだ、一体……？」

アセルスはそう呟くことしかできない。


こうして、アセルスたち《炎天の大蛇》はゴーシュを切り捨てることになった。

その対価として得たのは、同時接続数八千という配信動画。

これがどれだけ見合わないものであったのか、この時のアセルスたちは知る由もない。


――そしてこの約半年後、世界は伝説を目撃することになる。

第1章――田舎農家のおっさん、配信を切り忘れる

「ん……。寝てしまっていたか」

独り呟き、岩の上に腰掛けていたゴーシュは眠い目を擦《こす》る。

「……あれからもう半年か」

王都グラハムでの出来事――《炎天《えんてん》の大蛇《だいじゃ》》を追い出されることになった時のことを夢に見ていたようだ。

まどろみを払ったゴーシュの目の前には広大な風景が広がっている。

遠く離れた山の麓《ふもと》まで広がる大地と、その大地いっぱいに広がる農作物の数々。

それらはゴーシュが丹精を込めて育てた野菜や穀物だった。

「今日は良い陽気だなぁ。お前たち、いっぱい光を浴びて元気に育つんだぞ」

ゴーシュが今いる場所は王都グラハムから遠く離れた辺境の土地「モスリフ」。

自然豊かなこの土地で田畑を耕し、ゴーシュは新たな生活を送っていた。

「さて、今日もやっていこうかな」

ゴーシュが何事かを念じると、目の前に半透明の絵が映し出される。

眼前に映し出されたそれの上部には「フェアリー・チューブ」という文字が虹色のお洒落な記号とともに表示されていた。

咳払いを一つ。そしてゴーシュはその日の「配信」を始める。

「どうも皆さん、こんにちは！　それでは今日も俺の育てている作物を紹介していきます」

ピロンと無機質な音が響き、ゴーシュの目の前に広がる映像に【ニャオチンさんが入室しました】との文字列が表示された。

「ニャオチンさんこんにちは。今日もこんなオッサンの配信に来てくれてありがとうな」

【こんにちはー♪】

ゴーシュの言葉に対して新たな文字が表示され、手を挙げている猫の絵が浮かんでいた。

――半年前、ゴーシュは《炎天の大蛇》から突然の解雇を命じられた。

ただ解雇となっただけではない。ギルドの中で不正を働いていたなどという濡《ぬ》れ衣《ぎぬ》を着せられ、あげくそれを配信のネタにされて……。

世の移り変わりも早く、人々の興味も次から次に移るこの世界では、幸いにもゴーシュの汚名が広がるようなことはなかったが、通常であれば苦い記憶として残るだろう。

けれど、ゴーシュは前を向こうと思った。

ゴーシュがそういう姿勢でいられたのは、過去に見たある動画配信が関係していたのだが、何にせよ後ろ向きな考えではいたくなかったのだ。

そして両親が遺《のこ》してくれた土地に感謝し報いることがその第一歩だと考え、今に至る。

「ほら見て、これが『あまあまトマト』。赤くて綺麗でしょう？　ここには、元々『にがにがトマト』だった種を植えてたんだけど、近くにある河原で採れた砂利を肥料にしてやったらすっごく甘くなったんだよ。どれ、一口齧《かじ》ってみましょう……。うん、美味いっ！」

【おおー、美味しそうですね！】

自分の発した言葉に返ってきた感想を見て、ゴーシュは思わず照れた顔になる。

しかしすぐさま表示されたある数字が目に映り、ゴーシュは心の中で溜息をついた。

【同時接続数：4】

「……」

同時接続数とは、今ゴーシュが行っている配信を視聴している人の数。

つまり世界中にいる人間の内、ゴーシュの動画を見ている人間はたったの四人しかいないことを表していた。

【なんだよ。オススメ配信の欄にあったから覗《のぞ》いてみたけど、田舎のオッサンが農作やってるだけの動画じゃねえか。ツマンネ】

【同時接続数：3】

続けて表示された情報にゴーシュの憂鬱《ゆううつ》度は更に増す。

モスリフの地に来てから配信を始めてみたものの、ずっとこんな調子だった。

今のゴーシュを評するなら「田舎の底辺配信者」という言葉が適切だろう。

――それでも、ゴーシュが愚直《ぐちょく》に動画配信を行っているのには二つのワケがある。

一つは感謝。

王都の大手ギルドを解雇された傷心の自分に安らぎを与えてくれたこの土地。そして穏やかながらも充実した日々を与えてくれた両親に、元気な姿で報いたいと思ったからだ。

そしてもう一つは、かつて自分に動画配信の素晴らしさを教えてくれた人物のようになりたいという憧れからだった。

(もっとあの人に近づくためにも頑張らないとな)

そんな風に自分を奮起《ふんき》させるゴーシュの目の前に、ある人物のコメントが表示される。

【私は良いと思いますよ！　ゴーシュさんの配信には毎回癒《い》やされています！】

「おおぅ……」

数少ない常連リスナーの一人、「ニャオチン」による書き込みを見て、ゴーシュは思わず目頭が熱くなるのを感じた。

「あ、ありがとうな、いつも見に来てくれて。ニャオチンさんには本当に励《はげ》まされてるよ」

【いえいえ！　でも、喜んでいただけて嬉しいです！】

純粋なコメントに胸を打たれ、ゴーシュはうずくまる。

相手の顔は見えず、歳や性別も分からない。当然会ったことだってない。

それでも、自分の配信に温かいコメントを寄せてくれる人がいることに感動していた。

（《炎天の大蛇》を解雇された時は気落ちしたけど、世の中には優しい人もいるんだなぁ）

リスナーの一人である「ニャオチン」の書き込みをデレデレと眺めながら、ゴーシュは改めて配信を続けていこうと決意した。

――ピロン。

「ん？」

無機質な音に反応して顔を上げたところ、ゴーシュの目の前に鐘《かね》の絵が表示される。

何かと思い見てみると、フェアリー・チューブからの重要通知だった。

ゴーシュは「ちょっと待っててくださいね」と告げ、念の為通知の内容を開いてみる。

「えーと、なになに？　『配信の切り忘れによるトラブルが多発しています。配信者の皆様は配信を終える際に注意しましょう』か……」

どうやら交信を解除し忘れ、プライベートなシーンが流れる事態が多いらしい。

「そっか、気を付けないとな。と言っても、俺みたいなオッサンの動画を見ている人は少ないから気にするまでもないだろうけど。……いやいや、脱ネガティブだな！」

と、その時――。

ゴーシュのいる辺り一帯が激しく揺れる。

見ると、遠くの方に巨大な魔物が出現していた。

「あっ！　またあのデカい赤トカゲ！」

ゴーシュが叫んで立ち上がると、視線の先で赤い爬虫類《はちゅうるい》系の魔物が暴れまわっている。

ゴーシュにとって、それは珍しいことではない。珍しいことではないが、自分の田畑が魔物に荒らされるというのは、農家を営む人間にとって見過ごせない問題である。

ゴーシュは傍《そば》に立てかけてあった魔物駆除用の大剣を抱え走り出した。

「こぉらあああ！　俺の大事な作物を荒らすんじゃなぁあああい！」

ゴーシュは赤い魔物に向けて疾駆《しっく》する。

その一方で、ゴーシュの動画欄には慌てふためくリスナーのコメントが流れていた。

【お、おい。あれってフレイムドラゴンじゃないか？】

【マジ？　最近になって冒険者協会が危険度A級に指定したっていう新種の魔物？】

【おいおい。これ、マズいんじゃね？】

【ああ。農家のオッサンが太刀打ちできる魔物じゃねえ。専門の討伐隊を組むレベルだぞ】

そんな書き込みが流れているとは露知《つゆし》らず、ゴーシュは自分の作物を荒らす魔物を駆除しようと近づいていった。

【ゴーシュさん……！】

そして――。

「どぉりゃあああ！」

疾駆した勢いそのままに、ゴーシュは身の丈ほどもある大剣を振り回す。

赤い魔物の胴体に向けて一太刀を浴びせ――。

――ギャァアアアアアス!!

その攻撃が放たれた後には、赤い魔物の断末魔の声が響き渡る。

ゴーシュの振るった大剣の勢いは凄まじく、巨大な魔物を一撃で屠《ほふ》ってみせた。

「ふぅ。……って、あっちにも出たな。最近多いなぁ、この赤トカゲの魔物。王都にいる時は見たこともなかったけど、新種かな？」

ゴーシュが別の場所に出現した赤い魔物を見やる。今度は三匹だ。

「野放しにしておくとせっかく植えた作物を荒らされちゃうからな。やれやれ……」

ゴーシュは小さく嘆息《たんそく》した後、また駆け出していく。

そうして大剣を振るい、次々に巨大な魔物を殲滅《せんめつ》していったのだが、ゴーシュは大切なことを失念していた。

【オッサンすげぇ！】

【フレイムドラゴンを一撃!?　うわ、また倒した!?】

【ゴーシュさん、さすがです！　カッコいい！】

【おいおい、とんでもねえぞこのオッサン】

【俺、友達に知らせてくるわ】

交信状態のままになっていた微精霊は、ゴーシュが次々に現れる赤い魔物を撃退する様子を映し続けていた。

【初見ですー】
【面白いものが見られると聞いてきました】
【って、ハァッ!? あれ、フレイムドラゴンじゃねえか!?】
【おいおい、何だこれ。オッサンがフレイムドラゴン屠ってるやんけ】
【これ配信ジャンルが農耕動画なんですが、間違ってません の?】
【俺、この前フレイムドラゴンと遭遇して逃げ帰ってきたんですが……】
【そうか、ああやって一撃で倒せば良かったんだな。……ってできるかい!】
【動きが只者《ただもの》じゃない】
【もっと拡散されるべきだろ、これw】

いつしかコメント欄は盛況となり、人が人を呼んでいく。

そして、一時間ほどが経過した頃にはとんでもないことが起きていた――。

【同時接続数：17、190】

＊＊＊

「うわ、マズい。配信繋《つな》ぎっ放しだった！」

魔物を駆除し終えた後で、ゴーシュはようやく配信を切り忘れていたことに気付く。

「すみません、配信切り忘れてました！　と、とにかく終わります！　失礼しますっ！」

ゴーシュは矢継ぎ早に言葉を投げかけて配信を終了する。

配信を切り忘れたという一念が頭を埋め尽くしていたため、同時接続数の確認をすることもなく、フェアリー・チューブの画面も閉じてしまった。

「あ、馬鹿だな俺。同接数をチェックすれば観ている人がいたかも分かっただろうに、慌てて切っちゃったよ。……まあ良いか。疲れたし、確認はまた今度にしよう」

独りごちて、ゴーシュは籠《かご》にいくつかの野菜を取り込む。

辺境のモスリフ村で自給自足生活を送っているゴーシュにとっては、自分の育てた作物で食事をするのが一つの楽しみなのである。

まだ収穫の時期には少し早いが、夕食でつまみ食いとしゃれ込もう。

そんなことを考えながら呑気《のんき》に鼻歌を歌い、ゴーシュは自分の家へと向かうことにした。

先程切り忘れた配信動画が、世界中で話題になっているとは思いもせずに――。

幕間①――フェアリー・チューブの掲示板にて

239：名無しの妖精さん
なあ。今日のアレ、見たか？

240：名無しの妖精さん
アレじゃわからん

241：名無しの妖精さん
ワタクシ見ましたわ！　田舎のおじ様がフレイムドラゴンを何匹も倒していましたわ！

242：名無しの妖精さん
オレも見た。あれはヤバい

243：名無しの妖精さん

え……何この取り残されてる感

244：名無しの妖精さん
あの配信、普通の農家をやってるオッサンに見えたんだが……

245：名無しの妖精さん
ばっか。フレイムドラゴンを一人で倒すなんて農家のオッサンにできるわけねえだろ

246：名無しの妖精さん
>>245
完全同意。あんな芸当、一般人にできるわけない。きっと引退した剣豪か何か。それにしても強すぎるけど

247：名無しの妖精さん
もしかしたらワタクシたち、凄い配信者を見つけちゃったんじゃなくって？

248：名無しの妖精さん

ふふん。私は以前からあの人のリスナーでしたよ

249：名無しの妖精さん
古参アピール乙

250：名無しの妖精さん
むぅー

251：名無しの妖精さん
>>250
可愛い。結婚して

252：名無しの妖精さん
なんかあのオッサン、毎日配信してるらしいぜ

253：名無しの妖精さん
見つけた。うわ、どの動画も視聴者数が少ねえ

254：名無しの妖精さん
見た感じ、他のは地味な農耕紹介動画が多い

255：名無しの妖精さん
今の配信業界で上を目指すならそれじゃキツイわなｗ

256：名無しの妖精さん
趣味でやっている感じかもしれませんわね？

257：名無しの妖精さん
これだと収益化もまだできそうにないなｗ

258：名無しの妖精さん
>>257
収益化ってなんだっけ？

259：名無しの妖精さん
>>258
フェアリーチューブの運営が最近始めてただろ。スペシャルチャットってやつ

260：名無しの妖精さん
>>259
あー、あれな。配信者に俺らが金を渡せるんだっけか

261：名無しの妖精さん
>>260
そうそう。実績と継続性が求められるから、オッサンはまだできないだろうが

262：名無しの妖精さん
運営め、またわけわからんサービスをｗ　他人に金を渡すとか流行るわけないだろｗ

263：名無しの妖精さん
>>262

俺さっき歌姫のメルビスちゃんにスペチャ投げてきたぞ。あのメルビスちゃんが俺の名前呼んでありがとうって言ってくれた。マジ感激だわ

264：名無しの妖精さん
>>263
流行るわけないって言ったの訂正します。どうかやり方教えてください

265：名無しの妖精さん
草

266：名無しの妖精さん
お前ら、話が逸れてるぞ。今はあの田舎農家のオッサンのことだ

267：名無しの妖精さん
オッサン、フレイムドラゴンを単独撃破したんだろ？　そんなことできる奴がこの世界に何人いるんだよ

268：名無しの妖精さん
同意。今回ので一気に注目浴びそう

269：名無しの妖精さん
もう注目浴びてる件。同接5桁はエグいって

270：名無しの妖精さん
って言っても、見てたのはコアな動画オタクだけだろ。これが続いたらどうなるかわからんが……

271：名無しの妖精さん
オッサンは気づいてたんか？

272：名無しの妖精さん
>>271
うんにゃ。慌てて配信切ってたから少なくともその時は気づいてなさそうだった

273：名無しの妖精さん
オッサンの配信、農耕ジャンルのトップにいるぞｗ

274：名無しの妖精さん
農耕ジャンルって隠居したおじいちゃんがやるものだと思ってたわ

275：名無しの妖精さん
あそこ、過疎ってるにも程があるからな。ジャンル別なら余裕で歴代1位じゃね？

276：名無しの妖精さん
普通の農耕動画の配信主はフレイムドラゴン倒したりなんかしねえよｗ

277：名無しの妖精さん
オッサン、この調子で伸びていけば6桁届くかもな？

278：名無しの妖精さん
同時接続数6桁って歌姫のメルビスちゃんレベルやんｗ

279：名無しの妖精さん
田舎のオッサンがメルビスちゃんと同格ってw

280：名無しの妖精さん
まあ、この感じだと明日も同接5桁行くだろうな……

281：名無しの妖精さん
羨ましす（泣）　俺なんて毎日配信やってて同接数2桁しかいかないのに！

282：名無しの妖精さん
>>281
《炎天《えんてん》の大蛇《だいじゃ》》みたいに迷惑配信やれば？

283：名無しの妖精さん
あれ系はそのうち問題になりそうだけどな

284：名無しの妖精さん
オッサンの配信、明日もやるだろ。見に行ってみるかな？

285：名無しの妖精さん
伝説はこうして始まるのだった——

286：名無しの妖精さん
大げさすぎだろｗ

287：名無しの妖精さん
そうでもない。あの人の腕は本物

288：名無しの妖精さん
ですです。ゴーシュさんはこれから伝説になりますよ！

289：名無しの妖精さん
まあでも、見には行く

290：名無しの妖精さん
ワタクシも見ますわ！

291：名無しの妖精さん
乗るしかない、このビッグウェーブに

292：名無しの妖精さん
古っ。でもそうだな。オレも見に行ってみよ

ゴーシュが自宅で穏やかな眠りに耽《ふけ》っていたところ、フェアリー・チューブの掲示板ではそのようなやり取りが繰り広げられていた。

そして翌日――。

しがない田舎の農家に過ぎなかったゴーシュは、世間から更なる脚光を浴びることになるのだった。

第2章　田舎農家のおっさんと金髪美少女ミズリー

「えっ？　何コレ？」

いつもの如く畑で配信をするかなと。

昨日チェックできていなかった配信の情報を表示させ、ゴーシュは目を疑った。

【昨日の配信動画の最大同時接続数：17、190】

ゴーシュは目をゴシゴシと擦る。

【昨日の配信動画の最大同時接続数：17、190】

「いやいや、怖い怖い。何で同接数が五桁いってるんだ？」

ゴーシュは目を擦《こす》るだけでなく頬をつねってみるが、表示された文字列は変わらない。

「そうか、これは何かの不具合だな。そうに違いない……」

時の大賢者によって動画配信の文化が広がって以降、フェアリー・チューブで配信を行う者は右肩上がりに増えている。

しかし、数多いる配信者の中でも同時接続数が五桁を超えるような者は一握りだ。

熟練冒険者が超高難易度ダンジョンを攻略する配信や、人気の歌姫が歌唱する配信、有名配信者が大手商会とコラボして行う配信など。日の目を浴びた一部の配信者が到達する領域なのである。

その同時接続数五桁という偉業を、田舎で農家をやっているゴーシュが達成しました、などと示されても信じられないのは当然のことだった。

「ま、まぁ……。今日もいつも通り配信やっていくか」

ゴーシュは先程の情報が引っかかりながらも、今日の分の配信を始めることにする。

「ど、どうもー。今日の配信始めま——って、はぁっ!?」

ゴーシュが素《す》っ頓狂《とんきょう》な声を上げたのも無理はない。

配信を始めてすぐに、今まで見たこともない量のコメントが画面に溢《あふ》れていたからだ。

【こんにちはですわ！】

【ゴーシュさんこんにちは！　今日も見に来ました♪】

【初見です！　よろしくお願いします！】

【おお、イケおじじゃん！】

【今日もハンサムですわね！】

【イケボいいねぇ】

【渋い。だがそれが良い】

【一体何が始まるんです？】

【昨日の動画見ましたよー！】

【昨日ツマンネって言った者です。調子乗ってすみませんでした（土下座）】

【同時接続数：2、519】

【同時接続数：3、100】

【同時接続数：4、659】

「えっ？　何？　何が起こってるんだ？」

ゴーシュは予想もしていなかった事態に固まる。

コメントの嵐、嵐。凄まじい速度でコメントが流れ、確認することすら難しい状況だ。

昨日までは一つ一つのコメントに（といってもそのほとんどは「ニャオチン」というリスナーによるものだったのだが）反応する余裕があったのに。

見ると、まだ配信の挨拶をしただけの段階なのに、同接数が五千を超えていた。

「え、えーと。皆さん、見る配信を間違えてない？」

【合ってるよー】

【合っていますわ！】

【まあ驚くのも無理はないw】

【もしかして昨日の件まだ気づいてないのか？】

ゴーシュが一言発するたびにコメントが勢いよく流れていく。

どうやら表示されている同接数は不具合ではないようだが、ゴーシュにとってみれば何故このようなことになっているのか意味不明である。

配信が待ちきれないのか、早く始めてくれという趣旨のコメントが流れ始め、ゴーシュは戸惑いながらも咳払いを一つ挟む。

「そ、それじゃあ、今日は『正しい薪《まき》の割り方』についてやっていこうと思います」

【地味ｗ】

【地味だな確かに】

【地味ぃ！】

コメントを見るに反応はあまり良くなさそうだ。

ゴーシュも何となく場違いなことをしている気はしたが、とりあえず始めることにする。

「コホン。それじゃあまずこの樹を斬り倒します」

ゴーシュは言って、巨大な樹を前にする。

直径は長身のゴーシュの三倍ほどはあるだろうか。その樹は大樹と言っても差し支えなく、上の方はもはや配信画面の画角に収まっていない。

ゴーシュがいるモスリフの地特有の樹であり、通常ここまで育ってしまうと加工するのは不可能である。

【は？】

【え？　これ斬るの？】

【世界樹か何かですの？】

【オレこの前、世界樹見に行ってきたけど雪積もってたぞ。違うんじゃねえかな？】

【でもデカい！】

【薪割りってそこからかよｗ】

【まずは世界樹を斬ります】

【おいおい。斬るのに何時間かかるんだよこれ】

【薪割りはフツー斧《おの》だろｗ】

ゴーシュが大剣を手にして構えるとコメント欄が一気に賑《にぎ》やかになる。ゴーシュはあまり気にしないことにして、大剣を握る手に力を込めた。

「えー、まずはこういうデカい樹を斬ります。――どりゃっ！」

一閃《いっせん》――。

ゴーシュが大剣を横に薙ぐと、大樹はメキメキと音を立てて倒れていく。

そして数秒後には地響きを立てながら大樹が倒れ込んだ。

【!?!?!?!?】

【一回で斬るのかよｗ】

【一撃!?】

【地味って言ってすみません。腹切ります】
【手の平クルー】
【どうやったんだよそれｗ】
【悲報：世界樹、倒れる】
【悲報、オッサン、世界樹を斬る】
【被ったｗ】
【だから世界樹じゃないだろｗ】
【あ、ありのまま今起こった事を話すぜ……】
【お、おおお落ち着け。きっと切れ目が元から入ってたんだ！】
【→その切れ目はどうやって入れたんだよｗ】
【明らかに剣の長さより幹の方が太かったんですが、それはどうやったんですかね？】
【その大剣は何？　聖剣かなんか？】
【オッサン凄すぎワロタｗ】
【すごいですわ！】
【同時接続数：23、691】
コメント欄は喝采《かっさい》の嵐となるが、ゴーシュはどう反応していいやら困惑してしまう。
いつの間にやら同接数も最高値を更新していた。

「は、はは……。皆さんありがとう。でも、そんなに珍しいことじゃ……」

ゴーシュはこのような薪割りをするのは初めてではなく、地味かもなと思い配信を避《さ》けていたのだ。が、リスナーたちにとっては十分すぎるほど衝撃的な内容だった。

「で、次は薪のサイズに加工していきます。この時のコツは手数を少なくすることで――」

――スパスパスパッ。

包丁で野菜を斬るかのようなスピードで、ゴーシュは大樹を斬っていく。大剣を軽々と振り回して加工し始めるとコメント欄はお祭り騒ぎとなった。

【もうやめて！　世界樹のライフはゼロよ！】

【恐ろしく速い剣閃《けんせん》、オレじゃなきゃ見逃しちゃうね】

【見えるか？　俺には見えん】

【すみません嘘つきましたオレも見えてません】

【私はマルグード領の領主ケイネス・ロンハルクと申す。私の管轄する騎士団に加入してもらえないだろうか？　ゴーシュ殿に直接メッセージを送れないようなのでこちらに失礼する。見かけたらぜひメッセージを送ってほしい】

【領主出てきたw】

【領主w】

【誰かオッサンのまとめ記事作ってこいよ】

【もう作った】

【ゴーシュさんがいつか日の目を浴びる時がくると信じていました。私、嬉しいです！】

「とまあ、こんな風にやっていくと手際よく薪が作れます。……って、こんな感じで良いのかな？　皆さんの参考になっていると嬉しいんですが」

【参考にはならないｗ】

【こんなもん参考になるかｗ】

【でもおもしろいですわ！】

【ゴーシュさん、オレ、ファンになりました！】

【我、剣の道を極めたと思っていたが、まだまだだったようだな……】

【ちょっと過去の動画も見てこよ】

【何でこんな逸材が埋もれてたんだ？　いや、マジで】

【投稿してるのが農耕動画ばっかりだったからな】

【それはキツいｗ】

【オッサン、配信の企画はイマイチな模様】

【私はずっと見てましたよ！】

薪割りを終えた後もコメント欄は盛況で、ゴーシュは引きつった笑みを浮かべる。

自分の配信が賑《にぎ》わっていることの嬉しさよりも、困惑の方が大きかった。

「えーと、それじゃあ今日はこんなところで……。皆さん、見に来てくれてありがとう」

【お疲れ様でしたー！】

【面白かった！】

【また見に来ますわ！】

【真摯な感じで好感持てるねー】

【《炎天《えんてん》の大蛇《だいじゃ》》の迷惑系配信者も見習ってもろて】

【わたしあそこ嫌いー】

【俺も】

【他配信のこと話題に出すなよ。おっさんに対してもマナー違反だぞ】

【この人、そのうち同接数が６桁いくんじゃね？】

【また魔物討伐の配信見たいなー】

【それな。まあ、またやるだろ】

【ゴーシュさん、ありがとうございました！】

「ふぅ……」

延々とコメントが流れていたため、終了するタイミングが分からず、ゴーシュが配信を切ったのはそれから十分程が経ってからだった。

「何故こんなことになっているんだか分からんが、とんでもないことになってる気が……」

ゴーシュは大きく息を吐き出す。

そして、大剣を抱えながら帰路へとつくことにした。


一方その頃――。

王都グラハムのとある屋敷にて。

「……」

金の髪を持つ美少女が、本日配信されたゴーシュの動画を観ていた。

少女はゴーシュの動画を見て、樹を伐採する前のシーンを何度も繰り返し再生する。

そして――。

「ふっふっふ。ゴーシュさんの居場所、分かりました！　モスリフにレッツゴーです！」

少女は立ち上がり、満面の笑みを浮かべていた。

＊＊＊

●本日のフェアリー・チューブまとめ記事

・期待のオールドルーキー現る
・謎の大剣オジサン、世界樹を斬る
・【もしかして】大剣オジサンの出自求ム【伝説の剣聖？】
・本当にただの田舎農家？　大剣オジサンの素顔に迫る！
・配信切り忘れて最強竜を討伐したらバズった件　～オレまた何かやっちまったかい？～
・次はいつになる？　大剣オジサンの魔物討伐！
・マルグードの領主が大剣オジサンを騎士団に勧誘

「やだ、恥ずかしい……」

帰宅し、フェアリー・チューブのまとめ記事を開いたところ。

ゴーシュは乙女のように両手で顔を覆《おお》っていた。

一昨日まで配信している動画の視聴者は一桁、多い日で二桁だったのに、今日配信した動画は最大同接数が一万を超えていたのだ。

《炎天《えんてん》の大蛇《だいじゃ》》にいた頃でも見たことのない数値である。

あげく、ゴーシュに関する記事がいくつも作成され、公開されている。

「しかし、なるほどな。昨日の配信を切り忘れたのがきっかけだったのか。あの魔物、普通の赤いトカゲだと思ってたのになぁ」

どうやらゴーシュが新種の赤いトカゲだと思っていた魔物は、最近巷《ちまた》で話題のフレイムドラゴンという魔物だったらしい。

付け加えるならその魔物は最近になって冒険者協会が危険度Ａ級に指定した魔物で、一人では絶対に交戦しないよう勧告されている魔物だということか。

とにかく、それは娯楽に飢えている人々にとって話題性を持つには十分すぎた。

本来なら専門の討伐隊が派遣されて駆除にあたるような魔物を、冴《さ》えない田舎農家の中年男性が大剣一つで倒していたのだから。

モスリフ村の住人にも知れ渡っているらしく、ゴーシュが帰宅した後に褒《ほ》め称えながらも冷やかす友人が訪れる始末だった。

「コメントも、多すぎて全部は確認できないな……」

ゴーシュは始め、自身の配信に寄せられたコメントを全て確認しようとしていた。が、あまりの量に断念するしかない。

そうしてゴーシュはベッドに横になり、夜は更けていった。


次の日。

「えー、皆さんまた見に来てくれてありがとう。ゴーシュです。少しでも楽しんでいただければと思います。今日はこの後ひと雨来そうなので、短い配信になるかもしれませんが」

【よ、待ってました！】

【今度は何を見せてくれるんです？】

【今日もイケボ！　渋いですわ！】

【昨日の薪割りやってみました。絶対あんなの無理です。本当にありがとうございました】

【あんなの普通はできんだろｗ】

【うーん、今日もめっちゃ人いるな】

【同時接続数：１０、５３６】

「おおぅ……」

今日もどうやらゴーシュの配信動画を見に来た者は大勢いるようだ。

ゴーシュが照れながら挨拶《あいさつ》すると、既に同接数は一万を超えていた。

「あ、そういえばコメントをたくさんいただきまして、ありがとうございます。申し訳ないんですけど数が多すぎてざっとしか確認することができず……。せっかく書き込んでもらったのに反応できなくて申し訳ないです」

【律儀だなぁ。普通は全部なんて拾ってられないぞ】

【なんかこの人、良い人そうだよなｗ】

【配信はよ！　はよ！】

「えーっと。それじゃあ今回は畑に現れた魔物を討伐していこうと思います。要望をくれていた人も多かったみたいですね。まとめ記事、ちょっとだけ読みました」

【待ってましたわ！】

【大剣オジサンの魔物討伐が、見られる！】

【まとめ読んだのかw】

ゴーシュが今日の配信内容を読み上げたところ、一斉にコメント欄が流れていく。

期待してくれているのは嬉しいものだが、ゴーシュからすると今日の内容は不安だった。いつもやっていることなので、あまり需要が無いと思っていたからだ。

「お、さっそくいいところに魔物が現れましたね。ちょっと小さいですが、まずはアレを退治していきたいと思います」

ゴーシュが遠くに現れた魔物を見つける。その魔物は銀の翼を持つワイバーンだった。

【ちい、さい……？】

【いやいや、十分デカいぞ】

【あの魔物、ドレッドワイバーンじゃないか？】

【ドレッドワイバーンって確かこの前、冒険者協会が危険種に指定した魔物じゃねえか！】

【この田舎で何が起こっているんですの……】

どうやら小さいと思っていたのはゴーシュだけらしい。

ゴーシュにとっては毎日のように討伐している魔物だったので、「そんな貧弱な魔物、誰だって倒せるわｗ」と非難されることも覚悟の上だったのだが。

「はは、心配してくれている方もいるみたいですが、大丈夫です。毎日のように出てくる魔物ですから」

【毎日？】

【いつも倒してるってこと？　ドレッドワイバーンを？】

【ますます深まる、大剣オジサンの謎】

【あれ倒したら本物だろ】

【冒険者協会に勤務している者です。あれは本当に危険な魔物ですよ！　絶対無理ですから逃げてください！】

ゴーシュは流れるコメントから目を離し、ドレッドワイバーンの元に向かう。

――ギャァアアアアアス！！！

近づいてきたゴーシュに気付くと、ドレッドワイバーンは大口を開けた。

まさしく万人を震わせる竜族の咆哮《ほうこう》だったが、ゴーシュは意に介さず大剣を構える。

「では、ワイバーンの狩り方についてです。俺の立ち回りが参考になるか分かりませんが」

言いつつ、ゴーシュはドレッドワイバーンの攻撃を軽々と躱《かわ》していく。とても大剣を所持しているとは思えない身軽さにコメント欄は大賑わいを見せていた。

「まず、ワイバーンは鋭い爪を持ちますが、当たらなければどうということはありません。

遠距離から放ってくる攻撃も無いですし、大振りかつワンパターンなので見切るのも簡単でしょう。俺は剣を使いますが、弓や投げ槍《やり》で攻撃すると良いかもしれません」

【ドレッドワイバーンの攻撃を見切るのが簡単？】

【攻撃の風圧で周りの樹が倒れそうなんですが】

【やだ、カッコいいですわ……】

【冒険者協会の者です。回避はできても倒せないでしょう！　すぐに逃げてください！】

「で、ワイバーンは硬い甲殻《こうかく》に覆《おお》われているんですが弱点があります。頭を破壊してもいいですが、ワイバーンの兜《かぶと》焼きは美味しいのでなるべく頭部を傷つけずに仕留めましょう」

ゴーシュは攻撃を回避しつつ、隙を窺《うかが》う。そして、ドレッドワイバーンが大口を開けてかぶりつこうとした時、ゴーシュは空高く跳躍《ちょうやく》してみせた。

「とうっ――――！」

空中から落下する勢いそのままに、大剣の切っ先をドレッドワイバーンの背後から突き立てる。正確にはドレッドワイバーンの首筋に、だ。

――ガァアアアアアア!?

一撃だった。

ドレッドワイバーンの首には深々とゴーシュの大剣が突き刺さり、ワイバーンは地面を揺るがしながら倒れ込む。

ズシンという轟音《ごうおん》が配信にも流れ、ドレッドワイバーンの背中の上でひと仕事を終えたゴーシュが映し出されていた。

【おぉおおおおおお!?】

【また一撃かよ!】

【神回確定! 神回確定!!!】

【ゴーシュさん、弟子にしてください】

【なんでこんなオッサンが田舎で農家やってんだよw】

【冒険者協会の者です。私たちの協会で素敵な冒険者ライフを始めませんか?】

【→勧誘すんなw】

【→手のひら返すなw】

【冒険者協会w さっきまで逃げろって言ってたじゃんw】

【同時接続数:32、500】

「ハハハ……。喜んでいただけたようで何よりです。では少し早いですが今日はこの辺で」

ゴーシュが配信画面を切断する頃にはコメント欄がお祭り状態になっていた。

「ふぅ、これで良かったんだろうか。ん……?」

ゴーシュが深く息をつくと、遠目に馬車が停まったのが見えた。

どうやらモスリフの地にやって来た馬車らしい。

と――。

「ゴーシュさんっ！」

「え……？」

馬車から勢いよく人が飛び出てきた。

それは端整《たんせい》な顔立ちをした少女で、肩の辺りまで伸ばした金髪を揺らしながらゴーシュの元へと一直線に駆《か》けてくる。

「ゴーシュさん！　やっとお会いできました！」

「ええと……。失礼ですが、どなた？」

「あ、そうですよね。突然すみません」

少女はペコリとお辞儀をして、柔らかい笑みをゴーシュに向けた。

「私、ミズリー・アローニャと申します。ゴーシュさんには『ニャオチン』って言った方が伝わるかもしれませんが」

「え？　『ニャオチン』ってあの、いつも俺の配信を見てくれていた？」

意外、だった。

まさかこんな若い――美人の少女がオッサンである自分の配信を見てくれていたのかと、ゴーシュは予想外の出来事に目を白黒させる。

しかし、ミズリーと名乗った金髪少女が次に発した言葉によって、ゴーシュは更に戸惑

うことになった。

「ゴーシュさんっ！　私と一緒に王都で配信ギルドを立ち上げませんか……！」

「え……？　お、俺が君と一緒に配信ギルドを……？」

「はいっ！」

困惑したゴーシュに対し、元気の良い返事が飛んでくる。

ゴーシュが先程までの配信で振り回していた大剣を背負い直すと、金髪美少女ミズリーは曇り無い笑顔を向けている。

――可愛らしい少女、というのがゴーシュの抱《いだ》いた第一印象だった。

外見は十代半ばにも見えるが、それはきっとこの元気の良さが影響しているのだろう。

「ごめん、ちょっと突然のことすぎてどう反応すればいいか分からないんだが……。そもそも、どうして俺にそんな話を？」

「あ、そうですよね。すみません。実は私、ゴーシュさんのことは以前から知っていたんです。《炎天の大蛇》にいた頃から」

「……じゃあ、俺が解雇された時のことも？」

「知っています。あの配信の後すぐギルドに行ったんですが、ゴーシュさんはもういなくなってしまっていて……。本当に酷いですよね！　全部あのギルド長さんのせいです！」

憤慨《ふんがい》した様子で声を荒らげたミズリーに、ゴーシュの困惑はますます深くなった。

あの配信はギルド長アセルスの手によって仕組まれたものだが、リスナー側から見ればゴーシュの方に悪印象を持つのが自然だろう。

しかし、ミズリーはどうやらあの追放配信がでっち上げだったと確信しているらしい。

「ふっふっふ。私の目は誤魔化せませんよ。私はずっと見てきましたからね。貴方の出ている配信を」

「え……？」

「ゴーシュさん、何度かあのギルドで魔物討伐の配信に同行していましたよね？　いつも配信の端っこの方にしか映っていませんでしたけど、すっごい活躍ぶりでした！」

「活躍？　俺が……？」

「はいっ！」

ミズリーは鼻息を荒くしてゴーシュにぐいっと顔を近づける。

小柄なミズリーの顔はゴーシュの胸元あたりにあるのだが、ここまでの美少女に迫られる経験があるある者はそうそういまい。ゴーシュはドギマギとするばかりだった。

「異国の言葉ですが、真の強者こそ殿《しんがり》を務めるとはよく言ったものです。《炎天《えんてん》の大蛇《だいじゃ》》はあの頃、よく魔物討伐の配信をして人気を稼いでいましたけど、本当に凄かったのはゴーシュさんです！」

「おおぅ……」

「魔物の奇襲を一度も成立させることなくみんなを守っていて。もっとも、あのチャラチャラしたギルド長さんやお仲間さんはまったく気づいていないようでしたけど」

「……」

「そんな風に陰で他の人たちを支えていたゴーシュさんが卑劣なことをするはずありません。それに……」

「……？」

一度言葉を切ったのがゴーシュは気になったが、ミズリーはすぐに言葉を続ける。

「とにかく、ゴーシュさんはあんな仕打ちを受けていい人じゃありません。あのギルドで本当に凄いのはゴーシュさんだったって、私は思っています！」

ミズリーは興奮した様子でゴーシュに語りかける。

一方で、ゴーシュは感激していた。

別に誰かに認めてほしかったわけではない。それでも、この目の前にいるミズリーという少女は見てくれていたのだという事実に、不思議と胸を熱くさせられた。

「以前からゴーシュさんにお会いしたかったんですが、どこにいるのかが分からなくて……。でも、昨日の配信を見てゴーシュさんがこのモスリフにいるって分かったんです」

「昨日の配信？」

「はい。あの世界樹を斬るやつです」

「世界樹じゃないけどな……。ああ、でもなるほど」

昨日の配信でゴーシュが薪割りと称して斬り倒した大樹はモスリフの地特有のものだ。

恐らく、ミズリーはそれを見てゴーシュの居場所を特定したのだろう。

「しかし、それだけの情報で会いに来るなんて君の行動力は凄いな」

「ふふ。私、どうしてもゴーシュさんと一緒に配信ギルドをやりたいですから。その証拠に、こんなのも作ってみました」

「こ、これは……」

ミズリーが手に持っていた麻袋《あさぶくろ》から何かを取り出した。

それは膨大《ぼうだい》な枚数の紙束で、表題には「私がゴーシュさんをスカウトする100の理由」と書いてある。

中身に目を通すと、ゴーシュを褒め称える言葉が延々と書き記されていた。

ざっと見ただけでも「私がゴーシュさんに興味を持つようになったきっかけ」、「ゴーシュさんだけが使える古代武術のヒミツ」、「みんな気づいていない！　《炎天の大蛇》でのゴーシュさんの活躍を記す」、「配信から見えるゴーシュさんの人柄」などなど。

（は、恥ずかしすぎる……！）

あまりの称賛ぶりにゴーシュは顔を覆いたくなった。いや、実際に顔を覆っていた。

動画配信の市場や流行についても詳述《しょうじゅつ》され、ミズリーが単なるミーハーではないことを窺わせる。それはもはや「動画配信オタク」と言っても差し支えない熱量である。

「私がここまで動画配信にのめり込めたのはゴーシュさんのおかげです。だから、ゴーシュさんと一緒に動画配信をしていけたら、きっと楽しいだろうなって、そう思うんです」

「……」

「それに、どうせやるなら一番を目指したいじゃないですか。そのためには、ゴーシュさんが必要なんです！」

真っ直ぐな子だなと、ゴーシュは思った。と同時に、ゴーシュは自分の中にあったある想いを思い出す。

「どうでしょう？　もちろんゴーシュさんにも今の生活があると思うんですが」

「……俺は」

と、ゴーシュがミズリーの問いに答えようとした時だった。

「あ……。降ってきちゃったな」

「雨、ですね」

ポツリポツリと、空から雨が落ちてきてゴーシュたちを濡《ぬ》らしていく。それはけっこうな雨量で、このまま話を続けるのは適切ではないだろう。

ゴーシュはミズリーの自作した資料が濡れないよう麻袋に戻す。

「仕方ない、俺の家に場所を移そうか」

「ゴーシュさんのお家《うち》に!?　良いんですか!?」

「ああ。大したもてなしはできないかもしれないけど」

「ぜひお願いしますっ！」

元気な子だなと苦笑しつつ、ゴーシュはミズリーを自分の家へと案内することになった。


「あっはは。けっこう濡れちゃいましたね……」

「ごめんな。俺がもう少し早く気づいていれば良かったんだが」

「いえいえいえっ！　むしろゴーシュさんのお家にお呼ばれするなんて感激です！」

「そこ、喜ぶところ？」

雨を凌ぐため移動したゴーシュとミズリーは、家の入り口でそんな会話を交わしていた。

けっこうな強さの雨に見舞われ、二人ともびしょ濡れの状態である。

「ところで、ミズリー、さん……？」

「ふふ。『ミズリー』で良いですよ、ゴーシュさん」

「分かった。えっと、ミズリーは服の替えとかあるのか？」

「あー、持ってきてないですね。でも大丈夫です！　こう見えて普段から鍛えているので」

「いや、そのままだと風邪をひくかもしれないし。それに、目のやり場に困るというか」

「……？」

今のミズリーは、短めのスカートに白い薄手のブラウスという軽装だ。

それが雨に打たれたことで濡れ……というか肌が透けているのである。

そんな姿を直視するというのはゴーシュにとって自戒すべき事項だった。

濡れたままで放置しておくのも可哀想だろうとゴーシュは考え、ミズリーを見ないようにしつつ歩《ほ》を進めた。そして、持っている衣服の中で一番新しいシャツを引っ張り出す。

「一応洗ってあるやつだから、これに着替えるといい。話をするのはそれからにしよう」

「え？　良いんですか？」

「あ、でもちょっと待てよ。村の女性に頼んで服を借りてきた方が――」

「私はそれでいいです！　いえ、それがいいですっ！」

「そ、そうか？　それじゃあ俺は一旦家の外に出てるから」

シャツを受け取ったミズリーが喜んでいるのを見届け、ゴーシュは玄関の扉を開けた。

ゴーシュが外で上着を取り替えた後も、雨は相変わらず降り注いでいる。今朝やっていた占い師の天気予報配信によれば雨は一時的なものらしいが。

「それにしてもあの子、とんでもなく一直線な子だな……」

独り呟き、ゴーシュは空を見上げる。

「…………」

ゴーシュには密かな「夢」があった。

《炎天の大蛇》に所属するよりも前、ゴーシュが傭兵《ようへい》として活動していた頃のことだ。

強靭《きょうじん》な竜を剣で倒すような英雄譚《えいゆうたん》に憧れ、若き日のゴーシュは単身王都に行くことを決意した。

その中で傭兵という職に就いたは良いものの、日銭すら稼ぐことが難しい状況に追い込まれ、ゴーシュは鬱屈《うっくつ》とした日々を送ることになる。

そこそこの魔物を討伐したり、森で迷子になった子供を助けるといった出来事には遭遇したが、それで何かが変わるわけではない。

自分が憧れ描いていた英雄譚とは程遠く、現実を直視させられる日々。

笑顔で送り出してくれた両親や故郷の人たちに申し訳なさを抱えながらも、ただ仕事をこなして宿舎に帰って眠るだけの漫然《まんぜん》とした生活に慣れていく自分に嫌気が差して。

——きっかけは、そんな中で見た一つの動画配信だった。

ゴーシュがいつものように疲労困憊《ひろうこんぱい》で宿舎に戻り、何となくその日フェアリー・チューブで話題になっていた動画配信を流していたところ。

ある配信者が、歌を唄っていた。

確か最近話題の若い女性配信者だなと思いながら、ゴーシュはその配信を視聴した。

疲れで荒んでいた心にたまたま突き刺さったのかもしれない。その女性の眩《まぶ》しすぎる笑顔が、当時の自分と対照的だったから惹きつけられたのかもしれない。

何故かは分からないが、誇張でも何でもなく、命を救われた気がした。

それからというもの、ゴーシュはその女性の動画配信を毎日見るようになる。

そしていつしか、自分もその女性のように、見る人に何かを届けるような配信がしたいと思うようになっていた。

自分には歌唱の才などないことは自覚していたが、他の方法でならと思い、《炎天の大蛇》で配信者としての道を目指して、裏切られて。

それでも、ゴーシュの内に潜む情熱は消えなかった。

「あの人のようになりたいなら……」

ゴーシュはまた独り呟く。

決意は、固まっていた。


「さて、そうなると一つ問題があるな」

ゴーシュは呟き、考えを整理する。

王都で配信ギルドを立ち上げるという話に応じるとして、ゴーシュはモスリフの地で農家をやっている身なのだ。自分の育てた作物たちを放置して、というのも気が引けた。

「せめて誰かに引き継いでもらえればいいんだがな……ん？」

ゴーシュが思考を巡らせていると、走りながら近づいてくる人物がいた。

「おーい、ゴーシュ」

それはゴーシュの友人であり、同じ農家仲間のロイだった。

「わりぃがちょっと雨宿りさせてくれよ。温かい紅茶でも出してくれるとなお嬉しい」

「ロイか。ちょうど良かった。俺もお前に話がある」

「話？　っていうか、何でお前外にいるんだよ？　雨に打たれる趣味でもあったか？」

「いや、ちょっとな……」

「なんだ歯切れ悪いな。まあいいや。早く中に入れてくれ」

「ちょっと待て」

家に入ろうとしたロイを制し、ゴーシュは入り口の扉をノックした。

もちろん、中で着替えをしていたミズリーに配慮してである。一方でここまでの流れを知らないロイは「何で自分の家なのにノックするんだ？」と疑問符を浮かべていた。

「ミズリー、入っても平気か？」

「あ、はいゴーシュさん。お待たせしました。もう着替え終わったので大丈夫です」

「…………は？」

そのやり取りを聞いたロイが呆気《あっけ》に取られて固まる。

中から金髪の美少女が現れると、ロイは驚愕《きょうがく》の表情を浮かべた。

「な、な……」

ちなみに、ロイはゴーシュと同じくらいの歳でまだ独身である。

ロイにとってゴーシュは農家仲間であり独身仲間でもあったわけだが、その友人宅に行ったら金髪の美少女がいたという状況なのだ。驚くのも無理はない。

「ゴーシュさん、ありがとうございました。おかげでとてもスッキリしました」

「す、スッキリした、だと……」

「あれ？　ゴーシュさん、そちらのお方は？」

「ああ、俺の友人なんだ。ロイっていう」

「そうなんですね。初めまして、ロイさん」

ミズリーが行儀よくお辞儀をする一方で、ロイはゴーシュの首に腕を絡めて耳打ちした。

「お、おいゴーシュ。お前、いつの間にこんな別嬪《べっぴん》の若い彼女を……！」

「彼女じゃないが……」

「いやいや、あの娘が着てるのお前の服じゃねえか！　あれだろ？　最近若い子たちの間では『彼シャツ』とか呼ぶやつだ！」

「お前は何を言ってるんだ？」

ロイが勝手に暴走しているようだったので、ゴーシュは放っておくことにする。

「すまないな、ミズリー。悪い奴じゃないんだが、ちょっと変わってるんだ」

「い、いえいえ」

ロイは「ついにコイツにも春が来たか」などと勝手に感動している。

その傍《かたわ》らでゴーシュは深い溜息《ためいき》をついた。

「ん？　そういえばゴーシュ。お前、オレに話があるって言ってたよな？　あれは何だ？」

「ああ、そのことだがな……」

ゴーシュはロイを一瞥《いちべつ》して、ミズリーの方へと向き直る。

まず先に、ミズリーに対して話をするのが筋だと思ったからだ。

「ミズリー、さっきの話なんだが」

「は、はい」

ミズリーが緊張した面持ちでゴーシュの言葉を待つ。

その傍らでロイが「何だ何だ？」と興味深げに聞き耳を立てていた。

「例の話、俺からもお願いしたいと思う」

「え、本当ですか!?」

「ああ。これから二人で頑張っていこう」

「はいっ！　……嬉しいです。ゴーシュさんが私の想いを受け入れてくれて。ふつつか者ですが、これからよろしくお願いします！」

ゴーシュはミズリーに対して頷いた後、ロイの方へと向き直る。

「ロイ、そんなわけで俺はこれから彼女と一緒に王都へ行こうと思う。ロイに俺の田畑を引き継いでほしいんだが、頼めるか？」

「ああ。それは構わねえけど……」

「最近は魔物も活発化しているし、申し訳ないんだが……。俺もなるべく顔は出せるようにするから」

「それは大丈夫だろ。ゴーシュが教えてくれた武術のおかげで村の奴らも最近めっぽう強くなったし。まあ、お前のようにはいかんけど、ってそれはどうでも良くてだな」

ロイが顎に手を当てて考え込み、そして何か合点がいったらしくポンッと手を叩いた。

「ゴーシュ。とりあえず友人として言っておくわ。結婚おめでとう」

「は……？」

「そちらのお嬢さんも、コイツのことをよろしく頼む。すっげえいいヤツだからよ」

「へ……？」

事情を知らないロイが場違いなことを口に出したが、それも無理はないことである。

ミズリーが赤面し、ゴーシュが誤解を解くために一から状況を説明して――。

いつの間にか空は晴れ渡り、気持ちのいい日差しが部屋の中に差し込んでいた。

【ＳＩＤＥ：炎天《えんてん》の大蛇《だいじゃ》】破滅に向かって

「チクショウチクショウチクショウッ！　あんな魔物と戦っていられるか！　逃げるぞお前ら！」

王都外れの洞窟、とある中級ダンジョンにて。

ギルド長アセルスを始めとした《炎天の大蛇》の面々が配信を行っていた。

意気揚々と始められた配信だったが、突如として現れた危険度Ａ級の魔物――フレイムドラゴンに遭遇し、今は撤退を余儀なくされている。

「うおっ!?」

と、我先にと逃げ出していたアセルスを魔物の攻撃が襲う。背後から現れた狼型の魔物によるものだ。

その攻撃がアセルスに直撃することはなかったが、鋭い爪に斬り裂かれそうになったアセルスは後ろにいたギルドメンバーに怒号を飛ばす。

「おい！　後衛組は何してやがった!?　魔物に不意打ちされてんじゃねえか！」

「そんなこと言ったって、いきなり現れたんだから対処しようがないッスよ！」

「くそっ、今は逃げるのが先決だ！　配信も一旦止めるぞ！」

【何だ何だ。今回も企画達成できてねえじゃん】

【悲報：《炎天の大蛇》、落ちぶれる】

【まあフレイムドラゴンが出たんじゃ仕方ないけどな。アレ、危険度A級の魔物だろ？】

【でも、ちょっと前までもっとサクサク魔物討伐してなかったか？】

【魔物倒せねえならダンジョン配信やめろ。迷惑系動画でも流してろよ】

【えっちなコスプレ着てる配信動画アップしています♪　興味のある人は見てみてね♪】

【荒らしまで湧《わ》く始末】

【変な広告動画が流れてきたでござる。えっちなコスプレとやらはどこでござるか？】

【騙《だま》されててワロタｗ】

【はー、半年くらい前からこんな調子だよなこのギルド】

【半年前か。何かあったっけ？】

【ここのギルド長が誰かクビにしてなかったか？　それが原因じゃね？】

【思い出せん】

【今見てきたらその動画、運営に削除されてたぞｗ　誰がいなくなったかもう分からんｗ】

【一人クビにしたくらいでそんなに変わるかよ】

【分からんぞ？　その一人が超有能だった可能性もある】

【もしそうだったとしたら追放したアセルスはめっちゃ無能じゃん】

【調子乗ってるからこうなるんだよw】

【まあでもこのギルド、迷惑系の配信はまだ伸びてるからな。そっちで食っていけば何とかなるだろ】

ブチッ――と。

アセルスは、流れるコメントを横目に、微精霊との交信を解除して配信を終わらせた。

奇襲を受けた魔物から息も絶え絶えで逃げ切り、膝に手をやりながら悪態をつく。

「くそっ。俺がゴーシュを解雇したのが原因だと？　そんなわけがあるか！」

アセルスは苛立たしげに洞窟の岩壁を叩いた。

荒れたその様子に他のギルドメンバーも今は関わらないでおこうと決める。

「そうさ……。ちょっとばかし不意打ちを食らうことが多くて調子が出てねえだけだ。さっきもフレイムドラゴンなんて化け物に出くわすなんて、不幸としか言いようがねえしな」

独り言を続け、アセルスは平静を保とうとする。

なお、アセルスが一見して逃げることを決めた魔物を一太刀で倒してしまった人物がいるのだが……。さらに言えば、その人物は半年前までギルドにいたわけなのだが……。

そのことを知らないアセルスは、顔を上げて鼻を鳴らした。

「まあいいさ。無理に魔物を討伐しなくても、最近は他の配信が好調だしな」

最近――というよりも半年前、ゴーシュの追放配信を行って味をしめたにすぎないのだが、アセルスの企画した配信で良好な数字を残しているジャンルがあった。

それが迷惑系動画と呼ばれる配信である。

――有名配信者のプライベート情報を暴露《ばくろ》するもの。

――ある飲食店にクレームを突きつけ、店主の反応を面白おかしく笑うもの。

――礼拝者の信仰を試すと言って、王都の教会近くで場違いに騒ぐもの。

――女性に露出の多い服を着させ、街中を歩く男性の反応を隠し撮りするもの。などなど。

フェアリー・チューブの運営を行う組織に削除されることもあるのだが、手っ取り早く人の注目を集められる配信としてアセルスの中ではお気に入りのジャンルだった。

「今の配信市場は注目を集めることが正義だからな。他人に迷惑をかけようが知ったことか。古臭い魔物討伐の配信に頼らなくたって、ウチのギルドはまだまだ上に行ける。新しい流行をこの俺が作り上げてやるぜ！」

アセルスはニヤリと笑ってそんなことを呟くが、その危険性を指摘してくれるギルドメンバーはいなかった。

第3章　配信ギルド、始動！

「到着、ですっ！」

ミズリーが元気よく言いながら馬車を降りて、ゴーシュもまたそれに続く。

馬車に揺られること半日、ゴーシュたちはモスリフから王都グラハムにやって来ていた。

「王都か……。そんなに時間は経っていないはずだけど、懐かしいな」

「ゴーシュさんにとっては半年ぶりでしたっけ」

そこかしこに露店が並び、大通りは行き来する人々によって喧騒《けんそう》に満ちている。

また、ところどころで大道芸めいたことを行っている者もいた。

どうやらフェアリー・チューブの配信をしているようで、動画配信が世の流行となって
からは珍しくない景色だった。

「さすが王都だな。賑《にぎ》やかだ」

「配信をする人も大勢いますからね。あ、あそこで腕相撲配信をやってるの、昨日の総合
同接数ランキングで五十三位だったズーリさんですよ。あっちの大食い大会も配信をして
いるみたいです。確か今回の優勝賞金は過去最高の百万ゴルドーだって話題になってまし

た」

「すごいなミズリーは。色々と知っていて」

「たはは。ゴーシュさんに褒《ほ》められると嬉しいですね」

ミズリーが照れながら頬を掻《か》く。逐一丁寧すぎる解説までしてくれて、「この子は本当に配信が好きなんだな」とゴーシュは感じさせられる。

「参加型の配信もあるみたいですけど出てみます？　ゴーシュさんなら注目集めること間違いなしですよ？」

「いや、まずはギルド設立の申請をしに行こう。午後になると混みそうだからな」

「と、そうでした。了解ですっ！」

ミズリーが大げさに敬礼の姿勢をとるのを可愛らしく思いながら、ゴーシュはギルド設立のためにギルド協会へと向かうことにした。

「ウェイウェイウェイウェ～イ！　どうもリスナーの諸君、美少女発掘チャンネルのウェイスでーっす。今日のボクの配信は～『可愛い女のコをナンパしてみた！』でーっす」

【ウェ～イw】

【美少女期待！　美少女期待！】

【欲望に忠実なウェイスの兄貴、スキ】

【拙者、初見でござる。美少女が見られると聞いて参った】

【同時接続数：317】

「フッフッフ。今日はちょっとした切り札もあるからね。普段よりも上玉を狙うよ～」

ゴーシュたちがギルド協会の前までやって来ると、赤髪の長髪男が立っていた。

ウェイスと名乗ったその男はどうやら配信をしているようで、見た目通り軽薄《けいはく》そうな言葉遣いでリスナーに挨拶《あいさつ》をしている。

配信の邪魔をしてはいけないなとゴーシュは律儀に遠回りをしようとするが、逆にウェイスが近づいてきた。

「お、さっそく超絶カワイイ金髪美少女を発見しましたよ。それじゃあナンパ企画、スタートということで。——ちょっとそこの金髪の子猫ちゃん、いいかな」

「はい？　ええと、私ですか？」

【お？　おぉおおお!?】

【なにこの子!?　めっちゃ可愛くね!?】

【いきなりこんな美少女に声かけるとか、ウェイスの兄貴、パネェっす！】

【金髪碧眼《きんぱつへきがん》、どストライクです。ありがとうございます】

【拙者、ドキドキしてきたでござる】

【同時接続数：4、122】

ウェイスの配信にミズリーが映し出されたところ、コメント欄は興奮の坩堝《るつぼ》と化す。その熱狂に呼応して視聴者の数も急増し、その数字を見たウェイスは上機嫌で鼻を鳴らした。

そしてウェイスは目の前の大魚を取り逃すまいとミズリーに向けてウインクしてみせる。

「君、すっごく可愛いねぇ。まるで人間の世界に降り立った天使か妖精のようだ。まったく、いつからこの世界は天界と交流し始めたのかな？」

「は、はぁ……」

「こんな可愛いコと出会えるなんて、きっと神様の思《おぼ》し召《め》しに違いない。君、名前は何ていうんだい？」

「ミズリーですけど……」

「ボクはウェイス。ミズリーちゃんか。実に可愛らしい名前だ。フフ、ウフフ」

ウェイスは優しく微笑んでいたが、ミズリーはどこか鳥肌が立つような悪寒を覚える。《炎天《えんてん》の大蛇《だいじゃ》》のギルド長アセルスと顔を合わせた時もそうだったが、ミズリーはこういう馴れ馴れしいというか、軽薄な男が苦手なのである。

ミズリーは顔には出さず、さり気なくウェイスから距離をとってゴーシュにピッタリとくっつくような格好になる。

急に身を寄せてきたミズリーと、目の前に立つナンパ男という奇妙な状況をどうしたものかと、ゴーシュは頭を悩ませた。

「ところでミズリーちゃん。ここに偶然、こんなのがあるんだよね」

「これは……、レストランのチケットが二枚？」

「うん。ここはとっても夜景が綺麗な王都の高級レストランでね。あの歌姫メルビスちゃんも訪れるっていう名店なんだ。このチケットも激レアなんだよ？」

「へー、ソウナンデスネ」

「神様が引き合わせてくれた運命に抗うのも無粋というもの。ボクはミズリーちゃんにならこのチケットを使っても良いと思っているんだ」

「つまり？」

「ボクと一緒に食事しに行かない？　いや、当然行くよね？」

ウェイスはミズリーの前に二枚のチケットを自信満々に差し出し、チケットを持っていない方の手で髪を掻《か》き上げる。

ちなみにこれは、ウェイスにとって「女のコに声をかける時の決めポーズ&これで落ちない女のコはいない」と自負している姿勢だった。

「フッ、決まった」と思っていたのはウェイス。「カッケェ！」とコメント欄に書き込んだのはウェイスの配信に毒されているリスナーたち。「ナンパって最近の若い子の流行り

なのかな」と思ったのはゴーシュ。そして、当のミズリーはというと――、

「すみません。全《ぜん》っ然《ぜん》、興味無いです」

「なっ――!?」

バッサリとウェイスの申し出を切り捨てていた。

【即★答】

【この子、悩む素振りすらなかったぞw】

【ウェイスの兄貴、気を確かに！】

【やっぱり美少女というのはみんなガードが堅いのでござろうか……】

【初見です。ざまぁw】

ミズリーの返しはウェイスにとっては予想外だったようで、先程までの余裕ぶった表情は完全に崩れ去っている。

「ど、どうしてなんだ、ミズリーちゃん。めったに入れない高級レストランなんだよ!?」

「いや、そもそも会ったばっかりの人と食事に行くなんてどうかと思いますし。ま、まあ、ゴーシュさんと二人でなら行きたいですけど」

ミズリーが顔を赤らめながらゴーシュの方を見て、ウェイスも自然とゴーシュに視線を向ける。

「なあ君、ミズリーも困っているようだ。その辺で勘弁してやったらどうだ？」

「な、何だアンタは。そういえばさっきからミズリーちゃんの横に冴《さ》えないオッサンがいるなと思っていたが……。はっ――、まさか！」

ウェイスはそこで何かが腑《ふ》に落ちたらしく、ゴーシュに対して敵意をあらわにした。

「知ってるぞ！　最近話題になってる、中年の男性が金をチラつかせて若い女のコをたぶらかすパパ活とか言うやつだ！　じゃなきゃミズリーちゃんみたいな天使がアンタみたいなオッサンと一緒にいるなんてあり得ない！」

「いやいや、何を言って――」

「うるさい！　視聴者の諸君、悪いが企画変更するぞ！　『可愛い女のコを魔の手から救い出してみた』だ！」

【これは思わぬ展開】

【本当にパパ活だったらウケるw】

【パパ活とは何でござるか？　お金を払えば女子とお話できるって本当でござるか？】

【でも確かに、こんな美少女がオッサンと一緒にいるとか怪しいわな】

【あれ？　このオッサンってあれじゃね？　こないだ話題になってた――】

【同時接続数：4、599】

ウェイスはゴーシュをねめつけると、腰に携えていた剣を抜き放つ。

「おいオッサン、ボクと勝負するんだ！　俺が勝ったらミズリーちゃんに二度と手を出さないと誓え！」

「いやいや、あなた何を言って――」

「ミズリーちゃんは離れていてくれ！　必ず君を悪者から救い出してやるからな！」

思いきり誤解したまま、ウェイスはゴーシュに剣の切っ先を向けて叫んだ。

ゴーシュにとっては完全に巻き込まれた形だが、ウェイスは聞く耳を持つ様子がない。

ある意味熱い男のようではあるが、完全にタチが悪いと言える。

「ミズリー、彼の言う通り離れていてくれないか。ここは俺に任せてくれ」

「ゴーシュさんがこんな無茶苦茶な決闘に応じなくても。それに私のせいっぽいですし」

「でも、黙って見過ごすなんてできないからな。大切なミズリーのことならなおさらだ」

「へっ……!?」

ゴーシュはその言葉を「これから一緒にギルドを立ち上げようという大切な仲間がトラブルに巻き込まれているのを見過ごせない」という意味で言ったのだが、ミズリーは違う受け取り方をしたようだ。

ミズリーは顔を沸騰《ふっとう》させながら傍を離れ、結果としてゴーシュとウェイスの二人が対峙する形になる。

【お？　やるのか決闘】

【オッサン大丈夫かよｗ　ウェイスの兄貴はそこら辺の冒険者より強いぞ】

【ウェイスの兄貴、やっちゃってくだせえ！】

【パパ活オッサンがウェイスさんに立ち向かうとか無謀すぎるw】

【美少女の前で恥かかせてやれよ】

「決闘の申し出を受けよう。ただし、俺が勝ったら大人しく話を聞いてくれないか？」

「ハンッ。オッサンがこのボクに勝てると思っているのか。これでもボクはこの王都グラハムでB級の冒険者だったんだぞ！」

言いつつ、ウェイスはゴーシュの方に駆《か》けてきた。

そのスピードは確かに熟練の冒険者も顔負けの速度で、普通の人間であれば何も反応できぬままに組み伏せられるところだろう。

しかし――。

「ていっ」

「うごっ――!?」

ゴーシュが振り下ろされた剣を掌底でいなすと、ウェイスはバランスを崩して盛大に転んだ。顔から地面に激突してしまい、鼻からは鮮血が流れ落ちている。

【な、何だ今の動き!?】

【剣の軌道を素手で変えた？】

【今の洗練された動きは……。拙者が習得できなかった古代武術にも似たような動きが

あったはずでござるが。まさか……】

【おい、やっぱこの人あれじゃん。大剣オジサンじゃん】

【なになに？　有名な配信者？】

【なんで大剣オジサンが王都にいるんだ？】

【同時接続数：5、291】

「お、おい。君、大丈夫か？」

「く、くそっ！」

ウェイスはすぐさま立ち上がり、心配して駆け寄ってきたゴーシュに再び剣を向けた。

そして連続で剣を振るうが、今度もまたゴーシュを捉えることができない。

ゴーシュは最小限の動きで攻撃を躱《かわ》し、ウェイスの剣撃を素手で優しくいなしてみせる。

それはまるで剣の師範が弟子に指導する光景を思わせた。

ウェイスの剣は虚しく空を斬るばかりで、対するゴーシュには風格めいた余裕がある。

そんなゴーシュの凄みは次第にリスナーたちの目にも明らかになっていった。

【美少女見つける配信のはずが、何でオッサンの無双を見せつけられているんだ……】

【オッサン、めちゃくちゃ強いじゃねえか！】

【なあ、あの金髪の女の子、なんか端っこでドヤ顔してない？】

【ほんとだ。クッソ可愛いんだが】

【拙者、これはこれで満足でござる】

【お前らw】

リスナーたちはゴーシュの動きに感嘆の声を漏《も》らす。一部、画面の端に映るミズリーに夢中な者もいたが……。

一方でウェイスは大きく息を切らし、足を止めていた。

「くそっ！　何で……何で当たらないんだっ！」

「もう十分だろう。そろそろ俺の話を聞いてくれないか？」

「うるさいっ！　絶対にミズリーちゃんを救ってみせるからな！」

言葉を遮って突進してきたウェイスに、ゴーシュは仕方ないかと嘆息する。

「それじゃあ、悪いけど」

「――っ」

横に薙いだ剣の腹を足の底で踏みつけ無効化――するのと同時、ウェイスの腹に軽く手のひらを当てた。

それは掌底を打ち込むというより、腹をそっと押えたと表現した方が正解だろう。

が――。

「ごはっ……！」

ウェイスは自分の身を襲った衝撃に膝をつく。

激しく吹き飛ばされたわけではない。しかし、ウェイスは大鎚《おおづち》で叩かれたような衝撃を感じ取っていた。

《竜鎚《りゅうつい》》と呼ばれる、ゴーシュが会得した古代武術の攻撃手段だった。

ウェイスは自身の腹を抱え、目の前に立つゴーシュを虚《うつ》ろな瞳で見上げる。戦意を喪失しているのは明らかだ。

「ふっふん。ゴーシュさんの勝ち、ですっ！」

ゴーシュが一つ息をつく傍《かたわ》らで、ミズリーが嬉しそうに手を上げて宣言した。

＊＊＊

「さて、ギルド設立手続きも無事済んだことですし」

「ああ。それじゃ、ギルドの発足を祝って」

「乾杯ですっ！」

王都グラハムの酒場にて。

ギルド設立の手続きを終えたゴーシュとミズリーは麦酒《エール》の入った酒器をぶつけていた。

ゴーシュがゆっくりと杯を傾ける一方、ミズリーは水でも飲むかのように喉を鳴らす。

ゴーシュとミズリーの組み合わせは酒場の中では異質であり、辺りの男性客は二人の様子をチラチラと伺っていた。

もっともそれは、ミズリーのような美少女が美味しそうに酒を呷《あお》るそのギャップに魅せられてなのかもしれないが。

「はぁー。やっぱりここのお酒は美味しいですね」

「……」

「どうしました、ゴーシュさん？」

「ミズリーって酒が飲める年齢なんだなぁと」

「あ、はい。ええと、一応この前成人になったので……」

ミズリーがやや歯切れ悪く言って、酒器で口元を恥ずかしそうに隠す。

女性に年齢を聞くなんて失礼だったかとゴーシュは反省したが、そうではなかった。

「ゴーシュさんは、その……、お酒をたくさん飲む女の子はお嫌いでしょうか？」

酒器で口元を隠したまま、照れながら上目遣いに見上げるミズリー。

その様子が配信されていたなら、熱狂的なコメントが流れていたことだろう。

実際に隣のテーブルに座っていた男性客二人が被害を受けており、ミズリーの反則的な仕草に一人は胸を抑え、一人は酒器を持ったまま硬直していた。

「嫌いだなんてとんでもない。むしろ嬉しいかな」

「嬉しい、ですか？」

「昨日まではモスリフで独り寂しく晩酌をしていたくらいだからな。飲み仲間ができたようで嬉しいよ」

「そ、そうですか。そう言っていただけると私も嬉しいです」

ミズリーが照れ隠しに酒器を呷ると中身はすぐカラになる。

自分より強いかもなと苦笑しながら、ゴーシュは二杯目を注文してやった。

「しかし、まさかあんな申請が通るなんてなぁ」

ゴーシュが呟いたのは、ギルド協会でミズリーが行った「ある申請」に関してである。

ギルドの立ち上げ申請とは別にミズリーが行ったそれは、普通の新規ギルドならまず却下される申請だったのだが、これがあっさりと通ったのだ。

その内容はミズリーが提案している企画配信に必要な許可で、当のミズリーはまず通るものと思っていたらしい。

「ふふん。だから言ったじゃないですか。ゴーシュさんの配信の凄さは王都でも話題になってるって。あの受付嬢さんとも意気投合しちゃいました」

「はは……。あの受付嬢の子、すごく期待してくれてるみたいだったな。ギルド拠点も良い物件を手配してくれたみたいだし」

「何にせよ、これで初配信の企画は予定通り進められそうですね。今から楽しみです」

そう言って、ミズリーは機嫌よく麦酒を呷る。

ゴーシュとしてはここに来る前、ミズリーから聞いた初配信の企画内容について不安もあったのだが、その話はまた明日にするかと自分も酒器を呷った。

「それにしても、チャラ男さんが残していったコレ。どうしましょうか？」

ミズリーが取り出したのは、昼間ウェイスが残していったレストランのチケットだった。

ゴーシュは決闘を終えた後、ミズリーと共に誤解を解くべく説明をした。……のだが、ウェイスはゴーシュに恐れおののき、すぐにどこかへ去ってしまったのだ。

その際、ミズリーを口説き落とすためにチラつかせていた高級レストランのチケットを落としていくというおまけ付きで。

「ど、どうしましょうか？　せっかくだしゴーシュさん、い、一緒に行きます？」

「いや、落としていったものだしな。勝手に使うのも悪いかと」

「うぐっ。それはそうかもしれませんね……」

ミズリーはゴーシュの返答を聞いてガクリと肩を落とす。

得のない決闘を一方的にけしかけられたのだから、迷惑料として貰ってしまっても良さそうなものだが、ゴーシュにその気はさらさらないらしい。

純朴なゴーシュの言葉で私欲を撃ち抜かれた感じがして、ミズリーは額をテーブルに押し付け反省した。

とりあえず今度ウェイスに会ったら渡そうという話になり、その後はしばし酒を交えながら二人は談笑する。

ギルドをどのように運営していくかや、こんな配信を行ったら面白いんじゃないか等々。

ゴーシュにとって、それは楽しい時間だった。

と同時に、配信で上を目指すきっかけを与えてくれたミズリーに感謝していた。

(明日からが楽しみだな……。俺も頑張ろう)

そうしてゴーシュが七杯目、ミズリーが本日十五杯めのエールを飲み干したところで、
その話は唐突に切り出された。

「そういえばゴーシュさん。今日泊まる場所は私のお家で良いですよね？」

「ああ、そうだね。……ん？」

「分かりました。それじゃあそろそろお会計を――」

「ちょ、ちょっと待った！」

酒のせいでつい相槌《あいづち》を打ったゴーシュは我に返り、立ち上がったミズリーを引き止める。

「ミズリーの家って、それはマズいだろう⁉」

「大丈夫ですよぅ。親は一緒に住んでいませんし、私は一人暮らしなので」

「余計にダメでは？」

額に手を当てて深く溜息《ためいき》をつくゴーシュ。

(ミズリーの中で俺は一体どんな評価になっているんだ？　いや、オッサンだし、男とし

て見られていないだけかもしれないが）

「とりあえず、俺がミズリーの家に泊まるのは良くない。うん。絶対に」

「でもギルド協会の人も、活動拠点になる物件は明日にならないと用意できないって言ってましたし。ゴーシュさんの泊まる場所がないですよ？」

「いや、俺は宿に泊まれば別に」

「えー。お金がもったいないですよぅ。私のお家に行きましょうよぅ」

いつの間にやら隣に座ったミズリーにゴーシュは腕を掴《つか》まれ揺さぶられる。その顔は紅潮し、呂律《ろれつ》もまわっていない。

「……」

なるほど、とゴーシュは腑《ふ》に落ちる。どうやらミズリーは酒に酔ったせいでまともな思考ができていないらしい。

「まだまだゴーシュさんとお話したいんですよぅ。ギルドをどうしていくかとか、話足りなくてですね」

「そう言ってくれるのは嬉しいが、今日はここまでにしよう。そういうのは明日、ギルドの拠点が決まってから」

「むぅー」

「とにかく、会計してくるからコレを飲んで待っててくれ」

ゴーシュは座りながら船を漕《こ》いでいるミズリーに水の入った器を握らせ、自身は立ち上がる。そして会計を済ませ、ミズリーの座った席に戻ったところ――。

「すぅーすぅー」

「……」

ミズリーは穏やかな寝息を立てていた。おまけに揺さぶっても起きないときた。

先に家の場所を聞いておけば良かったと思ったが、もう遅い。

そうしてゴーシュは眠ったままのミズリーを背負い、夜の王都を歩くことになった。

「すみません、二部屋お願いしたいんですが」

やっと見つけた宿屋に入り、受付に声をかける。

が……。

「悪いねお客さん。今は一室しか空きが無いんだ。しかもベッドが一つの部屋なんだよね」

「嘘でしょ……」

受付の男性から返ってきた言葉に、ゴーシュは絶句することになった。

「うぅ……。頭が痛いです……」

朝になって、宿屋のベッドの上でミズリーが目を覚ます。

「あれ、ここは？　あ……」

ミズリーは辺りを見回し、ソファーに縮こまりながら寝ているゴーシュを見つけた。

「あぁぁ。やっちゃったぁ………」

ミズリーが昨日のことを徐々に思い出し頭を抱える。

そういえばゴーシュにおぶってもらっていたような気がすると、ミズリーは曖昧《あいまい》な記憶を辿《たど》りながら赤面した。


「ん……。おはようミズリー。……って、何で正座してるんだ？」

「ゴーシュさん、すみません！　私ってばとんだご迷惑を……」

ゴーシュが目を覚ますとミズリーは勢いよく頭を下げた。普段は透き通るように綺麗な金の髪も今はボサボサである。

「いや、俺の方こそすまない。男女で一緒の部屋というのは良くないと思ったんだが、実は一部屋しか取れなくて」

「あ、それはぜんぜん」

「え？」

「ああいえ、何でもないですぅ……」

ミズリーが力ない声で答え、ゴーシュは怪訝《けげん》な顔を向ける。

「ち、ちょっと私、シャワーを浴びてきますね。けっこう寝汗かいちゃったみたいなので」

「あ、ああ」

そうして、ミズリーは逃げるように備え付けの浴室へと向かっていった。

自分は部屋の外に出ていた方が良いだろうなと考えたゴーシュの元に、ピロンという無機質な通知音が響く。

そういえばモスリフの農地を任せたロイから、朝になったら連絡すると言われていたのだったとゴーシュは思い当たる。

「ああ、ロイか」

「ようゴーシュ。ちょっと農地のことについて聞きたいんだがいいか？」

ゴーシュが微精霊を介した交信を承諾すると、広大な農地に立つロイの姿が映し出される。あちらにもゴーシュの姿が映し出されているはずだ。

ロイはどこにどんな作物が植えてあるかや、収穫までに気をつけることなどをゴーシュに尋ね、ゴーシュはそれに応じていく。

「オッケー、あらかた分かったわ。悪いな朝早くから」

「いや、俺の方こそすまないな。急に任せたのに」

「ハハハ、良いってことよ。……ところでゴーシュ、ミズリーさんは一緒じゃないのか？」

「ああ、ミズリーなら――」

ゴーシュが答えようとしたところ、背後にある脱衣所の扉が開きミズリーが現れた。

「ゴーシュさん、お待たせしました。先にお風呂いただきました」

「なっ!? ゴーシュ、お前!」

ロイが固まる。そしてゴーシュはもっと固まった。

「あれ? 何か配信を見ていたんですか?」

ゴーシュが硬直していると、ミズリーの顔が肩口の辺りにあった。きょとんとした表情で濡れた金の髪を耳にかけるさまが扇情的だったが、それはまだいい。

ミズリーはあろうことか、バスタオルを巻いただけという姿だったのである。

石鹸《せっけん》の匂いがふわりと漂い、タオルから伸びる手足やその他諸々《もろもろ》が妙に艶《つや》めかしい。

ゴーシュはその姿を見て慌てふためいたが、それは仕方のないことだっただろう。

「み、ミズリー、服はどうしたんだ?」

「たはは。着替えをうっかりベッドの上に置いてきちゃいまして」

「そ、そうか」

「あっ……。ロイさんとお話し中だったんですね。こ、これは失礼しました」

配信を視聴していたのではなく、ロイと映像を介して交信中だったのだと知るやいなや、ミズリーは恥ずかしそうに後ろを向いて脱衣所の方へと戻っていく。

それはゴーシュを前にして隠そうともしなかった時と、明らかに別の反応だった。

「……」

そのやり取りを見たロイが何を察したかは言うまでもない。

わずかなまの後、ロイが叫ぶ。

「ゆ、ゆうべはお楽しみだったと、そういうことかゴーシュ！」

「何を言ってるんだロイ。これはだな――」

「いやいや、みなまで言うな！　ごゆっくりー！」

「あ、おい」

そうして一方的に交信を切断されたゴーシュは、また解かなくてはならない誤解が増えたことに頭を抱えるしかなかった。

＊＊＊

「き、緊張しますすね。ゴーシュさん」

「始める前はあんなにノリノリだったのに。ミズリーがそんなだと俺まで緊張するぞ」

「だって私、こういうことするの初めてですし」

「そうなのか？」

「勉強はしていましたけど、いざ本番となるとやっぱり……。あ、でもゴーシュさんとなら怖くないです。いつかゴーシュさんと一緒にって思っていましたし」

「そうか」

「じ、じゃあそろそろ……」

「そうだな、始めるか」

「はい。よろしくお願いします、ゴーシュさん」

互いに言葉を交わし合い、ゴーシュとミズリーは頷く。

そして――。

「それじゃあ、配信スタートです！」

ミズリーが元気よく言って、微精霊を介した配信を開始させた。

「どうも皆さん。ゴーシュ・クロスナーです」

「私はミズリー・アローニャです！　この度、ゴーシュさんと二人で配信ギルド《黄金《おうごん》の太陽《たいよう》》を立ち上げまして、今日は記念すべき初配信となります！」

【初見ですー。こんにちはー】

【何この娘、可愛くね？】

【また新しい配信ギルドか。最近増えたなこういうの】

【ふぅん。伸びるかどうか、楽しみね】

【オッサンと美少女とか、どんな組み合わせだよw】

【もしかして親子ですか？】

【なんか新規の配信にしては人多くね？】

【それな。なんでだろうな？】

【ちょっと待て！　この人、大剣オジサンじゃねえか！】

【うおー！　大剣オジサン、ギルドやるんか!?】

【友達に知らせてくるわ】

【誰やねん】

【まだ知らん人もいるんだな】

【拙者、昨日の配信を見ていた者でござる。二人のファンになり申した】

【この女の子は誰？　こんな美少女と配信コンビ組むとか羨《うらや》ましすぎるんだが】

【同時接続数：988】

【同時接続数：3、589】

【同時接続数：7、919】

今、ゴーシュたちはある建物の中にいた。

そこはギルド協会から紹介された物件で、ゴーシュとミズリーが立ち上げた新ギルドの活動拠点となる建物である。

荷物の移動や、今後どういった配信を行っていくかの打ち合わせを済ませた後で、ゴーシュたちは初の配信を行うことにしたわけだ。

そうして始められた配信は盛況だった。

新規の配信だからと興味本位で訪れた者、モスリフでのゴーシュの配信を見ていた者、金髪の美少女が映し出されていたから覗《のぞ》いた者。

関心がどこに向いているかはそれぞれだったが、はっきりしていることがあった。

【おい、ちょっと待て。同接数ヤバいぞ】

【同接10000!?】

【新規で開始早々10000超えってそんなことある？】

【あるぞ。歌姫のメルビスちゃんの初配信が確かそんな感じだった】

【あれは歌を歌ってからがヤバかったな】

【同時接続数：10,749】

普通は立ち上げ当初のギルドが配信をしても、同接数は二桁、良くて三桁である。

今やっている配信はゴーシュとミズリーが立ち上げた配信ギルド《黄金《おうごん》の太陽《たいよう》》の名義を用いている。

つまり、ゴーシュがモスリフの地で配信していたものとは別名義で、そこまで人が集まることはないだろうと思われたのだが……。

（ど、どど、どうしましょうゴーシュさん。なんだかすごくたくさん人がいますよ!?）

（これは予想外だな。まあ、打ち合わせ通りいこう）

（り、了解であります！）

リスナーたちには聞こえないよう目配せしながらゴーシュとミズリーは頷き合う。

かつて動画配信の文化が広まる以前は、荷運びや薬草採取といった依頼を遂行《すいこう》することで生計を立てるギルドが多かった。

しかし、今やこの世界は動画配信が人々の興味を集める文化として根付いている。

そのような世界でギルドを運営するにあたって重要なのは何か――？

それは、より多くの人間から注目を集めることである。

例えば魔物討伐にしても配信をしながらの方がギルドの認知は広まるし、より多くの依頼が寄せられることになる。

歌を歌う、秘境を探検するなどでも良い。多くのリスナーを集められるギルドとなれば、大手商会から広告宣伝の依頼が舞い込んだり、スポンサーが付いたりすることもある。

つまるところ、ゴーシュとミズリーが行っている初配信は、人々から注目を集めるための第一投というわけだ。

その意味で、同接数が五桁を超えているのは順調すぎる滑り出しと言える。

「それでは早速ですが、俺たちのギルドについて紹介しますね。ミズリー、アレを」

「はい、ゴーシュさん」

【ギルドの自己紹介ってことか】

【基本やね】

【拙者はミズリー殿のことがもっと知りたいでござる】

【どんな配信するのかも聞きたいな】

【大剣オジサンの剣術講座とかやってください。絶対に見ます！】

【ダンジョン攻略とか良いんじゃね？　大剣オジサンがどれくらいできるのか見てみたい】

【A級ダンジョンとか行っちまえよ】

【いきなりA級は無茶だろw】

【《炎天《えんてん》の大蛇《だいじゃ》》みたいな迷惑系配信ギルドじゃないといいが。最近多いからな……】

リスナーたちが思い思いの感想を投げる一方、ミズリーが用意していた大布を取り出す。

配信ギルドを行うにあたっては、注目を集めることが必要。

では、注目を集めるために重要なことは何か？

動画配信オタクであるミズリーが導き出した答えはズバリ、「インパクト」である。

リスナーに初配信でインパクトを与えるためには、分かりやすくどのようなギルドかを示すことが肝要だ。

そのためにゴーシュとミズリーは、ギルドとしての目標スローガンを大布に書いてお披露目しようと準備していたのである。

（それじゃあ、ミズリー）

（お任せください、ゴーシュさん。バッチリ決めてみせますよ！）

ミズリーは畳《たた》んだ大布を両手に持ち、ドヤ顔で構えた。

「俺たち《黄金の太陽》のギルドが目指すもの、それは――」

「じゃじゃん！　コチラですっ！」

【ん？】

【ん？】

【あれ？】

大布が広げられ、配信画面にはミズリーの得意げな顔が映し出される。

しかし――。

「ミズリー、逆、逆、逆！」

「あっ！　ご、ごめんなさい！　逆さまでした！」

あろうことか、ミズリーは大布を逆に広げてしまっていたのだった。

いそいそと大布を畳み赤面するミズリー。しかし、そんな姿を見てリスナーたちは好印象を持ったようだった。

【朗報。金髪美少女、ドジっ子だった】

【ドジっ子属性、推せる】

【はいはい、可愛い可愛い】

【なんだこの可愛い生き物】

【ドヤ顔で逆に広げるミズリーちゃん】

【驚いてもらえると思ったんだろうなぁ。確かにある意味驚いたがｗ】

【視聴継続確定】

リスナーたちが予想外の方向に熱狂する中、ミズリーは気を取り直す。

そして、今度は恥ずかしそうに大布を広げていく。

「あうぅ。これが私たちのギルドの目標スローガンですぅ……」

ミズリーが広げた大布に書かれていたもの。

それは【見てくれた人を笑顔に！　配信ギルドで一番になります！】という文字だった。

本来であれば、カッコよく決まるはずだった目標スローガンのお披露目だったが、赤面しているミズリーの破壊力の方がリスナーたちには響いたようだ。

【ごめん、ミズリーちゃんが可愛くて頭に入ってこないｗ】

【推します】

【は？　尊すぎるんだが】

【それ以上はやめておけ。死人が出るぞ。尊すぎて】

【これは期待の新星ｗ】

【この子と大剣オジサンのタッグ、最強では？】

【もう既に笑顔になりました。ありがとうございます】

【配信ギルドで一番か。確かに素質あるわｗ】

恥ずかしさのあまり、ミズリーは大布に隠れるようにして縮こまってしまう。

（仕方ない。引き継ぐか）

そんなミズリーを見て苦笑しつつも、ゴーシュはある発表をすることにした。

「えー。ここに書かれているように、俺たちは皆さんに笑顔を届けつつ、配信ギルドの頂点を目指します。もちろん生半可なことではないですし、相応の配信をお届けしなくてはと思っています。そこで少し早いですが、次回の配信について告知させていただければと」

【お？】

【もしかして、大剣オジサンの魔物討伐とかですか？】

【何やるんだ？】

リスナーたちのコメントを横目に、ゴーシュは一つ咳払いをして、そして告げた。

「次回、俺たちは王都近郊のＳ級ダンジョン、《青水晶《あおすいしょう》の洞窟《どうくつ》》を攻略しようと思います」

第４章――Ｓ級ダンジョン攻略配信

「ここが《青水晶《あおすいしょう》の洞窟《どうくつ》》ですか。話に聞いたことがありますが、綺麗な場所ですねぇ」

「とはいえ冒険者協会が危険度Ｓ級に指定するくらいの場所だからな。慎重に行こう」

初配信の翌日――。

ゴーシュとミズリーは王都近郊にあるダンジョンにやって来ていた。

淡く光る水晶に囲まれた洞窟は幻想的な光景ですらある。が、れっきとした上級ダンジョンである。

「ダンジョン」とはかつてエルフ族が解読した古代文字を元にして生まれた俗語であり、現代では魔物がはびこる洞窟などの閉鎖的空間を指す言葉として用いられている。

各ダンジョンには危険度を表す等級が定められているのだが、今ゴーシュたちが訪れているのは、その中で最上級の危険度を誇るＳ級ダンジョンだった。

「けど、本当に良かったのかな。いきなりＳ級ダンジョンを攻略するなんて言っちゃって」

「ふふん。ゴーシュさんなら大丈夫ですよ。あのフレイムドラゴンを余裕で倒しちゃうんですから。ギルド協会もそんなゴーシュさんに期待してか、ちゃんと許可をくれましたし」

「まあ既に告知もしちゃったからな。しっかり成果を上げないといけないわけだけれど」

初配信の際にS級ダンジョン攻略を宣言しようと発案したのはミズリーである。そして、S級ダンジョンを探索許可を得るためギルド協会に申請手続きをしたのもミズリーである。

ミズリーという一人の少女が純朴な信頼を寄せてくれるのは嬉しいことなのだが、当のゴーシュは先日まで田舎で農家をやっていた身なのだ。

いきなり最上級危険度のダンジョン攻略に乗り出して良いものなのだろうか、凶悪な魔物と遭遇して敗走するシーンを配信してしまうことになるのではないかと、ゴーシュは内心恐々としていた。

「ところでミズリーは本当に魔物との戦闘とか平気なのか？　初めてモスリフで出会った時には普段から鍛えてるって言ってたし、事前の打ち合わせの時は自信ありげだったけど」

「はい、問題ありません！　ずっとゴーシュさんの配信を追いかけてきましたので！」

「ん？　どういうこと？」

「ゴーシュさんが出ている配信を何度も繰り返して見て、見よう見まねで練習してたんです。おかげで剣についてはそれなりに自信があります。もちろんゴーシュさんほどじゃありませんけど」

ミズリーはそう言って、腰に刺してある片手用細身剣を誇示した。

ゴーシュが背負っている大剣とは異なる形状だが、小柄なミズリーに似合っている剣だ。

「俺が出ている配信を繰り返し見たって、何回くらい？」

「ええと、ざっと一万回は見ましたかね。《炎天《えんてん》の大蛇《だいじゃ》》にいた頃のものを含めてですが」

「おおぅ……」

自分が出ていた配信をそんなにも見られていたとは恥ずかしいなと、ゴーシュは乙女のように顔を覆《おお》いたくなった。いや、実際に覆っていた。

「でも――」

「ん？」

ゴーシュが顔を上げると、ミズリーは微笑を浮かべていた。

その顔はこれまでとはどこか雰囲気が異なっていて、ゴーシュは思わず息を呑《の》む。

手を後ろ手で組み、洞窟内の水晶の光に照らされるその様は、配信していなかったことが悔やまれる程に印象的な立ち姿だった。

「私、ゴーシュさんの出ている配信を繰り返し見てきたことで気づいたことがあるんです」

「気づいたこと？」

「はい。ゴーシュさんの強さの秘密についてです」

「……」

「今日はそのお披露目でもあるかなって、私、ワクワクしています。だからゴーシュさんには思う存分、剣を振るってほしいんです」

ミズリーの青い瞳がゴーシュを真っ直ぐに見据える。

「……分かった。俺の剣に注目してくれる人がどれくらいいるかは分からないけど、やれるだけやってみるよ」

「はい！　期待してます、ゴーシュさん」

今度は満面の笑みだった。

ちょっと照れくさいなと思いながらも、ゴーシュは微精霊との交信を開始しようとする。

「それじゃ配信を始めるけど、無茶はしなくていいからな。もし危険だと思ったら撤退することも考えて、安全第一でいこう」

「ふっふっふ。心配無用だと思いますよ」

「いや、配信で注目を集めるのは大事だけど、俺にとってはミズリーの無事の方が大切だからな」

「……」

「どうした、ミズリー？」

「い、いえっ！　何でもありません！」

突然しどろもどろになって背を向けた相方に、ゴーシュは怪訝《けげん》な顔を向ける。

対するミズリーはといえば……。

（ドキッとしました！　今のゴーシュさんの言葉、ドキッとしました！　配信始まってたらヤバかったです！）

胸に手を当てて興奮を押さえつけるのに必死だった。

「それじゃあ配信開始、と」

ゴーシュは微精霊に向けて念じ、動画配信を始めることにした。

さすが最上級のＳ級ダンジョン攻略と銘打った配信、というところか。瞬く間に同時接続数が増え、ゴーシュとミズリーの周囲を数多くのコメントが埋め尽くしていく。

【こんにちはー！】

【おおお、本当に《青水晶の洞窟》じゃん！】

【Ｓ級ダンジョン攻略、マジでやるのか！】

【待っていましたわ！】

【よく入る許可が取れたな】

【ギルド協会に大剣オジサンのファンがいたと予想】

【大剣オジサンのお手並み拝見でござるな】

【フフフ。そのダンジョン、そう簡単に攻略できるかしらね？】

【ミズリーちゃんも行くんか。大丈夫？　無理しないでね？】

【大剣オジサンの戦闘が見られる！】

【同時接続数：5，990】

【同時接続数：10，288】

【同時接続数：19，099】

「皆さん、今日も見に来てくれてありがとう。今日は事前にお伝えしていた通り、このS級ダンジョン《青水晶の洞窟》を攻略していこうと思います」

「ふっふっふ、今日は期待してもらって良いですよ。きっとゴーシュさんの強さにメロメロになると思いますから」

「お、おい、ミズリー」

【僕はミズリーちゃんにメロメロです】

【今日も得意げなミズリーちゃんが可愛い】

【ミズリーちゃん、まっすぐでええ子や】

【ゴーシュさん、オレ期待してます！】

【戦闘配信マニアです。楽しみです】

【さて、S級ダンジョンの魔物にどこまでやれるか……】

ゴーシュとミズリーが考えた今日の配信の目的は、立ち上げ間もない配信ギルドとして注目を集めることだ。

同接数は既に二万弱を記録しており、その意味では上々すぎるほどの立ち上がりである。

しかし、楽観はできない。

高難易度のダンジョン攻略配信と言えば確かにインパクトはあるが、遭遇した魔物に敗走する姿を晒《さら》すことになればリスナーからは期待外れと称されてもおかしくないのだ。

だからこそゴーシュは、ミズリーが提案してくれたこの企画を成功させようと決意を新たにする。

「ちなみに攻略の定義ですが、この《青水晶の洞窟》の最深部まで進んだらということにしようと思っています。途中魔物が出てきたら極力討伐していけるよう頑張ります」

「それでは、S級ダンジョン《青水晶の洞窟》の攻略配信、スタートですっ！」

こうして、ゴーシュたちのS級ダンジョン攻略配信は開始されることになった。


「む、さっそく魔物が現れたな。数は……五体か」

【おいおい、いきなりアイツかよ】

【5体はヤバくね？】

【僕、この前1体相手に歯が立ちませんでした】

入り口から進んで間もなく、ゴーシュたちの前には複数体の魔物が現れる。

鋭い牙と爪を持つ、黒い狼《おおかみ》型の魔物――ブラッドウルフ。

その赤い瞳が血の色を連想させることから命名され、冒険者協会が危険度B級に指定する魔物である。

個体としての等級は先日ゴーシュが駆除したフレイムドラゴンには劣るものの、群れをなして出現した場合は危険度A級に匹敵すると評されるほどの強敵だ。

ブラッドウルフの群れとの遭遇にリスナーたちは恐れおののくコメントを打ち込んだが、ゴーシュは大剣を構えて対峙《たいじ》した。

「ミズリー、俺が前方の敵を対処する。もし討ち漏《も》らしたら対処を頼めるか？」

「はい、ゴーシュさん」

ミズリーはゴーシュの声に応えながらも、口の端を上げる。

(もし討ち漏らしたら、ですか……)

ゴーシュの配信を常に見続けてきたミズリーには確信があった。ゴーシュが言ったその言葉は間違いなく杞憂《きゆう》に終わるだろうと。

そして、ミズリーは大剣を構えたゴーシュの背中をじっと見つめる。

――その時、ミズリーの心の内を占めていたのは歓喜の感情だった。

憧れ、一途に追い求めてきたゴーシュの背中。それが今、目の前にある。

配信の画面を通してではない。

世界中の誰よりも近い場所で、ゴーシュが剣を振るうその姿を見られるのだ。

そして同時に、ミズリーはこれから繰り出されるゴーシュの攻撃が喝采《かっさい》を浴びることになるだろうと確信していた。

「グルルルル――」

「……」

ゴーシュは深く、細く息を吐く。

そのまま眼前の敵を見据《みす》え、大剣を引いて構えた。

《炎天の大蛇》で誰にも認められることなく、ただ一方的に解雇を告げられ、笑いものにされて……。

そんな境遇だったからか、ゴーシュは未だ明確な自信を持てずにいた。

しかし、自分を信じてくれる存在に報いたいとも思っていた。

――ゴーシュさんと一緒に動画配信をしていけたらきっと楽しいだろうなって、そう思うんです。

思い出したのは、初めて出会った時にミズリーから言われた言葉。

その純粋無垢《じゅんすいむく》な言葉はゴーシュの心の中に、とても自然な形でストンと落ちてきた。

「グルガァアアア！」

「四神圓源流《ししんえんげんりゅう》、《紫電一閃《しでんいっせん》》――」
ゴーシュが静かに呟き、構えていた大剣を横に薙ぐ。
その剣閃が目で追えた者はごく一部だっただろう。
しかし、その結果は明らかだった。
「やった！　やりました、ゴーシュさんっ！」
ゴーシュが大剣を振るった後には、五体全てのブラッドウルフが地に倒れ込んでいた。
【おぉおおおおお!?】
【5体同時!?】
【マジか！　マジか！】
【今のってもしかして世界樹を斬った時の剣技？】
【フフフ、なるほどね】
【大剣オジサン、本物だわ】
【カッコよすぎですわ！】
【ゴーシュさん、アンタすげぇよ……】
【なあ、大剣オジサンが剣振る前に言ってたのって何かの流派？】
【だろうな。でも俺は知らん】
【あれ、もしかしておじいちゃんの？】

【あれはやはり、拙者がかつて習得できなかった古代武術なのではなかろうか……】

【無邪気に喜ぶミズリーちゃん可愛い】

【この前まで田舎で農家やってたんですよこの人】

【初見です。弟子にしてください】

【これだよ、俺たちが見たかったのは！】

【同時接続数：58,979】

ゴーシュが剣を振るった後、喝采を浴びることになるだろう。

ミズリーのその考えは、やはり間違ってはいなかった。


「やっぱりゴーシュさんは凄いです！　あれだけの魔物をいっぺんに倒しちゃうなんて！」

「お、おい、ミズリー」

ゴーシュが大剣を振るい、ブラッドウルフ五体をまとめて倒した後のこと。

ミズリーは興奮冷めやらぬ様子でゴーシュに駆《か》け寄った。……ばかりでなく、ゴーシュの手を掴《つか》んでブンブンと楽しげに振っていた。

【ミズリーちゃんの喜びようが心に染みる】

【くっ……！　ミズリーちゃんに手を握ってもらえるなんて羨《うらや》ましいぞ大剣オジサン】

【ほんと純粋やなぁこの子】

【なんかこの二人見てるとほっこりするわ】

【分かる。すごく分かる】

「ミズリー。喜んでくれるのは嬉しいんだが、今は配信中だからな」

「と、そうでした。ついうっかり」

ミズリーが照れ隠しに舌を出して笑うと、その様子にまたリスナーたちが熱狂する。

天然でこれをするのだから、ミズリーもゴーシュとは違う意味で配信者に向いているというものだ。

「皆さんも見ましたか？　ゴーシュさんのカッコ良いところ！」

【おう！　攻撃は見えなかったけどな！】

【ふつう大剣って攻撃速度が劣るのが弱点なんですけどね！】

【マジで結果は凄いとは思うんだけど、過程が見えないのよｗ】

【魔法で視力強化とかできる奴なら見えるかも？】

「ふむふむ。確かにゴーシュさんの攻撃は凄いですが、速すぎて何をしたか分からないという人が多いみたいですね」

ミズリーはリスナーたちのコメントに目を通し考え込む。

「それでしたら、私が解説しましょう！　ゴーシュさんの強さの秘密について！」

「え……？」

　ビシッと人差し指を立ててミズリーがリスナーたちの関心を惹きつけた。かと思うと、どこから取り出したのか眼鏡を装着し、ミズリーは解説モードに切り替わる。

「コホン。まずですね、ゴーシュさんが扱っている武術についてです」

【ほう？】

【武術ってことは剣以外もいけるってことか】

【そういえば一昨日の別配信でも剣無しでナンパ男を撃退してたね】

【大剣オジサン、ドレッドワイバーンの攻撃も見切ってたからな。あれも武術の一種か？】

「ですです。ゴーシュさんの習得している武術というのは、かつて獣人族のみが扱えるとされた、《四神圓源流》という古代武術なんです。今では理論だけが残っていて、使い手がいないとされる伝説の武術なんですけどね」

　ミズリーは眼鏡に手を添えて、得意げな顔で語る。

「よく流派の名前まで知ってたね、ミズリー」

「ふふん。ずっとゴーシュさんの配信を追いかけてきてますからね」

　そういえば一万回以上見たと言っていたなと、ゴーシュは乾いた笑いを浮かべた。

【でもさ、大剣オジサンはどこでその伝説の武術とやらを習得したんだ？】

【それな】

【誰かに師事してたとか?】

【拙者でも習得できなかった武術でござるのに……】

「確かに《四神圓源流》を扱える人は現代にはいないとされていますが、理論は残っていますからね。獣人族が配信したものの中に《四神圓源流》の解説をしている動画があったので、それを見たんじゃないかなと思いますが、いかがですかゴーシュさん?」

「あ、ああ。その通りだ。ある獣人族の老師が配信しているのを見て、それで知ったんだ」

「なるほど。でも、それを習得するのにはかなりの努力をされたのではないですか? 誰も理論を再現できなかった伝説の武術と言われていますし」

「まあ、何というか……。朝の運動にちょうど良さそうだな、と。それで、健康のために毎日やっていたんだが……」

「え?」

【は?】

【は?】

【はい?】

ゴーシュの答えにミズリーだけでなく、リスナーたちも戸惑いの反応を見せる。正確には戸惑いというより「何を言っているんだこの人は」という反応だ。

「えっと、ゴーシュさんは朝の運動で《四神圓源流》を習得しちゃったんですか？　伝説の武術なのに？」

「そうなる、のかな……。そう聞くとすごく恐れ多いことをしたような気持ちになるけど」

【それは草】

【大剣オジサン、朝の運動で伝説の武術を習得していた模様】

【体操代わりかよｗ】

【創始者もビックリだろｗ】

【本当にすごい。おじいちゃんでも再現できなかった武術なのに……】

【ゴーシュさん、アンタすげえよ】

【フフフ。天才現る、といったところかしら？】

リスナーたちが呆れとも羨望《せんぼう》とも取れるようなコメントを流していくが、それも無理はないだろう。ゴーシュが言っているのはそれだけ非常識なことだった。

「はは……。さすがゴーシュさん、で片づけて良いのか分かりませんが、うん。そうですね、さすがとしか言いようがないです」

ミズリーがずれ落ちそうになっていた眼鏡をかけ直し、気を取り直す。

「とにかく、先程ゴーシュさんがブラッドウルフに放った《紫電一閃》という剣技も、その武術を元にしたものということですよね」

「ああ。《四神圓源流》は体術や剣術、槍術《そうじゅつ》に斧術《おのじゅつ》といった物理的な攻撃手段に応用ができるから」

「なるほどなるほど。それでは、この後のダンジョン攻略でもゴーシュさんの色んな技が見られるかもしれないですね。皆さん、これは注目ですよ！」

「は、はは……」

ミズリーは上手く締めくくって、リスナーたちにウインクしてみせる。

そうして、ゴーシュたちはＳ級ダンジョンの攻略を再開することにした。


「ほんと、ゴーシュさんって規格外ですよね」

ミズリーがそんな言葉を発したのは、Ｓ級ダンジョン《青水晶の洞窟》の入り口から進んで間もなくしてのことだ。

ゴーシュの討伐した魔物は既に五十体を超えており、それに対しての呟きである。

「そんなに持ち上げられると恥ずかしいが。モスリフで農家をやっている時も魔物駆除はしていたし、それで慣れてたのかな。ハハ……」

「ここに出現するのはＳ級ダンジョンの魔物なんですけどね」

ミズリーが指摘を入れると、配信を視聴していたリスナーたちもそれに続く。

【ミズリーちゃんがツッコむその気持ち、よーく分かるぞ】

【さっきから斬りまくってるの、危険度B級以上の魔物ばっかりなんですが（白目）】

【拙者、剣には自信があった方だが、今日で消え失せたでござる】

【マジゴーシュさんパネェっす！】

【同時接続数：62,589】

気づけばゴーシュたちの配信を視聴しているリスナーの数も六万を超えていた。

立ち上げ間もない配信ギルドが叩き出す数字としては異例の同時接続数である。

と、ゴーシュたちの前にまた新たな魔物が現れる。

入り口付近で倒したブラッドウルフよりも更に多い数。小型有翼種の中でも上位を誇る魔物、スティールバットの大群である。

【めっちゃいっぱいいる！】

【数多くね？　ざっと見ても20匹以上はいるぞ】

【さすがに大剣で相手するにはキツいか？】

【さすがS級ダンジョン、ヤバい敵が多いな】

【これは逃げても仕方ないですわね】

リスナーたちが慌てふためくのも無理はない。

群れをなしたスティールバットは別名、死の蝙蝠《こうもり》としても恐れられている強敵だ。

通常は剣などの対単体戦に特化する武器では相性が悪く、複数体を処理できる攻撃手段——現代では珍しいが、攻撃魔法を扱える者がいないと苦戦必至となる魔物である。

「今度は数が多いな」

鋭い牙をむき出しにしながら襲い来るスティールバットの群れを注視し、ゴーシュは大剣を前方に構える。

そして——。

「四神圓源流、《枯葉《かれは》散水《さんすい》》——」

ゴーシュが呟くと、無数の線が走る。

それは洞窟内の青水晶の光に照らされた剣閃《けんせん》で、スティールバットを一匹、また一匹と両断していく。

【おおおおー!!!】

【スパスパスパッ!】

【はっや!?】

【大剣のスピードじゃないw】

【ゴーシュさん、どんだけ技あるんすかw】

【ゴーシュ殿、私はマルグード領の領主ケイネス・ロンハルクである。どうか私のところの騎士団に加入してもらえないだろうか。ゴーシュ殿であれば騎士団長の座を任せてもよいと思っておる】

【A級冒険者のシグルド・ベイクだ。俺のパーティーに入らないか？　というか剣教えて】

【また領主いるじゃんｗ　A級冒険者までｗ】

【大剣オジサン、勧誘がやまない】

【これだけの逸材、そりゃみんな欲しがるわなｗ】


そうしてリスナーたちがコメントを打ち終える頃には、スティールバットの群れは一匹残らず斬り刻まれていた。


「ふぅ……」

「はいはーい。今のゴーシュさんの技について解説しまーす！」

【また出たｗ】

【待ってました】

【ドヤ顔で眼鏡を着けてるミズリーちゃん、てえてえ……】

【解説モードのミズリーちゃん、推せる】

【絶対準備してたよなこの子ｗ】

「ミズリー、またやるのか。けっこう恥ずかしいんだが……」

「配信ですからね。リスナーの方々にも分かりやすい方が良いかなと！」

「それはそうかもしれないが……」


ミズリーの勢いに押され、ゴーシュは頬を掻《か》くことしかできなかった。

「今ゴーシュさんが使用したのは連続で斬撃を繰り出す技ですね。上段からの斬り落とし、返しで切り上げ。少し変化をつけて袈裟《けさ》斬りからのまた返しで右斬り上げなどなど。普通はやろうとしてもただの連続攻撃になっちゃうんですが、一連の動作で行えるゴーシュさんは凄いですよね！　あと技名もカッコいいですよね！」

【しかも大剣でなｗ】

【めっちゃ早口で喋るやんｗ】

【確かに技名もカッコいい！】

【へぇ。凄い技が使えるのね】

【私も大剣オジサンみたいになれるかな……】

【この配信がリアルタイムで見られた俺は幸せです】

【ファン登録しました】

「それでですね、この剣技の凄いところは――」

ミズリーが意気揚々と語っていた、その時だった。

――シャアアアアア！

背後にあった岩陰から蛇型の魔物が飛び出て、ミズリーの首筋に噛《か》みつこうと牙をむく。

奇襲にして素早さもあり、常人では対応できない攻撃と言っていい速度だった。

「っ……！　ミズリー、伏せ――」

ゴーシュが慌てて大剣を振ろうとする。

が、それには及ばなかった。

「えいっ！」

「え……？」

振り返ったミズリーが瞬時に腰から剣を抜き、無造作に払う。

蛇型の魔物はその身を両断され、呆気《あっけ》なくその身を転がすことになった。

「もう。人が解説しているのに失礼ですね」

「……」

ミズリーは事もなげに言って剣を収めたが、その様子を見ていたリスナーたちは大興奮だった。

【うぉおおおおお！　ミズリーちゃんすげぇ！】

【何者なのこの子w】

【ミズリーちゃんも強いのね……】

【めちゃくちゃ疾《はや》かった！　ミズリーちゃんはスピードタイプなのか】

【美少女で瞬速の細剣使いとか解釈一致すぎるw】

【この子と大剣オジサンのコンビ、最強じゃね？】

「あ……、皆さんありがとうございます。でも、私はゴーシュさんの配信を見て剣を覚えた感じでして。まだまだ見よう見まねなんですが……」

ミズリーは自分を称賛するコメントに照れながら謙遜する。

その様子を見ながらゴーシュは、なるほどそれはS級ダンジョン攻略に臆さないわけだよなと、深く納得したのだった。

【同時接続数：76,919】

＊＊＊

ゴーシュとミズリーは快調にS級ダンジョンを攻略していった。

破竹の勢い、とはまさにこのことだろう。

迫りくる魔物たちはもはや敵ではなく、二人の配信を演出する餌になっていた。

【これは伝説の配信ギルド誕生の予感】

【強くてカッコいい&可愛い。まさに最強】

【これは今日のまとめ記事が楽しみですね】

【ちょっと待って、今日の同接数ランキング2位まで来てるぞw】

【立ち上げたばっかのギルドが取れる順位じゃないw】

【この調子なら1位いくんじゃね？】

【今日はまだ歌姫のメルビスちゃんが配信してないからな】

【他のギルドも見習ってくれ】

【それな。最近はどこも炎上系とか、とにかく人目を浴びればいいと思ってやがる】

【《炎天《えんてん》の大蛇《だいじゃ》》とかその筆頭だよな】

【あそこ、この前C級のダンジョンでヒィヒィ言ってたぞw】

【た配信の話題は控えろよ。マナー違反だぞ】

リスナーたちが流すコメントも盛況で、このままいけばゴーシュとミズリーのダンジョン配信は大成功のもとに終わるだろう。

そうして快進撃を続けていった二人は、真っ直ぐと通路が伸びる空間に辿り着く。

「ふぅ……。どうやらこの先が最奥部みたいだな」

「最後ですね。気合いを入れていきましょう」

ゴーシュたちが今攻略している《青水晶の洞窟》は、ついひと月ほど前にある魔術師が解析を行ったとして有名なダンジョンでもある。

その際、最奥部には何やら巨大な魔物がいるらしいことが判明していたのだが……。

「さて、どんな魔物が待っているやら」

ゴーシュが慎重に奥へと進むと、開けた空間に出る。

ひときわ強い輝きを放つ青水晶が辺りを埋め尽くすように並び、その様子を配信するだけでも人気が集まりそうな場所である。

そして、その場所には事前の情報通り、巨大な魔物が鎮座していた。

「あれは……」

「あっ――」

その魔物を見た瞬間、思わずゴーシュとミズリーは声を漏《も》らす。

同時に、初見のリスナーたちが慌てふためくが、ゴーシュたちが声を漏らしたのはまったく別の理由からだった。

「フレイムドラゴン……」

「ですね……」

そこにいたのは、ゴーシュが日課のように狩っていた魔物、フレイムドラゴンだった。

【勝ったな。風呂入ってくる】

【(竜にとっての)天敵現るw】

【これは勝利フラグ】

【え？　フレイムドラゴンですよ？　これってピンチでは？】

【→初見さん、安心してください。大剣オジサンの敵じゃありません】

【巨大な魔物ってフレイムドラゴンのことかー】

【いや、フレイムドラゴンは強い。間違いなく強いんだが……】

【大剣オジサンが一撃で倒してた魔物じゃねえかｗ】

【そうは言ってもお前らフレイムドラゴン目の前にしたら逃げるだろ？】

【→そりゃそうでしょ】

ゴーシュのフレイムドラゴン討伐配信（実際には配信を切り忘れていただけだが）を見たことのあるリスナーたちは余裕のコメントを流していく。

リスナーたちはゴーシュの勝利を確信して疑わず、そしてそれは現実のものとなった。

数分後には、ゴーシュがフレイムドラゴンを難なく討ち取る様子が配信されたのである。

「はぁ……。ビックリ仰天《ぎょうてん》な魔物をゴーシュさんがカッコよく倒す！　って感じのラストになると思っていたんですけどねぇ」

フレイムドラゴンを討伐した後で、ミズリーは少し残念そうな声を漏らす。

とはいえ、フレイムドラゴンは危険度Ａ級の新種モンスターである。それを一瞬で葬り去るゴーシュの方がどうかしているのだが。

「まあ、何はともあれ無事に終わりそうで良かったよ。今日の配信を企画してくれたミズリーのおかげだな。本当にありがとう」

「い、いえいえ！　ゴーシュさんの強さがあってこそですよ！」

ゴーシュに感謝の言葉を呟かれ、ミズリーはブンブンと手を振った。

互いが相手を立てて謙遜し合う。

そんな二人の微笑ましいやり取りが配信画面にも映し出され、あとは締めの挨拶《あいさつ》を行って本日の配信は終了だと。

そう誰もが思っていた――。

「む……」

それにいち早く気づいたのはゴーシュだった。

《青水晶の洞窟》の最奥部にある水晶の壁面。そこからゴーシュは微かな気配を感じ取る。

そして、青水晶の一つに亀裂が走るのをゴーシュは見逃さなかった。

「――っ。ミズリー！」

「きゃっ！」

ゴーシュが傍《そば》にいたミズリーを抱きかかえて飛ぶ。

それとほぼ同時。洞窟内に響き渡る轟音《ごうおん》とともに、ミズリーがそれまで立っていた場所を水晶の塊が通過していった。

「くっ、間一髪だったか」

「え？　え？　一体何が……」

ゴーシュはミズリーを腕の中に収めたままで振り返る。

――ギ……ガァ……。

そこに姿を現したのは、先程屠《ほふ》ったフレイムドラゴンよりも更に大きな体躯《たいく》。

体一面を水晶で覆《おお》った、巨大ゴーレムだった。

「な、何ですかあのとんでもゴーレムは……!?」

突如現れた謎のゴーレム型魔物にミズリーが目を見開く。

その姿は巨大にして異質。

両腕両足のみならず、体全体が青水晶に覆われている。赤く淡い光を放つ瞳も不気味な印象を抱かせた。まるで洞窟内の水晶が意思を持って固まり、ゴーシュら外敵を排除しようと動いているような印象だ。

突進して姿を現した際に体勢を崩したためか、すぐにゴーシュたちに攻撃を仕掛けてくるような素振りはなさそうだが、厄介なことにゴーレムは広間の入り口に立ちはだかる格好になっている。この分だと逃走は難しいだろう。

「ミズリー。大丈夫だったか？」

「は、はい。何とか」

「すまん。咄嗟のこととはいえ強く抱えすぎた」

「いえいえいえいえっ！　ゴーシュさんが動いてくれなかったら今頃吹き飛ばされちゃってたでしょうし」

ゴーシュの腕の中にすっぽりと収まったままだったミズリーがブンブンと首を振る。

ちなみに今、ミズリーの心の内にあるのは「ゴーシュさんが近い！」という雑念である。

「とにかく、アレを何とかしなくちゃな」

そんな場違いな緊張に気付くことなく、ゴーシュはミズリーをそっと放し、背負っていた大剣を眼前に構えた。

「剣での攻撃が通じるか分からないが、やれるだけやってみるか。もし退路が開くようなら逃げることも考えよう」

「……」

「ミズリー、大丈夫か？　やっぱりどこか痛めたか？」

「あ、いえ！　すみません、大丈夫です！」

ミズリーは立ち上がり、自身もまた剣を抜く。が、剣を握る手は微かに震えていた。

その様子を横目で見たゴーシュは「やっぱりミズリーでもあんなデカい魔物は怖いよな……」と思いやっていたのだが、その思考は的外れだった。

当のミズリーが考えていたのは、

（ゴーシュさんに突然抱きしめられてドキッとしました！　絶っっっっっっ対に今はそんな状況じゃないのは分かってますけど、ドキッとしましたっ！！！）

である。

（と、とにかく今は集中しないと。あのでっかいゴーレム、すごく強そうですし）

ミズリーがどうにか思考を切り替えると、対する巨大ゴーレムも体勢を立て直しゴーシュたちに相対した。

――グゴゴゴゴゴゴ。

その圧倒的な存在感は配信画面を通しても伝わったようで、リスナーたちの恐々としたコメントが流れていく。

【おいおい、これはシャレになってないぞ】

【最後の最後にとんでもないのが待ってたな】

【水晶でできたゴーレム……。どっかの配信で解説してるの見たことあるな】

【→詳しく】

【確かクリスタルゴーレムって古代種だ。実物で、しかも動いてるのは知らんが】

【ただでさえディフェンスに定評のあるゴーレム種なのに、水晶となるとめっちゃ硬そう】

【フフフ。さすがS級ダンジョンね】

【ミズリーちゃん、無理するんじゃないぞ！　逃げられるようなら逃げろ！】

【かなり硬いだろうな。剣でどうにかできるのか？】

【それでも大剣オジサンなら……。大剣オジサンならきっと何とかしてくれる……！】

新種の、しかも誰の目にも明らかな強敵に恐れおののくリスナーたち。

しかしゴーシュは大剣を手に駆《か》け出した。

「ハァッ――！」

――グゴァアアアアアア！

対するクリスタルゴーレムも水晶に覆われた拳《こぶし》を振り回し、ゴーシュが振り下ろした大剣と衝突する。

金属音とも打撃音ともとれる音が洞窟内に反響し、攻撃は相打ちとなった。

反動で吹き飛ばされたゴーシュにミズリーが心配そうに駆け寄る。

「ゴーシュさん、大丈夫ですか!?」

「ああ……。やっぱり硬いな。生半可な攻撃じゃ太刀打ちできそうにない」

「あ、でもあっちにもヒビが入ってますよ。まったく効いていないわけじゃなさそうです」

――ブゴォオオオオオ！！！

次に行動を起こしたのはクリスタルゴーレムの方だった。

巨腕を力任せに地面へと叩きつけると、隆起した地面がゴーシュたちを襲う。

「きゃっ！」

「くっ……」

突如として放たれた遠距離からの攻撃にゴーシュとミズリーは分断され、宙に浮いた。

クリスタルゴーレムが次に狙いを定めたのはゴーシュの方。

自身の体を少なからず損傷させられたことによる怒りからだろう。着地による硬直を狙って突進攻撃を繰り出し、それはゴーシュに真正面から命中する。

「ゴーシュさんっ！」

ゴーシュは激しく吹き飛び、壁面に衝突する――かに見えたが、逆に壁を蹴ってクリスタルゴーレムの肩口に斬撃をお見舞いした。

――グルゴァ!?

それはクリスタルゴーレムにとっても予想外の反撃だったようだ。

巨体をどうにか踏みとどまらせ、心なしか怒りに燃えた目でゴーシュを振り返る。

【おぉおおお！】

【いいぞ、大剣オジサン！】

【今のどうなったんだ？　ゴーレムに吹き飛ばされたように見えたんだが】

【あれは確か……《浮体《ふたい》》と呼ばれる四神圓源流の防御方法でござるな】

【→詳しく教えてくれ、ござる】

【敵の攻撃に合わせて自ら後方に飛ぶことで衝撃を最大限に緩和するのでござる。もっとも、常人ではそのタイミングを見極めるのは難しく、拙者もやってみようとしたが思いっきり後頭部を打ち付けたでござる。それをあのゴーレム相手に成功させるとは……】

【オーケー。とりあえず大剣オジサンが凄いのは分かった】

【とにかく、まともに戦えてるぞ！】

【しかし決め手が無いな。相手もタフだし、まともに一撃もらったらヤバいぞ】

【どうすりゃ倒せんだよこんな化け物……】

「大丈夫ですか、ゴーシュさん」

「ああ。とはいっても、このまま長期戦は勘弁願いたいが」

寄ってきたミズリーと視線を交わし、ゴーシュは油断なくクリスタルゴーレムと相対する。

若干のダメージは与えているものの、クリスタルゴーレムが動きを停止させる様子は見受けられない。

「ゴーシュさん」

「ん？」

「確か四神圓源流には、対象の破壊に特化した剣技がありましたよね。それならあのゴーレムに致命傷を与えることはできないでしょうか？」

「あ、ああ。確かにそういう技はある。しかし、あの技を使うには……」

「分かっています。一定時間、気を集中するため無防備になっちゃうんですよね。だったら、そのあいだ私があのゴーレムを惹きつければ良いんですよ」

「……」

危険だ、とゴーシュはミズリーを止めようとした。

が、ミズリーの青い瞳は真っ直ぐにゴーシュを見上げていて、何を言っても曲げないであろう意志を感じさせた。

「やらせてください、ゴーシュさん。その代わり、ゴーシュさんならあのゴーレムを打ち倒せるって、私信じてますから」

「……分かった。絶対に倒してみせる」

決意には決意で返すのが筋だろうとゴーシュは思った。

そして、ゴーシュは剣を握りしめ、精神を集中させていく。

「では、いきますっ！」

ミズリーが駆け出し、クリスタルゴーレムの注意を惹きつける。

クリスタルゴーレムも攻撃を繰り出すが、その攻撃をミズリーは華麗に躱《かわ》していった。

【おお！　ミズリーちゃんいいぞっ！】

【美しいですわ！】

【ミズリー、大胆】

【躱せ躱せ！】

【あの動き、ミズリー殿も只者《ただもの》じゃないでござるな】

【ハラハラするー】

【頑張れミズリーちゃん！】

クリスタルゴーレムの繰り出した拳を足場にして跳躍。剣で攻撃を受け流しつつ、反撃を挟みながら攪乱《かくらん》したりと。ミズリーのその動きは流麗と表現するにふさわしく、ただの一撃ももらうことなくクリスタルゴーレムを翻弄《ほんろう》していく。

そして――。

「ミズリー！」

ゴーシュの掛け声が合図だった。

ミズリーはクリスタルゴーレムの赤く光る眼に一撃を与え、自身は後退する。

クリスタルゴーレムはよろめき、それはゴーシュにとって格好の的となった。

「玄冥《げんめい》の名の元に、真武《しんぶ》の理《ことわり》を以《も》って応じよ。四神圓源流奥義、《玄武《げんぶ》》――」

ゴーシュは跳躍し、大上段から渾身の一撃を叩きつける。

――グガァアアアアアアア！

その一撃はまさに圧巻の一言だった。

ゴーシュの全霊を乗せた剣撃はクリスタルゴーレムの硬質な水晶ですら阻むことはできず、打撃と斬撃を組み合わせたかのような衝撃が対象の粉砕という結果をもたらした。

「やった！　やりました、ゴーシュさん！」

クリスタルゴーレムが大きな地響きを立てて倒れ込み、ミズリーが歓喜の声を響かせる。

そして辺りには、戦闘の勝利に湧《わ》くコメントが満ちていった。

【おぉおおおおお！！！】

【キター！！！】

【大剣オジサンがやってくれた！】

【さすが俺たちの大剣オジサン！】

【ミズリーちゃんも見事！】

【まごうことなき神回じゃあああああ！】

【とんでもねえ配信ギルド爆誕ｗ】

【素晴らしいですわ～！】

【凄い。本当に凄い】

【フフ。おみごとね】

【Ｓ級ダンジョン、攻略じゃああああ！】

【同時接続数：１７９，３９８　※おめでとうございます。本日の同時接続数ランキング1位を達成しました】

＊＊＊

「ゴーシュさん、本当にお疲れ様でした！」

「いやいや、ミズリーのおかげだよ。俺の方こそありがとうな」

夜になって。

ゴーシュたちは杯を交わし、今日の配信が大成功に終わったことを祝っていた。

「ほんとにゴーシュさんはすごいです。あんなでっかい水晶の塊を倒しちゃうんですから」

「ミズリーが相手を撹乱してくれたおかげだな。俺一人じゃ厳しかったと思うよ」

「いえいえいえ、それでも今日のヒーローは間違いなくゴーシュさんですよ」

ちなみにミズリーが今飲んでいるのは本日十杯目の麦酒《エール》である。

ケラケラと笑う姿は可愛らしいのだが、先日のようにならないかゴーシュはハラハラしていた。

（まあでも、こんな風に真っ直ぐに喜んでくれるのは嬉しいものだな）

ゴーシュはそんな感慨を心の中で呟き、手にしていた酒を呷《あお》る。

「見てください、ゴーシュさん。今のところ私たちのギルドが一位ですよ一位！」

ミズリーがある配信画面を開き、笑顔を浮かべた。

それはその日のフェアリー・チューブの話題をまとめたニュース配信で、獣人族の少女が綺羅《きら》びやかな衣服を纏《まと》って映っている。

【今日行われた配信で特に目を引いたのは、やっぱり新鋭ギルド《黄金の太陽》だニャ！なんと最大の同時接続数が10万を超えたんだニャ～！】

配信を行っている獣人族の少女は尻尾をフリフリと動かしながら、我がことのように興奮した様子で話し続けている。

――同時接続数が十万を超えた。

――このスピードでの六桁超えは異例の早さである。

――配信者をお気に入りとして登録する「ファン登録」も増え続けている。

――今後もどのような配信が行われていくのか楽しみだ。などなど。

獣人族の配信者が語る内容はどれもゴーシュたちのギルド《黄金《おうごん》の太陽《たいよう》》の凄まじさを表していた。

【いや～、めでたいことだニャ。最近はどこそれのギルドの配信が炎上してるとか暗いニュースが多かったからニャ。やっぱりこういう明るいニュースを流せるのは良いことニャ】

「何というか、こういう風に取り上げられるのは恥ずかしくもあるけど、嬉しいな」

「そうですね。次の配信も頑張らないとですね」

と、ゴーシュとミズリーはしばらく獣人少女のニュース配信を見ながら酒を交わしていたのだが……。

【ニャニャ！　ここで続報ニャ！】

「ん？」

【今日の同接数ランキングが入れ替わったニャ！　あの歌姫メルビスちゃんが1位に躍り

出たニャ。同接数は……な、な、なんと100万超えだニャ！】

「「──っ」」

配信者の獣人少女が驚きの声を上げて、その内容にゴーシュとミズリーも驚きの表情を浮かべる。

【同接100万超えとは恐れ入ったニャ～。なるほど、どうやらサプライズで新曲の発表があったらしいニャ。さすが500万人のファン登録数を誇る歌姫メルビスちゃん、圧倒的ニャ。……私も後で見るニャ】

桁違いの数字が読み上げられ、ゴーシュもミズリーも酒を飲んでいた手が止まった。

「……」

ゴーシュは自然と口角が上がっている自分に気付く。

その時ゴーシュの胸の内にあったのは悔しさではなく、もっと別の感情だった。

「うーん、私たちの同接数が抜かれちゃいましたか」

「ああ。でもさすが稀代《きだい》の天才歌姫と呼ばれたメルビスだな」

「何だか嬉しそうですね、ゴーシュさん」

「ああ。メルビスは俺を変えてくれた配信者だからな」

「ほうほう？　詳しく聞いてみたいですね」

興味津々といった様子で覗《のぞ》き込んでくるミズリーを尻目に、ゴーシュはぽつりぽつりと昔を懐かしむように語り出す。

「《炎天《えんてん》の大蛇《だいじゃ》》に入る前、傭兵《ようへい》をやっていたことがあるんだが、本当に辛かった時期があった。疲れ果てて宿舎に帰ることを繰り返しているような毎日で、何の目標も持てずにいて……。あの時はただ同じような日々を漠然と送っている感じがしてな」

「……ゴーシュさんのその腕に付いている傷。その傷も傭兵時代に付いたものですよね？」

ミズリーはゴーシュの腕にある古傷を指差して言った。

「ん？　そうだけど、よく分かったな」

「ああいえ、ゴーシュさんが《炎天の大蛇》の配信に出ている時には既にあったので、そうなんだろうなと」

「なるほど。ミズリーは昔から俺の出ている配信を見てくれていたんだもんな」

ゴーシュは納得したように言って自分の腕に残った古傷を見やる。

今のやり取りであったように、その傷はゴーシュが傭兵をやっていた時のものだ。

ある依頼をこなした帰還中、森で現れた狼型の魔物に噛みつかれてできたものだが、実は、ミズリーもそのことは知っていた。

どこか慈しむような視線を向けるミズリーに、ゴーシュは怪訝《けげん》な顔をしながらも続ける。

「それでな、そんな鬱屈《うっくつ》とした傭兵時代を送っていた俺に、活力を与えてくれたのが歌姫メルビスの配信だった」

ゴーシュは一度言葉を切って、手にしていた酒器をグイッと呷った。

「惹き付けられたよ。と同時に、救われた気分になった」

「……」

「それからかな。俺もあんな風に、人に希望を与えられるようになりたいと思って、動画配信という文化の可能性を知って、興味を持ち始めて……。ハハハ、ちょっとクサいな」

「いえいえ。すごく素敵なことじゃないですか。誰かを見て憧れる感情は私もよーく知っているつもりですから」

「……そうか」

ミズリーの青い瞳に見つめられ、ゴーシュはどこか気恥ずかしくなる。

と同時に、こんな風に真っ直ぐなミズリーと配信ができるのは幸運なことだな、とも。

「でも、見る人にそこまでの影響を与えるなんて、お姉ちゃんはやっぱり凄いですねぇ。私ももっと頑張らないと」

「そうだな。本当に凄い配信者だと思うよ、メルビスは」

何となく相槌を打ち、再び酒器に口を付けようとして。

そこでゴーシュは手が止まった。

先程のミズリーの言葉が遅れて頭の中に飛び込んでくる。

「ミズリー、今、何て言った？」

「え？　私ももっと頑張らないと、って」

「いや、そこじゃなくその前」

「……？　ああ、お姉ちゃんは凄いなぁ、と」

ミズリーが平然と言ったその一言にゴーシュは目を見開く。

「ま、待て待て待て。え……？　お姉ちゃんって、え？　ミズリーってあの歌姫メルビスの妹なの？」

「あ、なるほど。確かにまだ話したことなかったですね。そうですすそうです。メルビスは私の姉なんです」

ケラケラと笑ったままで言ったミズリーに、ゴーシュは開いた口が塞がらなくなった。

それも無理はない。

まさかミズリーがフェアリー・チューブで大人気を誇る歌姫の妹だったとは、と。

ゴーシュは一気に酔いが覚めたような心地だった。

「私、小さい頃からお姉ちゃんを見てきまして、だから私もお姉ちゃんみたいになりたいなぁと思って、動画配信に興味を持ち始めたんです」

「メルビスみたいに？」

「あ、でも歌を歌いたいってわけじゃないんですよ。むしろ、色んな配信をやってみたいなって」

ミズリーは語る。

その青い瞳は輝いていて、ミズリーの純粋さが表れていた。

「お姉ちゃんにも言われたんです。配信をやるなら、縛られずに色んなことをやってみなさいって。そうすれば、あなたがどんなことをしていきたいかも見つかるはずだからって」

「なるほどな。だからミズリーは配信ギルドをやろうと思ったんだな」

ゴーシュは頷き、納得する。

確かに、様々な配信を行っていくのであれば配信ギルドというのは都合がいいだろう。

人が集まることによってできるようになる配信もあるからだ。

「あとの理由はきっとゴーシュさんと同じです。お姉ちゃんみたいに、大勢の人を笑顔にするようなことをしたいなって思ったんです」

「そうか……」

「それで、ある時ゴーシュさんが出ている配信を見つけて、そこからはもう何回も見てきて……。って、何だかちょっと恥ずかしいですね」

にへらっと屈託のない笑顔を向けてきたミズリーを見て、ゴーシュも自然と笑う。

そして、ミズリーと一緒に配信ができる縁に感謝し、嬉しそうに酒を呷るのだった。

幕間②――S級ダンジョン攻略配信のその後で

562：名無しの妖精さん
いやー、やばかったな今日
リアルタイムで見られて良かった

563：名無しの妖精さん
同意。あれは衝撃的だった

564：名無しの妖精さん
やっべ今起きたわ。何かあったたん？

565：名無しの妖精さん
>>564
もったいねえなお前w

566：名無しの妖精さん
>>564
マジかよｗ
ご愁傷さまｗｗｗ

567：名無しの妖精さん
え？　え？　何この空気

568：名無しの妖精さん
>>567
お前にとって悪い話と悪い話どっちから聞きたい？

569：名無しの妖精さん
>>568
どっちも同じじゃねえか！

570：名無しの妖精さん

>>569

ほら、まとめてやったぞ

・新参ギルドがS級ダンジョン攻略達成。2回目の配信にして同時接続数10万超え

・しかもオッサンと金髪美少女の二人で攻略

・クソデカゴーレム（S級相当のモンスターとの噂）を元農家のオッサンが倒す

・オッサン、何やら伝説の古代武術を扱える模様。朝の運動で習得したらしい

・金髪美少女ちゃんがとにかく可愛く、ファンクラブがたくさんできた

・歌姫メルビスちゃんが新曲公開。同接数、脅威の100万超え

571：名無しの妖精さん

>>570

サンクス

メルビスちゃん新曲公開したんか！

……ってか新参ギルドの方ヤバくね？

え、何でそんな面白そうなのやってたのに寝てたのオレ？

馬鹿なの？　死ぬの？

572：名無しの妖精さん
どんまいｗ

573：名無しの妖精さん
メルビスちゃんの新曲めっちゃ良かったわ
でも個人的に衝撃的だったのは大剣オジサンとミズリーちゃんの配信

574：名無しの妖精さん
>>573
わかりみ

575：名無しの妖精さん
とにかくあのギルドはやべえわ

576：名無しの妖精さん
大剣オジサンのファンになっちゃった

577：名無しの妖精さん
ミズリーちゃんのファンクラブ入ってきた
凄まじい勢いで伸びてるｗ

578：名無しの妖精さん
そんなミズリーちゃんと一緒に配信してる大剣オジサン羨《うらや》ましす

579：名無しの妖精さん
まああの人なら納得って感じもするがな
強いだけじゃなく真摯な感じで好感持てるし

580：名無しの妖精さん
>>579
それはワタクシも思いましたわ
あのおじ様のファンクラブがあったら入りたいくらいですわ

581：名無しの妖精さん
>>580
もうあるぞ

582：名無しの妖精さん
>>581
見つけましたわ。入りましたわ

583：名無しの妖精さん
大剣オジサンの使う技名がカッコいいと思うのだが、分かる同志はおらんか？

584：名無しの妖精さん
>>583
それめっちゃ分かる

585：名無しの妖精さん
四神圓源流《ししんえんげんりゅう》だっけか？　あれやっぱり難しいのか？

586：名無しの妖精さん
>>585
獣人族の老師が理論解説した動画が残ってたから見てみました
あんなのどう見ても常人には無理です。本当にありがとうございました

587：名無しの妖精さん
大剣オジサン、朝の運動にちょうど良いとか言ってたぞｗ
健康のために毎日やってたら四神圓源流を習得したらしいｗ

588：名無しの妖精さん
やっぱり毎日の反復や努力が必要なんだな……
ってそうじゃねえ！

589：名無しの妖精さん
四神圓源流って獣人族に伝わる伝説の古代武術なんだろ？
獣人族の老師も継承者がいないって嘆いてたが

590：名無しの妖精さん
これ、獣人族からもスカウトされたりしてなｗ

591：名無しの妖精さん
>>590
既に動き出してる。私も大剣オジサンに会ってみたい

592：名無しの妖精さん
>>591
お？　獣人族の方ですか？
大剣オジサンってやっぱり獣人族のあいだでも話題になってるの？

593：名無しの妖精さん
>>592
まだ詳しいことは内緒

594：名無しの妖精さん
>>593
気になるなぁ

595：名無しの妖精さん
そういえば大剣オジサン、色んなところからスカウトされてたな

596：名無しの妖精さん
剣を教えてくれとか騎士団長やってほしいとか言われてて笑いましたw

597：名無しの妖精さん
S級ダンジョンで無双するくらいだからな。そりゃそうよ

598：名無しの妖精さん
もう大剣オジサンが師範で流派立ち上げたら人が殺到するんじゃね？

599：名無しの妖精さん

>>598
オレ、もしそうなったら絶対に加入します

600：名無しの妖精さん
たぶんこれからコラボ依頼も殺到すると予想

601：名無しの妖精さん
それはありそう。ミズリーちゃんもくっそ可愛いし

602：名無しの妖精さん
ミズリーちゃん、歌とか歌えるんかな？
メルビスちゃんとコラボしてほしいわ

603：名無しの妖精さん
>>601
なにそれ激アツじゃん

604：名無しの妖精さん
なんかあの子、メルビスちゃん的な大物感あるよな
メルビスちゃんはクール系だし方向性はまったく違うが

605：名無しの妖精さん
ミズリーちゃんは天真爛漫《てんしんらんまん》って感じだな
天然で一直線なところも推せる

606：名無しの妖精さん
あの子は音痴と予想

607：名無しの妖精さん
>>606
何故かすごくしっくり来たわw

608：名無しの妖精さん
>>606

いやいや、想像してみ？
ミズリーちゃんみたいな女の子がいきなりイケボで歌い出すところを

609：名無しの妖精さん
>>608
それは破壊力ヤバいわ

610：名無しの妖精さん
俺は大剣オジサンがイケボで歌うところを見たい

611：名無しの妖精さん
>>610
あの人普段も低い感じのイケボだしな

612：名無しの妖精さん
メルビスちゃんもそうだけど、配信界の未来はまだまだ明るいわ

613：名無しの妖精さん
ゴーシュさんとミズリーちゃんのギルド、次何やるか楽しみだな

614：名無しの妖精さん
>>613
それな。収益化とかできるようになったらスペシャルチャット投げる自信ある
まだ先だろうが、楽しみだ

615：名無しの妖精さん
おまえらちゃんとファン登録しとけよ？
見るだけじゃなく応援せんと

616：名無しの妖精さん
もちろん登録済み。あんな面白そうなギルド、期待しかない

617：名無しの妖精さん
また明日からが楽しみだ

第5章 ― 高級レストランのチケット

「ふっ。はっ――」

大剣オジサンこと、ゴーシュ・クロスナーの朝は早い。

朝のランニングから始まり、自身の背丈ほどもある大剣の素振り。そして四神園源流《ししんえんげんりゅう》の型を元にした運動などなど。

ゴーシュはギルドの宿舎前で、日課としている反復を余念なくこなしていた。

一方――。

「ふにゅう……」

金髪美少女、ミズリー・アローニャの朝は遅い。

理由は単純。昨晩、酒を飲みすぎたからである。

「ふへへー。ゴーシュさん、もう飲めませんよぅ……」

ミズリーはベッドの上で布団にくるまり、蕩《とろ》けた寝顔を晒《さら》している。

もちろん配信などはされていないが、もしこの様子が知れることになれば、それはそれで熱狂的なファンを生み出すに違いない。

【皆様こんにちは。今日のエルフによる現代用語の解説配信では、笑いをコメント欄で表現する際に用いる『ワロタ』や『草』などの正しい使い方について解説しますね。これらの言葉は、私たちが解析した古代文字を若者が中心にアレンジし始めたもので――】

ゴーシュがとっくに朝の日課を終え、ギルドの庭に作った家庭菜園場の手入れも終え、あるエルフの配信を視聴していたところ、ギルド建物の中にミズリーの声が響き渡る。

「あぁあああ！　すみませんゴーシュさん！　寝坊しましたぁあああ！」

「うぅ……。すみません、今日はギルドの家具とかを買い出しに行く予定だったのに」

「気にする必要はないさ。別に急いでいたわけじゃないし、こうして昼からでも十分に見て回れるだろうしな」

太陽が真上に昇ろうかという時間になって、ゴーシュとミズリーは王都グラハムの中心街へと繰り出していた。

「それにしても、良かったのか？　ミズリーには元々自分の家があっただろうに、ギルド宿舎に住むことになって」

「はい。家にはたまに帰れば問題ないですし、ギルドからは少し離れていますからね。ギルドに住むことにすれば時間も有効活用できるかと」

「それもそうか。その方が朝起きるのが遅くても問題なさそうだしな」

「あぅ……。ゴーシュさんってば、イジワルですよぅ」

ゴーシュとしては何となしに言ったつもりだったのだが、どうやらミズリーは寝坊していることを茶化されたと思ったらしい。可愛らしく肩を落とし、トボトボと歩いていた。

「しかし、ギルド協会には感謝だな。ギルドを立ち上げたばかりの俺たちにあれだけ広い活動拠点を充てがってくれて。あの時は実績も何も無かったはずなのに」

「あの受付嬢さん、ゴーシュさんがモスリフでフレイムドラゴンを倒した時から配信を見ていたらしいですからね。きっとこれからゴーシュさんがもっともっと人気になるって期待して手続きしてくれたんですよ。私も仲良くなっちゃいましたし」

立ち上げ手続きをした時のことを思い出しながら、ミズリーが得意げな笑みを浮かべる。

実際にゴーシュとミズリーのギルド《黄金《おうごん》の太陽《たいよう》》に充てがわれた活動拠点はとても優良な物件だった。

通常、新規立ち上げのギルドとなると他のギルドとの共有施設を充てがわれることが多いのだが、用意されたのはゴーシュたちのギルドで専有することのできる建物。

家具こそ付いていなかったものの、三階建ての宿舎一体型で、広間に調理場、広々とした庭や家庭菜園用のスペースまでついているといった充実ぶり。

あの分であればギルド内で配信をすることもできるかもしれないなと、二人にとっても大満足の物件だった。

「でも、あれだけ広いと俺たちだけじゃ手に余りそうだ。個室だけでもかなりあったし」

「配信で注目を浴びたら私たちのギルドに入りたい人もたくさん来てくれるでしょうし、あれくらいがちょうど良いですよ」

「なるほど。確かにそうか」

「そうだ！　私、魔法とか使える人がほしいです！　攻撃魔法を扱える人って現代だと珍しいですが、配信に参加してくれたら盛り上がると思うんですよね。こう、ババーンと！」

言って、ミズリーは大げさにアクションを取る。

ミズリーが嬉しそうなので良いかと、ゴーシュはその光景を眩しそうに眺めていた。

そうして、何件かの家具屋を回って配送の手続きを済ませ、陽も傾き始めていたところ。

「「あ……」」

ゴーシュとミズリーが揃って声を上げる。

その視線の先に見知った顔があったからだ。

「ウェイウェイウェ～イ！　それじゃあ今日の配信はここまで。また明日からも可愛い女のコを発掘していこうと思いまーす。じゃあまたまた～」

その人物は赤い長髪をわざとらしく掻《か》き上げ、配信画面の向こうにいるリスナーにウインクしていた。

ゴーシュとミズリーの視線の先に立っていた人物。

それは赤い長髪の男性、ウェイスだった。

ギルドの立ち上げ手続きの時に出くわし、ミズリーをナンパしようとした若者だなとゴーシュは思い当たる。

ウェイスは配信を終えたところらしく、微精霊との交信を切断すると溜息《ためいき》をついていた。

「はぁ……。あれから同接数が増えたのはいいけど、やっぱりあのコ以上の女のコは見つからないな。……ん？　あ、あれは、ミズリーちゃん！」

と、ウェイスがミズリーの姿を見つけ、駆《か》け寄ってくる。

「まさかこんなところで出会えるとは、神様の思《おぼ》し召《め》しだ！　いや、ミズリーちゃん自身が女神なんだからそれはないか！　なんちゃって！　ハハハ！」

「さて、それじゃあ帰りましょうか、ゴーシュさん」

軽薄な言葉を並べるウェイスに取り合わず、ミズリーは反対方向に歩き出そうとした。

「ああ、待ってくれ！　今日はナンパ目的とかじゃないんだ！　一言お礼を言いたくて！」

「お礼？　ミズリーにかい？」

「おおぅ、ゴーシュさんも一緒でしたか……。いつぞやは大変お世話になりました」

ゴーシュが声をかけると、ウェイスは顔を引きつらせながら後退りした。

「あれ？　チャラ男さん、ゴーシュさんの名前知ってるんですか？　前は悪人呼ばわりまでしてたのに」

「そ、そりゃあね……。あのS級ダンジョン攻略配信、ボクも見てたから。それに、ゴーシュさんにはボコボコに負けた後でミズリーちゃんと一緒にいた事情を聞いたし」

「君、あの後大丈夫だったかい？」

「は、はい。それはもう……。あの時はボクが間違っていました……。というか、ボクごときがゴーシュさんに戦いを挑んだこと自体、恐れ多いことでした……」

分かりやすく怯えきったウェイスに、ゴーシュはどう反応したものかと頬を掻く。

どうやら、ゴーシュに決闘で負かされた時のことがトラウマになっているらしい。

「それで、ミズリーにお礼というのは？」

「そ、そうそう。ミズリーちゃんが配信に出てくれてからというもの、ボクの配信のリスナーがすっごく増えてね。今度会うことがあればお礼を言いたいと思ってたんだよ。いやぁミズリーちゃん、本当にありがとう！」

「ドウイタシマシテー」

にっこりと笑ったウェイスに対し、ミズリーは棒読み極まりない声で答える。

ミズリーが配信に出たというよりもウェイスが勝手にナンパしてきたのだが、指摘するのも面倒なのでそのままにしておいた。

間に挟まれたゴーシュは対応に悩んでいたが、あることを思い出し声をかける。

「あ、そうだ君。この前の決闘の後、これを落としていったよな？」

ゴーシュが取り出したのは二枚のチケット。

先日、ウェイスがミズリーをナンパする際にチラつかせていた高級レストランのチケットである。

「あ……。確かにボクの持っていたチケットですね」

「良かった。これ、会ったら返そうと思って持ち歩いていたんだ」

「……」

ゴーシュはチケットを差し出したが、ウェイスは何故か受け取ろうとしない。チケットを差し出したゴーシュの顔を見上げるばかりだ。

ゴーシュとしては何気ない、当たり前の行為。

しかしその時、ウェイスは感動していた。

自分に難癖を付けてきた相手が落としていったものなのに、使おうともせず返すという。

そればかりか、ウェイスに返せる機会に恵まれたことを心から喜んでいるらしい。

ウェイスはそういったゴーシュの器の大きさに胸を打たれていたのだ。

と同時に、ウェイスはあることを決めて、ゴーシュの申し出を手で制した。

「いえ、それはゴーシュさんとミズリーちゃんに差し上げます」

「え？　良いのかい？」

「はい。勝手に決闘を申し出た迷惑料だとでも思ってもらえれば」

「そ、そうか。何というか、ありがとう」

「いえ。ゴーシュさんとミズリーちゃんに使ってもらえるならそのチケットも本望でしょうからね。あ、またお二人の配信、楽しみにしていますよ」

ウェイスはそう言うと、キランと効果音が鳴っていそうなウインクをして去っていった。

「貰《もら》っちゃったな……」

ウェイスが去った後で、ゴーシュの手には二枚のチケットが握られていた。

そのチケットを見るに、王都では誰もが知っている高級レストランのものらしい。

「コレ、どうしようか？」

「そ、そうですね」

チケットを貰ったはいいものの、ゴーシュはどうしたものかと戸惑っていた。そしてミズリーは隣でソワソワとしながらチケットを覗《のぞ》き込んでいる。

二人がそんな風に落ち着かない様子なのにはワケがある。

そのレストランは親密な男女が使用することで有名な場所なのだ。

――もっと有り体に言えば、カップルがデートで使う場所なのである。

（チャラ男さん、ナイスです！）

ミズリーは歓喜しつつ、ゴーシュに声をかける。

「う、うーん。あのチャラ男さんは二人にって言ってくれましたし？　ここは私とゴーシュさんで行くのが良いですね。うん、そうしましょう」

「え？　良いのか、俺とで？」

「はい、もちろん！」

ミズリーが鼻息を荒くして喜んでいるのを見て、ゴーシュは納得する。

(なかなか行けない高級レストランだしな。ミズリーも行ってみたいんだろう。さすがに一人で行くのは気まずいだろうし)

そんな風に、勘違いしながら。

「そうだな。せっかくだし、使わせてもらおうか。あの若者には感謝しないとな」

「はい！」

ミズリーがゴーシュに見えないようにガッツポーズして、満面の笑みを浮かべる。

(そういえばこのレストラン。あの若者が言うには、歌姫メルビスが歌いに来ることもあるレストランなんだっけ……？)

ゴーシュはチケットを懐に仕舞いつつ、そんなことを思い出していた。

【SIDE：炎天《えんてん》の大蛇《だいじゃ》】誤った選択

「クックック。やっぱりこの手の配信は儲《もう》かるな。たまんねぇぜ」

《炎天の大蛇》のギルド長執務室にて。

ギルド長アセルス・ロービッシュは机に積まれた金貨を前にしてほくそ笑んでいた。

先月のフェアリー・チューブの広告収益としての金銭が送られてきたのである。

「ギルド長ってば、ほんと人の注目を集める天才ですねぇ。この調子なら魔物討伐の配信とか古臭いことしなくても大丈夫そうじゃないですか？」

「そうだなプリム。お前の言う通り、もう魔物討伐の配信なんてヤメだヤメ。適当にどっかの飲食店に行ってクレーム入れてた方が手っ取り早く稼げるってもんよ」

「ですよねですよね？」

「ああ。お前にも良い思いさせてやるぜ、プリム」

「うふふ、ギルド長ってばぁ。大好きですぅ～♪」

アセルスの甘言にぶりっ子のような振る舞いで返したのは、《炎天の大蛇》のギルドメンバー、プリムである。

執務机を挟んでではなく、アセルスの首に抱きつくようにして絡むその姿は、まさしく愛人女性としての振る舞いだった。

対するアセルスも満足そうに下卑た笑みを浮かべ、執務机にどかっと足を乗せる。

ある時点を境にして、《炎天の大蛇》魔物討伐の配信は失敗続きだった。

その「ある時点」というのは言わずもがな、ゴーシュを笑いものにして追放した日のことなのだが……。

冴《さ》えない中年のオッサンが自分たちのギルドに貢献していたなど、アセルスたちは想像すらしない。

先の配信でも魔物討伐で醜態を晒《さら》してしまったアセルスだったが、迷惑系の配信は好調だったため、上機嫌だった。

「ギルド長！　た、たた、大変ッス！」

そんなアセルスの慢心を打ち破るかのように、男性のギルドメンバーが駆け込んできた。

プリムと同じく、ゴーシュの追放配信の際に一緒にいたギルドメンバー、ニールである。

「どうしたよ、そんなに血相変えて」

「これ見てくださいッス！」

「何だこれ？　S級ダンジョン《青水晶《あおすいしよう》の洞窟《どうくつ》》攻略配信……？」

ニールが開いたフェアリー・チューブの過去配信動画を見て、アセルスがそこに表示されていた配信タイトルを読み上げる。

配信を糧《かて》とするギルドでありながら市場分析とうに怠惰《たいだ》であるアセルスにとっては、初めて見る動画だった。

「これ、立ち上げたばっかりのギルドが先日行った配信なんッスが、タイトルの通りS級ダンジョン攻略に挑戦した配信でして……」

「ハハハ！　新参のギルドがS級ダンジョン攻略に挑戦だと？　そんなことできるわけねえじゃねえか。配信業界なめんじゃねえぞ！」

「プークスクス。ギルド長の言う通りですぅ。ニールさんってばそんなフェイク動画に踊らされてるなんて、ちょーウケますぅ」

アセルスは大口を開けて笑う。隣に立っていたプリムも同じ。発足間もないギルドがS級ダンジョン攻略などできるわけないと嘲笑を浮かべていた。

そこに限ってはアセルスやプリムの考えはもっともである。

しかし――。

「と、とにかく、内容を見てもらえば分かるッス。適当なところから流すッス」

「美少女が触手系のモンスターに絡め取られてるとかか？　それなら見てやるぜ？」

「もー、ギルド長ってばぁ」

アセルスはニヤニヤと笑いながら、映し出された配信動画を覗《のぞ》き込む。

そこには、中年の男性と金髪の少女の後ろ姿が映っていて、巨大な魔物と対峙《たいじ》しているところだった。

「なんだよ、ギルドってても二人で攻略しようとしてんのかよ。馬鹿じゃねえのか？」

アセルスは嘲笑《ちょうしょう》を漏《も》らすが、画面に映された少女が巨大な魔物を撹乱《かくらん》する様子が流されると、表情が変わる。

「——っ。なんかこの子、めちゃくちゃ強くねえか？　相手にしているゴーレムもめちゃくちゃな強さだろ。……っていうかこれ！　前にウチのギルドに来た娘じゃねえか⁉」

ゴーシュの追放配信の後でギルドを訪れたミズリーのことは、アセルスも記憶していた。

その時は単に「めちゃくちゃ可愛い女の子」という印象だったのだが、画面の中の少女は常人離れした動きで巨大な魔物——クリスタルゴーレムと互角に渡り合っている。

「あの娘、こんなに強かったのか……。くそっ、あの時なんとしてでもギルドに入ってもらえば良かったぜ」

「これも凄いんッスが、見てもらいたいのはこの後ッス」

「え？」

ニールが曇った表情を浮かべていて、アセルスは思わず声を漏《も》らす。

そして、その場面は流された。

「はぁっ⁉」

アセルスが素《す》っ頓狂《とんきょう》な声を上げたのも無理はない。

そこに映し出されたのは、かつて自分が半年前に解雇を命じた中年男性――ゴーシュがクリスタルゴーレムを討伐する瞬間だったからだ。

「な、な、なんでゴーシュの野郎がこんな……」

「今、巷《ちまた》ではこの二人のギルドが噂《うわさ》になってるッス。そりゃもう凄い騒ぎッス」

「……」

「ちなみに、この配信の同時接続数は最大で十二万を超えたッス」

「じゅ、じゅ、十二万だとぉ!? ウチのギルドでも最大は一万ちょっとだぞ!?」

「でも、そりゃ納得ッス。立ち上げたばかりのギルドがたった二人でS級ダンジョンを攻略しちゃったんッスから。世間は大賑《おおにぎ》わいッスよ。……あ、ちなみに自分、ミズリーちゃんのファンクラブに入ったッス」

アセルスは開いた口が塞がらなかった。

自分がギルドの負債だと決めつけて解雇した冴《さ》えないオッサン。その人物がS級ダンジョンを攻略する実力を持っていましたなどと、信じられるはずがなかった。

「ふざけんな！　こんな……ゴーシュの野郎が、こんな……」

「ゴーシュさんの無双っぷりも凄《すご》いって世間では大評判ッス。領主が騎士団長の座を用意したとか、A級冒険者が弟子にしてほしいとか。とある令嬢が婚約を申し込もうとしてるって噂も――」

「もういい！　こんなもんデタラメに決まってる！　どうせ大金で傭兵団《ようへいだん》雇って、後ろから魔法でサポートさせてたとかそんなんだろ！」

「い、いや、どう見てもそんな感じじゃ――」

「うるせぇ！　とにかく、今はとっとと出てけ！」

アセルスの勢いに追い出されるようにして、ニールは執務室から出ていくしかなかった。

「まさかあのゴーシュさんがこんな実力の持ち主だったなんて、ちょー意外ですぅ」

「くっ……」

アセルスは顔をしかめ、苛立たしげに拳を叩きつける。

――自分がどれだけの逸材を追い出したか、そのうち思い知ると思いますけどね。

思い出したのは、《炎天の大蛇》を訪れたミズリーが去り際に残していった言葉だった。

「どうします？　ゴーシュさんに謝ってギルドに戻ってきてもらうとか」

「ふざけんなっ！　そんなこと、できるわけねえだろ！」

「怒らないでくださいよぅ……」

プリムの発した言葉も、アセルスにとっては自身を責める棘《とげ》でしかない。

一刻も早くこの話題は終わりにしたいとアセルスは立ち上がり、窓の方へと歩を進めた。

今はゴーシュのことを考えたくない。それよりも、次の配信で何をやるか考えようと。

現実逃避するかのように、アセルスは窓の外を眺める。

と、その視線の先で、高台に位置した「ある建物」が映った。

(確か、王都でも有名な高級レストランだったか……。ケッ、どうせ格式だけ高くて大儲けしてる店なんだろ。人が悩んでるってのに、良いご身分だぜ。……ん？　待てよ？)

その時アセルスの頭を巡る考え。

それは、次の配信のネタだった。

「おいプリム。良いこと思いついたぜ」

「お、なんですなんです？」

「俺とお前で、あの高級レストラン行かねえか？」

アセルスはニヤリと笑い、窓の外に映る高級レストラン《シャルトローゼ》を指差す。

「えっ、あのシャルトローゼに行けるんですか!?」

「ああ。幸いにも金ならちょうど入ってきたことだしな。二人分のチケットならすぐに用意できるだろうよ」

「行きます行きます！　シャルトローゼっていえば、あの歌姫メルビスちゃんが歌いに来ることもあるっていうちょー有名店じゃないですかぁ。さすがギルド長、太っ腹ですぅ！」

「ああ。ただ、今回は仕事でもあるからな」

「ん？　どういうことです？」

アセルスは口の端を上げたまま、プリムにそっと耳打ちした。

囁いたのは先程舞い降りた閃《ひらめ》きについて。

それを聞き終えたプリムが目を見開き、アセルスの作戦に感嘆の声を上げる。

「ギルド長ってば、天才です！　その配信なら同接数も稼げること間違いなしですよぅ！」

「だろ？」

「そういうことならさっそくチケットを二枚取得して、と……。あっ！　今日、メルビスちゃんがシャルトローゼで歌唱配信やるらしいですよ！」

「お、そりゃいいな。それならより注目も集まるだろう。クックック、歌姫メルビスが訪れるほどの名店。そいつが慌てふためくのが今から楽しみだぜ」

「はいっ！　メルビスちゃんの生歌を聞ける上に配信もできて、ちょーラッキーですぅ！」

歓喜に湧《わ》くアセルスとプリム。

それは果たして本当にラッキーと言えるのか。

その答えが分かるのは、数時間後のことである――。

第6章　大剣オジサンと歌姫メルビス

「こんな感じでいいかな？」

「バッチリですゴーシュさん！　というか、すっごくカッコいいです！」

夜──。

ゴーシュとミズリーは王都有数の高級レストラン《シャルトローゼ》に向かうための準備をしていた。

さすが高級レストランというだけあって格式が高いらしい。

《シャルトローゼ》にはドレスコードが定められていたため、ゴーシュとミズリーは服のレンタルをすることにしたのだ。

「ミズリーもすごく似合っているよ。普段より大人っぽい印象だな」

「ふへへ～。そう言われると嬉しくなっちゃいます～」

蕩《とろ》け顔のミズリーを見て、やっぱりちょっと子供っぽいかもなとゴーシュは思い直した。

「良いですねぇ、お客様。とってもお似合いだと思いますよ～」

服飾店の店員も、衣装を来た二人を見て溜息《ためいき》を漏《も》らす。

「あ、ありがとうございます」

「うんうん。男性のお客様は控えめなジュストコール風の衣服にアスコットタイが紳士的な雰囲気に大変よくマッチしていると思います。女性のお客様はアリストクラットドレスですね。元々のスタイルがとても良い方なのでこれもすごく素敵です。やっぱりフランセーズまでいくとかしこまりすぎちゃうかと思いますしこれくれいがちょうど良――」

「「……」」

ペラペラと語りだす店員。

ほとんど何を言っているのか分からず、ゴーシュとミズリーは揃って苦笑いを浮かべる。「と、とりあえずこちらをレンタルでお願いします」

「ありがとうございますー。あ、そうだ、お客様」

やっと解放されるかと安堵《あんど》の息をついたゴーシュだったが、店員から声がかけられる。

「ぜひ二人のお姿を当店のフェアリー・チューブ配信に載せたいのですがいかがでしょう？　当店としても宣伝になりますし、もちろんその分お値引きさせていただきますよ？」

「えっと、それはまったく構いませんが……」

なるほど、こういう宣伝の仕方もあるのかとゴーシュは感嘆しつつ、思案顔になった。

「でも、俺も入って良いんですか？　ミズリーだけの方が良いのでは？」

「何を言ってるんですか。今のゴーシュさん、とってもカッコいいですよ！　あ、普段からもですけど」

「ですです。とてもハンサムな感じで、きっとファンができるくらいですよ」

「ま、まあ店員さんが良いのでしたら……」

「ありがとうございますー」

過大評価だなぁと思いつつ、ゴーシュはミズリーと揃って撮影をされることになった。

ちなみにこの後、普段とは異なる装いに身を包んだゴーシュとミズリーの姿が公開され、それぞれのファンが悶《もだ》えることになるのだが、それはまた別のお話である。

「と、そろそろ時間だな」

「そうですね。《シャルトローゼ》に向かいましょう」

「どうも、ありがとうございました～」

ゴーシュとミズリーは撮影と会計を済ませた後で店員に見送られることになる。

「あ、当店は結婚式を挙げる時のドレスやタキシードなどの衣装も手掛けておりますので、その際はぜひ～」

「ふぇっ!?　け、け、結婚……!?」

最後に店員が発した営業文句を受けて、ミズリーは分かりやすく赤面する。

それからミズリーが平静を取り戻すまでには少し時間がかかった。

「あれが王都随一の高級レストラン《シャルトローゼ》か……」

「すごく幻想的な場所ですねぇ。あそこで配信したくなっちゃいます」

高台に向かう馬車に乗りながら、外を覗《のぞ》いたゴーシュとミズリーが思わず声を漏らす。

店の奥には観賞用の小さな滝があり、そこから流れる水は店の周囲に引かれていた。

入り口に向かう通路を取り囲むようにして張り巡らされている水路。それが夜の灯りを受けて輝き、何とも小洒落《こじゃれ》た空間を演出している。

「到着いたしました、お客様。それではごゆるりとお楽しみください」

店に向かう送迎用の馬車が停止し、御者が声をかけてくる。

これもまた管理が行き届いているのか、対応が丁寧である。

（……なるほど。なら俺も、恥ずかしくないよう振る舞わなきゃな）

「それじゃ降りようか。ミズリー、手を」

「え？　は、はい」

馬車のステップから降りる際ゴーシュに手を差し出され、ミズリーはその手を取った。

ゴーシュにエスコートされるまま手を引かれながら、ミズリーは心の内で思う。

（こ、これは何というか、すごくオトナです！　それに、ゴーシュさんの手に自然と触れられて……。あ、ヤバいです。また何度でも来たくなっちゃう。これが名店の力……！）

ミズリーの思考にひとつ付け加えると、別に店は関係無いのだが……。

何にせよ、ミズリーにとっては早くも刺激的な時間を過ごせていることに満足感を得ているようだった。

「ようこそ、《シャルトローゼ》へ。チケットを拝見いたします」

エントランスで受付を済ませ、ゴーシュたちは店内へと案内される。

「ふわぁ……」

光沢感ある大理石が敷き詰められたロビーに辿《たど》りつくと、ミズリーが思わず声を漏らす。

趣《おもむき》のある調度品や高い吹き抜けの天井、ピアノや弦楽器の奏でる優雅な音楽、彩り豊かな観葉植物などなど。

見事なまでに非日常的な空間が演出され、恋人同士で使われることが多いのも納得だなとゴーシュは感嘆する。

まだ開店直後ということもあってか、ロビーに他の客の姿は見えなかった。

店員によれば食事の準備ができるまでもう少しかかるとのことで、ゴーシュは高い天井を見上げて息をつく。

と――。

「ミズリーじゃないか」

《シャルトローゼ》の高貴な空間にあってなお、圧倒的な存在感を感じさせる声がゴーシュたちの背後から響いた。

「――っ」

ゴーシュが振り返ると、そこに立っていたのは青髪の女性だった。

歳はミズリーよりやや上だろうか。

黒のドレス服を身に纏《まと》っており、立っているだけなのにもかかわらず、見た者を釘づけにさせる不思議なオーラがあった。ウェーブがかった長髪も可憐な雰囲気を増長させている。

特に印象的なのは瞳だ。

蒼い宝石を思わせるようなその色は、ゴーシュの隣に立つミズリーの瞳と同色だった。

「あ、お姉ちゃん」

ミズリーは声をかけてきた女性を見ると嬉しそうに笑顔を浮かべる。

――そう。

ゴーシュの目に写ったのはミズリーの姉であり、現在の配信界においてトップと評される稀代《きだい》の歌姫――メルビスの姿だった。

「お姉ちゃん、久しぶり」

「久しぶり、ミズリー。悪いな、最近はあまり会ってやれなくて」

「ううん、仕方ないよ。配信で忙しいだろうし。今日もここで歌うってさっき知ってびっ

くりしちゃった」

フランクに接するミズリーに新鮮さを覚えつつ、ゴーシュは「ああ、本当に姉妹なんだな」と思わされる。

ゴーシュ自身メルビスの姿は配信で何度も目にしたことがあるが、実際に目の前にするとその姿に息を呑《の》んでしまう。

姉妹二人とも容姿が端麗《たんれい》であることには間違いないが、天真爛漫《てんしんらんまん》、純真無垢《じゅんしんむく》を地で行くミズリーに対し、メルビスは高貴さやカリスマ性を持った女性、という印象だ。

研ぎ澄まされた氷のように美しい、それでいて凛《りん》とした雰囲気がある。

「で、どうしてミズリーがこんな所にいるんだ？　それに、そちらの男性は？」

「ああ、えっとね――」

ミズリーが身振り手振りを交えてここに来た経緯を説明していく。

合わせてゴーシュのことも紹介しているらしく、ミズリーはとても楽しげに話していた。

何故かたびたび、説明の途中でドヤ顔が混ざっていたが……。

姉妹の再会に水を差すのも野暮だろうと考え、ゴーシュは置物のようにじっとしていたのだが、ミズリーの話を聞き終えたメルビスが近づいてきて、唐突に頭を下げられる。

「貴方がゴーシュさんでしたか。実際にお会いできて光栄です」

「え？　えっと、俺のことを知っているのか？」

「はい。以前、ミズリーから話を聞いたことがあります。何でも――」

メルビスはそこでミズリーの方をチラリと見やり、笑みを向けた。

対するミズリーは何故かハラハラと落ち着かない様子だ。

「何でも、とんでもない武術の達人を見つけたのだとか言って、楽しげな様子で私に語ってくれました」

その言葉を聞いたミズリーが今度はほっと胸を撫で下ろす。

そんなミズリーを見てメルビスは、悪戯《いたずら》が上手くいった子供のように微笑みを浮かべた。

(今の二人の反応、何なんだろうな……)

ゴーシュはわけも分からず困惑したが、それも無理はない。

ミズリーがゴーシュのことをどう伝えていたかという点について、正しくは、

――「憧れの人を配信で見つけた」から始まり、

――「配信を追いかけていたら人柄も良くて、謙虚で素敵な人だと分かった」となり、

――「それでいてとっても強くてたくましい」

――「何とかお近づきになりたい」

――「きっといつかあの人は日の目を浴びる」

――「その時に私もあの人の隣に立って一緒に配信をできるように、剣を学びたい」

という感じだったのだが、さすがにその全てを語られては恥ずかしすぎると、ミズリー

は慌てふためき、メルビスはそれをからかっていたわけだ。

「と、ご挨拶《あいさつ》が遅れすみません。私はメルビス・アローニャと申します。普段は歌の配信などを行っています」

「あ、ああ。もちろん知っているよ」

メルビスが手を差し出してきたため、ゴーシュも思わずその手を取り握手を交わす。

ちなみに、歌姫メルビスとの握手といえば、その機会に恵まれる者は数少ない。

ファン向けの、抽選倍率激高な握手会というイベントの席を勝ち取ることができた者にのみ与えられる権利なのだ。

メルビスのファンが今のゴーシュを見たら嫉妬《しっと》で叫ぶ者もいるかもしれない。

「メルビスさん。そろそろこちらへお越しください」

「あ、はい。今行きます」

《シャルトローゼ》のスタッフに呼ばれ、メルビスはすっとゴーシュから距離を取る。

「もう少しお話したかったのですが、残念です」

「いや、わざわざ挨拶してくれてありがとう」

「ふふ」

「……？」

メルビスは口に手を当てて笑みを零《こぼ》す。

何かおかしなことを言っただろうかと、ゴーシュは怪訝《けげん》な顔を浮かべた。

「何と言いますか、妹が言っていた通りの雰囲気をお持ちの方だなと」

「え？」

「ああいえ、お気になさらず。それより、今日は私も歌を添えます。ぜひ楽しんでいってください、ゴーシュさん」

「あ、ああ」

「ミズリーも、またな」

「うん。頑張ってね、お姉ちゃん！」

メルビスはゴーシュに一礼をすると、店員の案内で控室の方へと足を向ける。

（何だか、あのメルビスとあんな風に会話するだなんて、あんまり現実味がないな……）

去っていくメルビスにミズリーが手を振っているのを見ながら、ゴーシュはそんなことを考えていた。


「はぅ……。まさか幻のキラキラサーモンが食べられるなんて。幸せですー」

「本当だな。それにさっきの、グレートボアの芳醇肉《ほうじゅんにく》だっけ？　あんなの初めて食べたよ。さすが王都一の高級レストランだな」

運ばれてくるコース料理も半ばというところ。

ゴーシュとミズリーは絶品料理の数々に舌鼓を打っていた。

「だいぶお客さんも増えてきましたね」

「ああ。きっと、この後に予定されているメルビスの歌唱配信が目当てなんだろう。早めに来ておいて良かったな」

ゴーシュは卓上に置かれた果実酒をミズリーに注いでやりながら相槌を打つ。

「あ、ありがとうございます、ゴーシュさん」

酒を注がれたミズリーは照れながら言ったが、これで早くも十杯目である。

(酒を飲みながらリスナーと雑談する『晩酌配信』ってものがあると聞いたけど。ミズリーなら平気でやっちゃいそうだな……)

ゴーシュは美味しそうに果実酒を呷《あお》るミズリーを見て、そんなことを考える。そして、自分も果実酒を呷り一息ついた。

酒で酔いが回ったからか、それとも《シャルトローゼ》の雰囲気がそうさせるのか、ゴーシュはミズリーに対し、ぽつりと言葉を漏《も》らす。

「ミズリー、ありがとうな」

「え？　どうしたんですか？」

「いや、ミズリーが声をかけてくれなければ、俺は今も田舎で農家をやっていただろうからな。ミズリーとの配信ギルドはまだ始めたばかりだけど、これまで体験できなかったようなこともできて、本当に感謝してる。だから、ちゃんと言葉にして伝えておきたくて」

「ゴーシュさん……」

それは本心からの言葉だった。

真っ直ぐに自分を追い求め、転機のきっかけを与えてくれたミズリーへの感謝。そして、彼女に報《むく》いたいという気持ちをゴーシュは言葉として紡いでいく。

バックミュージックの穏やかなピアノも手伝って、二人の間《あいだ》に緩やかな時間が流れる。

そして、ゴーシュの言葉を受けたミズリーは――。

（こ、これ以上はマズいです……！　私、今絶対に変な顔になっちゃってます！　ゴーシュさんの言葉が眩しすぎてニヤケちゃいます！）

案の定というべきか、平常運転というべきか、興奮を押さえつけるのに必死だった。


「お、いよいよみたいだな」

会場がにわかにざわつき始め、歌姫メルビスの歌唱が始まることが知らされた。

会場内の灯りが落とされ、誰もが食事の手を止めている。

あのメルビスの歌唱が生で聞けるということもあってか緊張している客もいて、それはゴーシュも同じだった。

対するミズリーは目をキラキラと輝かせており、姉を応援する妹の姿がそこにはあった。

大勢の注目が集まる中で、歌姫メルビスが姿を見せる。

奥の方の扉から、一段高いステージへと。

メルビスはただ歩いているだけだったが、観客たちは一様に息を呑み、その様子を見守っていた。

（これが、フェアリー・チューブでもトップを誇る配信者の空気感か……）

ふと、歩くメルビスが視線だけをゴーシュの方に向ける。

その時メルビスが一瞬、ウインクしたことに気づいたのはゴーシュだけだった。

（はは、お茶目なところもあるんだな）

ゴーシュはそんなことを考え、壇上に上がるメルビスを見つめた。

「《シャルトローゼ》にお越しの皆様、こんばんは」

メルビスは壇上からみなを見渡し、透き通った声で挨拶をする。

（凄いな。挨拶しているだけなのに、会場の雰囲気がメルビスに染められていくみたいだ）

ちなみに今ゴーシュたちがいる《シャルトローゼ》の様子はフェアリー・チューブを通じて配信されており、視聴しているリスナーたちも興奮気味にコメントを打ち込んでいた。

【待ってました！】

【今日もメルビスちゃんがカッコ可愛い】

【ふつくしい……】

【会場で聞ける人たちが羨《うらや》ましい！】

【といっても《シャルトローゼ》のチケットなんて私たちじゃ手に入りませんしね】

【会場も良い雰囲気だなぁ。一生に一度でいいから行ってみたい】

【→そもそも相手いるのか？　あそこ、カップルで行く場所だぞ】

【→許さない、絶対に】

【ごめんてw】

【今日歌うのはこの前発表した新曲かな？　あれめっちゃいい曲だよなぁ】

【さすがメルビスさんの配信は人が大勢いますねー】

【まだ歌う前なのに同接数がヤバいw】

【同時接続数：684,909】

フェアリー・チューブ上ではそのようなやり取りが繰り広げられ、ゴーシュたちがいる会場とはまた違った盛り上がりを見せていた。

「それでは、皆様の時間に少しばかりの歌を添えます。どうぞ、お聞きください――」

音楽という文化がなぜこの世界にあり、人々の心に残り続けているのか。

メルビスの歌唱はその答えを示すかのようだった。

それほどまでに、圧巻だった。

落ち着いた曲調。それでいて力強く心を揺さぶるかのように響くメルビスの美声。

絶妙な加減で調和されたその旋律は聴衆の心を惹《ひ》き付け、情熱という感情を与えていく。

配信文化がこの世界にあって良かった、と。フェアリー・チューブのリスナーがコメントを打ち込んだ。

そのコメントに多くの者が賛同し、メルビスの歌唱を聴くことができる幸運に感謝する。

――現在のフェアリー・チューブで、トップを誇る稀代の歌姫。

それを証明するかのような時間が流れていく。

「凄いですよね」

曲の間奏に入って、ミズリーがゴーシュにだけ聞こえる声量で呟いた。

ゴーシュは心の底から同意して頷《うなず》く。

「ああ、本当に凄い。改めて思い知らされるよ。彼女が特別なんだってこと」

「ふふ。お姉ちゃん、小さい頃からいっぱい努力してきましたからね。来る日も来る日も、歌を練習していて。歌でみんなの心に何かを残せるような、そんな人になるんだって」

ミズリーは柔らかく笑い、そしてそのあとに少しだけ真剣な表情を浮かべて続けた。

「実は私、お姉ちゃんにちょっとだけ嫉妬していた時期があったんです」

「そうなのか？」

ミズリーのことを、常に前だけ見ているような少女だと思っていたゴーシュにとって、その話は少し意外だった。

「まだ私が小さい、昔のことですけどね。配信を始めて大勢の人から注目を浴びていくお姉ちゃんを見て、嬉しくて、でも同時にどこか寂しくて。私とは違うなぁって、ちょっと卑屈になったりもして」

「……」

「でも、ある日お姉ちゃんが言ったんです。別に私と同じである必要はない。私にとっては歌が特別だったけど、ミズリーにはミズリーの特別がきっとあるはずだから、って」

「そうか……。良いお姉さんなんだな」

「はい。本当に、尊敬できる自慢のお姉ちゃんです」

ミズリーが金の髪を揺らしながら、屈託なく笑う。

その様子を見て、ゴーシュはどこか温かい気持ちに包まれるのを感じていた。

（俺にとってそうだったように、ミズリーにとってもメルビスは大きな影響を与えてくれた人なんだろうな）

再び歌い始めたメルビスに視線をやりながら、ゴーシュは感傷に浸る。

と同時に、新たな決意を心の内に浮かべていた。

（やっぱり、俺もあんな風になりたいな。メルビスのように、人の心に何かを残せるような、そんな配信ができるように……）

ゴーシュはそんな想いを抱き、自然と笑みを浮かべる。

そして、その視線の先ではメルビスが最後の小節を歌い終えたところだった。

【同時接続数：1、398、579】


「皆様、ご清聴くださりありがとうございました」

歌い終えたメルビスが聴衆にむけて頭を下げると、客席からは万雷の喝采が起きる。

それは止まっていた時間が動き出したかのようだった。

メルビスの歌を聴いていたフェアリー・チューブのリスナーたちも、興奮冷めやらぬといった様子で思い思いのコメントを打ち込んでいく。

【メルビスちゃんの新曲、聴けて良かった】

【控えめに言って最高だった】

【今日職場の上司に理不尽なこと言われてムカついてたけど、どうでも良くなったわ】

【同時接続数130万超えだってよw】

【すごすぎるw】

【メルビスちゃんと同じ時代に生まれたことに感謝】

【はぁ。同性の私から見てもカッコ良すぎるなぁ】

【会場の雰囲気も良かったよな】

【→分かる。オレも行ってみたいわ。おいそれと行ける場所じゃないけど】
【店も良かったけど、何よりメルビスちゃんの歌を生で聴いてみたい】
【そういえば俺、握手会のチケット当たったわ】
【→マジかよ……。羨ましすぎる】
【→→久々に、キレちまったよ……】
【今後メルビスちゃんみたいな配信者は数十年出てこないだろうなー】
【→大剣オジサンとミズリーちゃんがいるぞ】
《黄金《おうごん》の太陽《たいよう》》ってギルドだっけ？　この前のS級ダンジョン攻略配信すごかったな】
【あそこは確かに伸びるわ】
【メルビスちゃんと競ったらそれは凄いなw】
【ちょっと待って、今画面の端に大剣オジサン映らなかった？】
【マジ？　もしかして会場に行ってるのか？】
【ミズリーちゃんと行ってるんじゃない？】
【ミズリーちゃんから誘ったと推測】
【見間違いじゃね？　ミズリーちゃん、酒とか飲めないだろw】
【あの可愛い見た目で実は酒豪だったりしてなw】
【そのギャップは推せる】

フェアリー・チューブのリスナーたちはゴーシュたちのことに触れながらもコメントを残し、メルビスの歌唱の余韻に浸っていた。

そうしてゴーシュが壇上のメルビスに拍手を送っていると、ミズリーから声がかかる。

「やっぱりお姉ちゃんは凄いですね」

「ああ。感動したよ。俺たちも負けていられないな」

前を向いたまま、ゴーシュはミズリーの言葉にそう返した。

それはゴーシュにとって何気ない言葉だったが、それを聞いたミズリーは一瞬きょとんとした後、とても楽しそうに笑う。

「どうした？」

「いえ、何でもありません。……そうですね、負けていられませんね。ふふふ」

「何だ、気になるじゃないか」

メルビスの圧倒的な歌唱を聞いて、そして同接数百三十万超えという注目度の高さを目の当たりにして、「負けていられない」などという感想を持つ者はこの世界にどれくらいいるだろうか？

メルビスを単なる畏怖の対象としてではなく、一人のよきライバルとして見ているゴーシュの真っ直ぐな発言が、ミズリーには嬉しくもあり、とても頼もしく感じたのだ。

「ゴーシュさん」

「ん？」

「また来ましょうね、このお店」

だからミズリーは感謝の念を込めてゴーシュに告げる。

そして、メルビスの歌唱に彩られた二人の時間はゆっくりと終わりに近づく。

——かに思えた。

歌唱を聞いていた客たちが卓上に並べられた料理の方へと意識を戻し、壇上にいたメルビスも配信を終えるべく、微精霊の交信を解除しようとした時のことだ。

「おいおい、何だこの料理は！　ここの店はこんな危ねえモンを客に提供してるのかよ！」

多数ある客席の中の一つから声が上がる。

他の客たちが騒ぎ始め、ゴーシュとミズリーも自然とその騒ぎの中心へと意識を向けた。

「あれ？　ゴーシュさん、あの人って……」

「え……」

ゴーシュがそこにいた人物を見て、目を見開く。

「お客様、いかがなさいましたか？」

「おう、店員さんよぅ。この肉料理にコレが入ってたんだよ」

「こ、これは……」

「この黒く柔らかい骨、猛毒を持つ『黒サソリ』のものに違いねえよな？　歌姫メルビスが来るような名店が、こんな異物混入をするなんてなぁ！　大問題だぞこれは！」

そうやって場違いな大声で叫んでいたのは、半年前にゴーシュを追放した《炎天《えんてん》の大蛇《だいじゃ》》のギルド長――アセルス・ロービッシュだった。

「お前みたいな下っ端の店員じゃ話にならねえんだよ！　代表者呼んでこい！」

メルビスは騒動が起きた状況で配信を切るわけにもいかず、声を上げたアセルスをじっと見つめている。

遠巻きに見ていたゴーシュもミズリーも、あまりに場違いな騒動を引き起こしている人物に視線を注いでいた。

「あの人！　半年前にゴーシュさんを追い出した横暴ギルド長さんじゃないですか！」

「確かに、アセルスだ。向かいに座っているのは……ギルドメンバーのプリムか。しかし、一体何を騒いでいるんだ？」

「ええと、料理に黒サソリの骨が入っていたとか言っていましたけど」

「黒サソリ……」

その名前はゴーシュにも聞き覚えがあった。

猛毒を持つことからその名が付けられた小型の魔物だったはずだと。

雨季になると田舎などで見かけることがあり、農家を営んでいたゴーシュも何度か目にしたことはあった。

黒サソリの身から少量だけ取れる肉は意外にも美味で愛食家もいるほど。毒抜きをすれば食用ともなる魔物なのだが、その体内にある黒い骨だけは例外である。

絶対に食してはならない部位であり、そんな骨が料理に混入していたとなれば確かに問題なのだが……。

「お待たせいたしました。当レストランの支配人、グルド・シュタルツと申します」

アセルスの元にやって来たのは、黒い正装に身を包んだ初老の男性だった。

グルドと名乗ったその男性が腰を折ると、アセルスは鼻を鳴らして居丈高に見下ろす。

「アンタがここの支配人か。この料理にな、黒サソリの骨が入ってたんだよ。これ、問題だよなぁ？」

アセルスは顔を上げたグルドの目の前に黒い骨を差し出し、鼻を鳴らした。

その様子はメルビスの配信にも映り込み、多数いたリスナーたちも反応を示す。

【メルビスちゃんの歌を聴いて気持ちよく落ちようと思っていたら、変な騒ぎが】

【何だ、あの黒い骨は？】

【なんか禍々しいな……。っていうか料理に入っていて良いもんなのか？】

【いや、ヤバいッス。黒サソリの骨は絶対に食うなって言われてるッス】

【うわ、それマジかよ】

【何で《シャルトローゼ》の料理にそんなもんが入ってるんだ？】

【普通の飲食店なんかでも、たまに混入して問題になったとかって配信ニュースでも流れてるし、そういう感じじゃね？】

【確か、野菜の葉の間とかに紛れ込んでることがあるんだっけか？　たまに注意喚起されてるよな。けっこう柔らかいから、食べたことにも気づきにくいとか】

【《シャルトローゼ》ともあろう名店がやっちまったッスね】

メルビスの配信のコメント欄にも不穏な空気が流れ始める。

ちなみにその時のコメントの中には、アセルスがギルド長を務める《炎天の大蛇》のギルドメンバーたちが何人か紛れ込んでいた。

ゴーシュを解雇する配信の際にも行っていた、アセルスお得意の「空気感のコントロール」とやらだ。

【お、もっと近くで映してる配信があるッスよ？　これの方が見やすいッスね】

【なになに？　『王都一の高級レストラン《シャルトローゼ》から緊急生配信。高級店に潜む闇』――ってこれ、あの騒いだ男が配信してるのか？】

【ほんとだ。そっちの方が見やすそう。移動するわ】

アセルスは内心ほくそ笑む。

実はこの時、アセルスは自身のギルド《炎天の大蛇》の名義で配信を開始していたのだ。

アセルスの目的はただ一つ。

メルビスの配信から自身の配信へとリスナーを誘導し、同時接続数を稼ぐことである。

(クックック。これで同接数が稼げる。なんたってあの歌姫メルビスの配信から誘導するんだからな。同接五桁……、いや、六桁もあり得るぞ)

アセルスの胸の内にあったのはそんな下卑た打算だ。

同時接続数を増やせば広告収益の一部として金が入る。そして配信を見たリスナーがファン登録をすれば、その後の配信に繋がる固定リスナーを増やすこともできる。

少しくらい過激な内容だったとしても、注目が集められれば良いのだ。

これこそが、配信業界で成り上がるための手法であり、テクニックであると、アセルスは本心から思っていた。

(プリムとも協力して黒サソリの骨を料理に混ぜておき、頃合いを見て異物混入だと騒ぎ立てる。疑うリスナーがいたとしても、ウチのギルドメンバーたちに指示したコメントでコントロールできる。これだけのことで同接が稼げるんだからたまんねえよなぁ)

自身の利得のためだけに、他人の迷惑を顧《かえり》みず、大衆を扇動するその行為。

これが、アセルスの倫理観の中では許されていた。いや、むしろ正義ですらあった。

アセルスは次なる「仕掛け」のため、向かいの席に座っていたギルドメンバー、プリムと視線を交わす。

「……しかしお客様。黒サソリの骨が私どもの料理に混入するなどあり得ません。当店は一流の料理人を揃え、扱う食材は何重にも渡ってチェックを行っております。そもそも、当店では黒サソリを食材として扱っておらず――」

「そんなの口では何とでも言えるだろ！　ひょっとして、他の奴の料理にも紛れ込んでるんじゃねえのか!?」

アセルスのその言葉で、周囲にいた客たちは自然と自分の料理に目をやった。

「こ、これは、私の料理に黒い骨が……」

「何ということでしょう！　私のにもありますわ！」

料理の中に黒い骨を見つけた客たちが一斉に騒ぎ出す。

そしてそれを確認したアセルスは、プリムに向けてある合図を出した。

すると――。

「う……。何だか胸が苦しく……」

「気持ち、悪いですわ……」

何人かの客たちが突然苦しみ始め、膝をつく。

混入していた黒い骨を飲み込んだことによる症状ではないかと、客たちは混乱に陥《おちい》った。

「ほれみろ、支配人さんよ！　アンタらが混入させちまった黒サソリの骨を飲み込んだ症状じゃねえか！　どう責任取ってくれんだよ！」

「そんなはずは……」

アセルスが叫び、支配人のグルドも困惑の表情を浮かべる。

配信を見ていたリスナーたちも事件の匂いを察知してコメントを垂れ流していった。

(よくやってくれたぜプリムよ。お前の『魔法』のおかげで、客たちは黒サソリの骨を飲み込んだと思ってやがる)

(客に軽い毒魔法をかけるくらい、チョロいもんですよぅ、ギルド長。これでギルド長の発言も信憑性を増しましたねぇ)

屑《くず》どもたちが視線を交わす。

歌姫メルビスが歌唱配信を行う高級店で起きた事件。

この話題に飛びつかない奴はいないだろうと、アセルスは内心で勝利を確信していた。

しかし、その慢心と誤った思想は、ある男の手によって打ち破られることになる。

「ちょっと良いか」

「なっ、お前は……」

低い声で割り込んできた人物に、アセルスは目を見開く。

アセルスの目に映ったのは、半年前に自分が笑いものにし、役立たずだと告げた男――

ゴーシュ・クロスナーの姿だった。

「な、何だよ、お前も来ていたのか。というか、何しに出てきやがった」

騒動の最中に割り込んできたゴーシュを、アセルスは鬱陶《うっとう》しそうにねめつけた。

混乱していた客たちの騒ぎもピタリと収まり、今は突如として現れた中年の男性に注目を注いでいる。

「……」

そしてそれは、壇上で成り行きを見守っていた歌姫、メルビスも同様だった。

【あれは、大剣オジサン!?】

【な？　だからさっき映ったって言っただろ？】

【さすがに今日は大剣背負ってないか】

【そりゃそうだw】

【あ、ミズリーちゃんもいる】

【ほんとだ。ドレス姿、めちゃくちゃ可愛いんだが】

【大剣オジサンの正装も良い！】

【結婚式か何かですか？】

【お前ら、はしゃいでる場合かよ。今は毒の骨が混入してたって騒ぎの方が……ってミズリーちゃん可愛いいいいい！！！　ゴーシュさんイケおじいいいいいいい！】

【→お前も十分はしゃいでんじゃねえかw】

【でも確かに今は異物混入してたって話が気になるな】

【何で大剣オジサンは出てきた？】

【ざわ……ざわ……】

フェアリー・チューブの配信を通してゴーシュの登場を見ていたリスナーたちも一斉に反応を示し、野次馬的な盛り上がりをみせる。

「お前みたいな奴がこんな所に来れるなんてな。一体どんな運に恵まれたんだか知らねえが、今は忙しいんだ。すっ込んでろよ」

「アセルス。その骨を見せてくれ」

「お、おいっ！」

挑発的な言葉には取り合わず、ゴーシュはアセルスが持っていた黒い骨を掠め取った。

「……」

アセルスが猛毒を持つ黒サソリの骨だと主張するそれを、ゴーシュはじっと観察する。

そして、何かに集中するようにして黙している《炎天の大蛇》のギルドメンバー、プリムを一瞥《いちべつ》した後、体の不調を訴えている客たちに視線を向けた。

（やはりな……）

ゴーシュは理解する。

この騒動が全て、アセルスの仕組んだ裏工作の仕業であると。

先程、アセルスが騒動を引き起こした際、ゴーシュは違和感を覚えていた。

黒い骨が入っていたと騒いでいたのも、不調を訴えたのも、アセルスの周囲にいる客たちだけだったからだ。

　ゴーシュはミズリーと視線を交わし、そして頷く。

　二人の間で意思疎通を図るにはそれで十分だった。

「アセルス。こんなやり方で注目を集めたいのか？」

「な、何だと？」

「支配人さん。この黒い骨は黒サソリのものではありません。恐らく、小型の獣の骨を削り、黒く染めるなどしたものでしょう」

「な、なんと……」

「ハァッ!?　お前、何言ってやがる！」

　ゴーシュが言い放った言葉に支配人のグルドも、アセルスも、そして周りの客たちも一様に驚愕の表情を浮かべる。ただ二人、ミズリーとメルビスを除いて。

「て、適当なこと言ってんじゃねえぞゴーシュ！　何でテメェにそんなことが分かる!?」

「黒サソリは、雨季になると田舎ではよく見かけるんだよ。特に、畑とかでな」

「は？　何を言って……」

　アセルスにギルドを解雇され、田舎で農家をやっていた頃の知識がこんなところで役に立つとはなと、ゴーシュは畑を遺《のこ》してくれた両親に感謝した。

　アセルスにとっては、まさしく皮肉めいた因果ではあったが。

「まず、黒サソリの骨はこんな風に……何かで染め上げたかのように黒々としちゃいない。もっと透けたような色をしているんだ」

「す、透けた……？」

「ああ。こうやって、光にかざすとよく分かる。黒サソリの骨なら、向こう側がうっすらと透けるはずだ」

ゴーシュは頭上にあるシャンデリアに向けて、黒い骨をかざした。

料理に黒い骨が入っていたという他の客たちもそれに倣《なら》う。

すると——。

「す、透けないぞ……！」

「ええ、私も同じです！」

「つまりこの骨は黒サソリの骨じゃないということか？」

どういうことだ、と。

客たちの視線は自然と騒動の発端となる発言をしたアセルスの方へと向く。

「いや……。いやいやいや、おかしいじゃねえか！」

「おかしい？」

「だってそうだろ！　その骨が黒サソリの骨じゃねえって言うなら、苦しんでる客たちは何なんだ！　実際に被害が出てんだぞ！」

「ああ、それなら……。ミズリー」

アセルスの狼狽《ろうばい》を気にすることなく、ゴーシュは後ろにいたミズリーに声をかける。

その声を合図として、ミズリーは瞬時にある人物の背後へと移動する。

「ち、ちょっと、何するのよっ!?」

「はい、観念してくださいね」

ミズリーが腕を捻《ひね》り上げるようにして鎮圧したのは、アセルスと同卓していたプリムだ。

「ゴーシュさんから聞きましたよ。貴方が珍しい魔法の使い手だってこと。他人の動きを鈍らせたりとか、あと――毒をかけるとか」

「そ、それは……」

「それから、これも知っています。魔法は微精霊に働きかけるため、集中が乱れると使えなくなるんですよね？　ちょっとすみませんけど、よっ、と」

「い、痛っ！」

ミズリーがプリムに対し関節を極めると、ある変化が起こった。

「これは……。体が急に楽になったぞ」

「ほ、ほんとですわ。気持ち悪かったのが嘘のように消えましたわ！」

それまで苦しんでいた客たちが、何かから解放されたかのように声を上げたのだ。

「くっ……」

そして、アセルスが動揺した隙をゴーシュは見逃さなかった。

アセルスが無意識に押さえようとした胸の内ポケットに手を伸ばし、その中身を掴《つか》み取る。

「そ、それは――」

手には小さな麻袋《あさぶくろ》が握られており、ゴーシュはその包みを広げていく。

そこには料理に混入していたのと同じ、小さな黒い骨が大量に入っていた。

「メルビスの歌に他の客たちが夢中になっている隙に、自分や他の客の料理に持ち込んだ黒い骨を混入させた。そして騒ぎを起こし、頃合いを見計らって周囲の客たちにプリムの魔法をかけるよう命じた。そういうことだろう、アセルス？」

「あ……が……」

企みを暴かれたアセルスが後ずさる。

その顔は分かりやすく青ざめていた。

【これ、アセルスって奴が自作自演してたってこと？】

【そういうことだろうな。大剣オジサンが説明した通りだ】

【最低じゃねえか！】

【単なるクレーマーやん】

【クレーマーで済むか？　店への営業妨害、名誉毀損《めいよきそん》、他の客への傷害行為ってヤバいぞ】

【お前ら騙されかけてたけどな】

【だ、だ、騙されてなんかねえし！】

【擁護《ようご》する言葉が見つからないッス……】

【ゴーシュさん、よく気づいたな】

【そういえば忘れてたけど、この人、元農家なんだよなw】

【とりあえずお客さんたちも解放されたようで何より】

【ミズリーちゃんもグッジョブ！】

フェアリー・チューブのリスナーたちも事情を飲み込み、ゴーシュには称賛が、そしてアセルスには敵意が向けられる。

「アセルス殿、これはどういうことですかな？」

支配人のグルドが声をかけるが、アセルスは言葉を返すことができない。

「アセルス殿。ご説明を」

「く……く……」

「ご説明を！」

追い詰められたアセルスは咄嗟の弁解も思いつかず、極めて浅はかな結論を出した。

「どけぇっ！　ゴーシュ！」

すなわち、その場から逃げるという結論である。

行く手に立ちはだかるゴーシュに対し、アセルスは殴りかかろうとする。

「……」

その時、ゴーシュは珍しく静かな怒りを抱いていた。

メルビスの素晴らしい歌唱配信を、このような騒動で汚したからというだけではない。

己の利得のためだけに他人を害するという行為と、その考え方が許せなかった。

「ガ、ハァッ……!?」

ゴーシュが土手っ腹に手のひらをそっと添えると、アセルスは呻《うめ》き声を上げて膝をつく。

四神圓源流《ししんえんげんりゅう》、《竜鎚《りゅうつい》》——。

対象に体の一部を押しつけた状態で力を発揮する、当身技の一種である。

アセルスは内臓をひっくり返されたかのような衝撃を受け、悶絶した。

「やった！　さっすがゴーシュさんです！」

ミズリーの言葉に端を発し、客たちからも歓声が上がる。

衆目の中で膝をつき、腹を抱えるアセルス。アセルスはその状態でゴーシュを見上げた。

「う……ぁ……？」

これが、無能と断じてクビを言い渡した男か？　と。そんな馬鹿な、と。

アセルスの脳裏をさまざまな考えがよぎるが、すぐに言葉に出すことができない。

そして——。

「……」

一部始終を見ていたメルビスがゴーシュを見て僅かに、けれどはっきりと微笑んでいた。

＊＊＊

「おい、離せ！　離せよっ！」

「うぅ……。酷いですよぉギルド長。私を置いて逃げようとするなんてぇ……」

騒動の元凶が判明して間もなく。

首謀者であるアセルスとその協力者であるプリムは、詳しい聴取を受けるため店の別室へと連行されていった。

「ゴーシュ様」

引きずられていく二人を見ていたゴーシュに声がかけられる。ゴーシュが振り返ると、《シャルトローゼ》の支配人グルドが深々と礼をしていた。

「此度の件、店の代表者として深く感謝いたします。本当にありがとうございました」

「そ、そんな。顔を上げてください。俺はできることをやったまでで……」

「ふふふ。やっぱりゴーシュさんは謙虚ですねぇ」

グルドに頭を下げられ困惑するゴーシュだったが、その周囲には人だかりができていた。

騒動に巻き込まれた《シャルトローゼ》の客たちである。

客たちは口々に感謝の言葉を告げ、中にはゴーシュを見知った者もいたようだ。

「ゴーシュのおじ様！　お会いできるなんて幸運ですわ！　ワタクシ、ゴーシュおじ様の配信をいつも視聴しておりまして、おじ様のファンクラブにも入りましたの。あ、ワタクシ、公爵家のメイシャ・アルダンと申しますわ。そのぅ……、今度ワタクシの屋敷で一緒にお茶でもいかがかなと思いまして……」

というゴーシュとお近づきになりたい公爵令嬢や、

「ゴーシュ殿。私はマルグード領の領主ケイネス・ロンハルクという者なのだが、以前より貴殿を我が騎士団に迎え入れたく、配信のコメントで呼びかけていた者で……。何？　そうか、やはり他のコメントに押し流されて見られていなかったか。ああいや、貴殿が気にすることではない。ところでどうだろうか？　騎士団長の座を用意しているのだが――」

とゴーシュを勧誘したい領主に、

「ほ、ほほほっ本当に今日はありがとうございました！　あのあの、私、王都で配信ギルドをやっていまして、今度配信のコラボをさせていただけないかなぁ、なんて思ったりして……。あ、ハイ！　今度連絡させていただきますっ！」

おどおどしながらもゴーシュとコラボ配信を希望する配信者、

「ゴーシュさん！　どうかオレを弟子にしてください！」

ゴーシュの弟子になりたいと申し入れる者、などなど。

さすが王都一の高級レストラン《シャルトローゼ》といったところか。各界の著名人や高貴な身分にあたる者たちがゴーシュに声をかけてきた。

いつの間にかミズリーも取り囲まれ、大勢から感謝と尊敬の念を伝えられている。

そうしてゴーシュたちが各人の対応に追われ、それが落ち着くまでにはかなりの時間を要した。


「ミズリー、一体なんだと思う？　ここの支配人……グルドさん、話があるから残ってくれということだけど」

「うーむ、そうですねぇ。お礼でも伝えたいんじゃないでしょうか？」

「さっきあれだけ言ってもらったのになぁ」

ゴーシュとミズリー以外の客たちが《シャルトローゼ》を退店した後のこと。

二人は店の奥にある別室に来るよう頼まれていた。

ふと、ゴーシュたちが長い廊下を進んでいると、ある部屋の中から声が聞こえてくる。

――はぁ!?　何でだよ！　何でそんな大金払わなきゃ……。み、店と迷惑かけた客たちへの損害賠償？　これでも安い方って……。そ、そこを何とか……。

――ギルド長ぅ……。もう諦めましょうよぅ。この黒服さんたち怖いですよぅ……。

「「……」」

ゴーシュとミズリーの耳に届いたのはそんな悲鳴じみた声だ。

「因果応報、ですかね」

「そうかもな……」

中の様子を想像はあまりしたくなかったが、アセルスとプリムは自分たちがしでかしたことについて、相応の報いを受けることになるらしかった。

そうしてしばし歩き、二人は最奥の部屋まで辿《たど》りつく。

「ようこそ、ゴーシュ様、ミズリー様。お時間を頂戴し申し訳ございません」

「い、いえ……」

ゴーシュたちが部屋の中に足を踏み入れると、支配人のグルドに出迎えられる。部屋にはメルビスもいて、グルドの後ろで小さく手を振っていた。

ゴーシュはメルビスのことが気になりながらも、グルドとの会話に応じる。

「ゴーシュ様、ミズリー様。改めて、ありがとうございました。お二人をお呼びしたのは、あるお願いをお聞きいただけないかと思いまして」

「お願い、ですか？」

「はい。もしよろしければなのですが、お二人の配信ギルド《黄金の太陽》のスポンサーとなることをお許しいただけないかと」

「「え……」」

グルドの申し出に、ゴーシュとミズリーは目を見開く。

王都一の名店と名高い高級レストラン《シャルトローゼ》。

その代表を務めるグルドが、自分たちのギルドの後援――つまりスポンサーになりたいのだという。

通常、配信ギルドとして大手の商会などとスポンサー契約を結ぶことは一級の名誉であるとされている。

高い影響力、資質を認められ、なおかつ将来性に期待されるというハードルをクリアして初めて到達できる地点だからだ。

また、有名な店舗や商会が後ろ盾に付いてくれることになれば、資金面でも当然潤うことになる。

そして、現在までに《シャルトローゼ》がスポンサー契約を結んだことがあるのは歌姫メルビスただ一人、というのは有名な話だ。

「そ、そんな、いいんですか？　俺たちみたいな立ち上げたばかりのギルドが、《シャルトローゼ》とスポンサー契約を結べるなんて……」

「はい。むしろ、ぜひにと考えております」

「どうしてそこまで？」

「お二人の剣の腕前は相当なものだと、メルビス様からも聞き及んでおります。常人では討伐が難しい、強靭《きょうじん》な魔物を狩ることもあるでしょう。そうした魔物が食用だった場合、素材として買い取らせていただければ、当店にとっても得のある話なのです。そして何よりも重要な信用については、先程の一件から言うまでもありません」

「な、なるほど」

グルドの商売人としての手腕に感嘆しつつ、働きかけたのはメルビスだろうなとゴーシュは推測する。ゴーシュが目を向けると、メルビスはお茶目にウインクで返してみせた。

「ええ。俺たちにとっても感謝しかないお話です。ぜひお願いできればと」

「おお、ありがとうございます。お近づきの印に、当店をご利用いただけるチケットを何枚かお渡ししたく――」

「え、良いんですか!?」

グルドの申し出に超スピードで反応したのはミズリーである。ゴーシュは苦笑しつつ、ミズリーにとっては何よりの話かと思い、ありがたく頂戴することにした。

「無事、話はまとまったようですね。最後に私からも」

声をかけてきたのは、それまで黙していたメルビスだ。

メルビスはゴーシュの前にやって来ると、深々と頭を下げた。

「メルビス？」

「ゴーシュさん、今回の件、私からも最大限の感謝を。私の歌唱配信が無事に終了できたのも、ゴーシュさんのおかげです」

「い、いや。俺の方こそ、あんな風にメルビスの歌が聴けて良かったというか……」

「ふふふ。そう仰っていただけると嬉しいですね」

ゴーシュの反応を見て、メルビスは満足げに笑みをこぼす。

それを受けてゴーシュは照れくさそうに頭を掻《か》いていたが、メルビスに向けてある想いを告げることにした。

「メルビス。俺からも、君に伝えたいことがある」

「はい、何でしょうか？」

「俺はメルビスの歌に感謝してる。そして今日、改めて思ったんだ。メルビスのように、人の心に何かを残せるようなことがしたいって」

「……」

「だから、俺も君に負けないよう頑張るよ」

ゴーシュはそう言って、メルビスに手を差し出す。

メルビスは差し出された手とゴーシュの顔を交互に見やり――、

「ええ。期待しています、ゴーシュさん」

とても嬉しそうにはにかんで、その手を握った。

幕間③ ―― 語られる英雄

749：名無しの妖精さん
《シャルトローゼ》での事件ヤバかったな

750：名無しの妖精さん
俺も見てた

751：名無しの妖精さん
大剣オジサン、ヒーローだったわ

752：名無しの妖精さん
メルビスちゃんの歌唱配信めっちゃいい！　からの超絶急展開だったな

753：名無しの妖精さん

男だけど大剣オジサンに惚《ほ》れました

754：名無しの妖精さん
ねぇ……。また何か面白いことあったの？
何でオレはまた寝てたの？

755：名無しの妖精さん
>>754
もしかして前に大剣オジサンのS級ダンジョン攻略配信を見逃した人ですか？

756：名無しの妖精さん
>>755
そうです

757：名無しの妖精さん
それは何というか……
ざまぁｗ

758：名無しの妖精さん

>>757

（怒）

759：名無しの妖精さん

>>758

ほらよ、まとめたぞ

・高級レストラン《シャルトローゼ》でメルビスちゃんが歌唱配信
・同接数なんと130万超え
・終了間際、変なチャラい奴が騒ぎだす
・《シャルトローゼ》の料理に異物混入だと主張、会場は一時騒然
・大剣オジサン登場
・ミズリーちゃんもいてドレス服がめちゃくちゃ可愛いと話題に
・大剣オジサンがチャラ男の自作自演を暴く＆ミズリーちゃんもナイスサポート
・チャラ男逃走＆大剣オジサンが鉄槌《てっつい》
・会場大盛りあがり、メルビスちゃんも無事配信を終えられる

760：名無しの妖精さん
>>759
あなたが神か？

761：名無しの妖精さん
759がカッコいい

762：名無しの妖精さん
そういえばあの騒ぎ引き起こしたの、《炎天《えんてん》の大蛇《だいじゃ》》のギルド長だったんだろ？
どうなったんだ？

763：名無しの妖精さん
相当な損害賠償を支払うことになりそうですね

764：名無しの妖精さん
そりゃそうだよなｗ

というか、メルビスちゃんのファンも敵に回しただろ、あれ

765：名無しの妖精さん
《炎天の大蛇》のギルド前に人だかりできてたらしいな
あとはもう、お察しの通り

766：名無しの妖精さん
ってか世が世なら極刑ものだろ
今の時代で良かったな

767：名無しの妖精さん
あそこ、最近は迷惑系の配信してたところだろ？
喧嘩売る相手を間違えたなｗ

768：名無しの妖精さん
でもあれ、意外とヤバい状況だったよな
大剣オジサンいなけりゃもっと騒動になってたかもしれんし

769：名無しの妖精さん
>>768
それな。俺も最初はマジで《シャルトローゼ》側がやらかしちゃったのかと思ったわ
770：名無しの妖精さん
大剣オジサン、珍しく怒ってたよな
771：名無しの妖精さん
>>770
俺もそう見えた
771：名無しの妖精さん
許せなかったんだろ
あの人リスナーとかにも真摯だし、ああいうの嫌いそう
772：名無しの妖精さん

大剣オジサン……ええ人や……

773：名無しの妖精さん
なお、騒動の後に褒《ほ》められまくっててあたふたしてた模様

774：名無しの妖精さん
>>773
大剣オジサンらしいw

775：名無しの妖精さん
>>773
人間味あっていいなw

776：名無しの妖精さん
おい！
《シャルトローゼ》と大剣オジサンのギルドががががががが

777：名無しの妖精さん

>>776

落ち着けｗ

778：名無しの妖精さん

すまん

《シャルトローゼ》と大剣オジサンたちのギルドがスポンサー契約を結んだらしい

779：名無しの妖精さん

>>778

マジ!?

780：名無しの妖精さん

なにそれ？

そんなに凄いことなの？

781：名無しの妖精さん

>>780
・普通、スポンサー契約ってのは長年実績を積んできた配信者じゃないと結べない
・ましてや《シャルトローゼ》みたいな一流組織が、立ち上げたばかりの配信ギルドとスポンサー契約するなんて前代未聞《ぜんだいみもん》
・現に《シャルトローゼ》はこれまで歌姫メルビスちゃんとしかスポンサー契約してない

782：名無しの妖精さん
>>781
ほえー
とりあえず何となく凄いことだってのは分かった

783：名無しの妖精さん
大剣オジサンとミズリーちゃん、めっちゃ強いからな
《シャルトローゼ》側もウハウハだろう

784：名無しの妖精さん
あの二人が日の目を浴びていくのはなんか嬉しいわ

785：名無しの妖精さん
>>784
分かる

786：名無しの妖精さん
それはそうと、今回の一件でますます注目されてるらしいな
《黄金の太陽》には配信のコラボ依頼が殺到してるんだとか

787：名無しの妖精さん
>>786
それは素晴らしい

788：名無しの妖精さん
噂だけど、ある公爵令嬢が大剣オジサンと連絡先交換できたって喜んでたらしいな

789：名無しの妖精さん

>>788
それワタクシですわ！
お父様と《シャルトローゼ》に行ったらゴーシュのおじ様に会えましたの！
握手までしてもらえましたわ！
ちょっと困惑してましたけど、そこがまた素敵でしたわ〜！

790：名無しの妖精さん
まさかのご本人登場w

791：名無しの妖精さん
>>789
テンション高いw

792：名無しの妖精さん
>>789
お父さんの方がもっと困惑してそうw

793：名無しの妖精さん
ミズリーちゃんのファンクラブもすっげえ伸びてるな

794：名無しの妖精さん
>>793
それはそうだよな
あの子見てると微笑ましくなるもん

795：名無しの妖精さん
>>793
ミズリーちゃんのおかげで今日も仕事頑張れました

796：名無しの妖精さん
そういえば、ドワーフ族の有名鍛冶師が大剣オジサンに剣を作ってやりたいって言ってた

797：名無しの妖精さん
別種族にまで注目されてる大剣オジサン

798：名無しの妖精さん

>>797
獣人族の方でも動きありそうとか言われてたな？

799：名無しの妖精さん

>>797
なんかあったな
大剣オジサンに会いたいって人がいたような

800：名無しの妖精さん

>>799
それ私
やっと会いに行けることになった

801：名無しの妖精さん

>>800

お？
何かまた面白そうな動きが？

802：名無しの妖精さん
>>801
ふふふ

803：名無しの妖精さん
しかし今後も楽しみだな
大剣オジサンがどんなことをやってのけるのか

804：名無しの妖精さん
あの人は配信業界の伝説になるよ、きっと

805：名無しの妖精さん
>>804
もう既にめちゃくちゃな注目浴びてる件

806：名無しの妖精さん
お、そろそろ《黄金《おうごん》の太陽《たいよう》》が今日の配信始めるらしいぞ

807：名無しの妖精さん
>>806
サンクス
移動するわ

808：名無しの妖精さん
俺も見に行くぜ！

809：名無しの妖精さん
私も！

810：名無しの妖精さん
今日も楽しみだなー

第7章 ── 大剣オジサンと獣人族の少女ロコ

「どうも皆さん。配信ギルド《黄金《おうごん》の太陽《たいよう》》のゴーシュです」

「こんにちは！　ミズリーでっす！　今日も笑顔で配信をやっていきます！」

あるとても晴れた日。ゴーシュとミズリーは王都外れにある草原で配信を始めていた。

ゴーシュとミズリーが配信を始めるとすぐに大勢のリスナーが集まり、二人に宛てたコメントが打ち込まれた。

【こんにちはー♪】

【今日も大剣オジサンとミズリーちゃんの配信が見られる幸せ】

【《シャルトローゼ》の配信で知りました！　二人とも、とってもカッコ良かったです！】

【スポンサー契約おめでとう！】

【メルビスちゃんもあの一件について報告動画を出してたね】

【お二人にとても感謝してましたよー】

【メルビスちゃんも律儀だなぁ。そこが推せる】

【今日は何の配信だ？】

【この前の『レアモンスターを見つけるまで帰れません配信』めっちゃ面白かったです！】

【あれまたやってほしいなー】

【確かゴーシュさんは見つけるまでに普通の魔物を297体倒すハメになったんだっけか？　ミズリーちゃんは3体目で見つけてたけどw】

【大剣オジサン、そういう運は悪い模様w】

【今日も王都地方は天気いいねー】

【ほんとでござるな。こっちは雷が鳴っててちょっと怖いでござる】

【東の国の方はヤバいらしいな】

【フフフ。今日も楽しみね】

【ゴーシュのおじ様、今日も見に来ましたわ～！】

【同時接続数：56、899】

「皆さん、いつも温かいコメントありがとうございます。全部のコメントにすぐ反応はできないかもしれないんですが、とても励みになっています」

「ふふ。ゴーシュさんらしいですねぇ。と、さっそくなんですが、今日の配信についてです！　今日もこちらの大布に企画内容を書いてきました。ジャジャン！」

ミズリーは得意げな笑顔を浮かべ、今日の配信内容を書いた大布を広げる。

しかし……。

「……ミズリー。また逆だな」

初配信の時と同じように文字を逆さまに広げてしまい、またもリスナーたちの笑いを誘っていた。

「うぅ、またやっちゃいました……。き、気を取り直して。本日はこちら、『でっかいイノシシ肉で料理をしてみた！』です！」

「草原に来ているのは何故かと言うと、まず素材を捕るためですね」

【なるほど、料理配信かー】

【でっかいイノシシってことはワイルドボアとかかな？】

【今日はけっこう緩めの配信だね】

【だな】

【いや、ワイルドボアって危険度B級の魔物なんですけど。感覚麻痺してません？】

【それなw　そもそも料理配信で同接数5万超えって異常だよw】

【ここのリスナーたち、訓練されているw】

ミズリーが今日の配信内容を告げると、リスナーたちはそんなコメントを流していく。

「狩るのはただのイノシシじゃありませんよ？　ズバリ、『グレートボア』を狩ります！」

【は？】

【グレートボアってあの危険度A級の魔物？】

【いやいや、あれって二人で倒せるものなのか？】

【いや、フレイムドラゴンなんかと同じく討伐隊を組織して狩る魔物って聞いたが？】

【いったいいつからワイルドボアを狩ると錯覚していた？】

【フフ。このギルド、飽きないわね】

【相変わらず規格外すぎますわ！　そこが素敵ですけれど！】

ミズリーはリスナーたちの反応を見ると、恍惚《こうこつ》とした表情を浮かべた。

「いやぁ。この前《シャルトローゼ》で食べたお肉がとっても美味しくって。《シャルトローゼ》の一流シェフさんたちには敵いませんが、あのお肉を家庭でも楽しめないかなと。あ、皆さんもぜひ《シャルトローゼ》に足を運んでみてくださいね♪」

【ミズリーちゃんはやっぱり可愛いなぁ】

【スポンサーの宣伝を忘れない配信者の鑑《かがみ》】

【なるほど。余ったお肉は《シャルトローゼ》に引き取ってもらうのでござるな】

【でも確かにこの二人なら余裕かもな。古代種のでかいゴーレムも倒してたし】

「グレートボアについては最近この辺りの草原に出没するって聞いたので。お、さっそくあそこにいましたよ。それじゃ、ひと狩りいってみましょう！」

これから危険度A級の魔物を討伐するとは思えないテンションでミズリーが宣言する。

目の前には通常の猪《いのしし》型のモンスターの五倍はあろうかというグレートボア。通常ならば出会っただけで震え上がるサイズだろう。

しかしその後、ミズリーと連携したゴーシュがグレートボアにトドメを刺すまでに、一分もかからなかった。


一方その頃――。

「よし。準備ばんたん」

ある山の奥にある村にて、小柄な獣人少女が荷造りを終えたところだった。

「それじゃ、おじいちゃん。行ってくる」

獣人の少女はそのように告げると、自らの身の丈以上はあろうかという巨大バッグを軽々と背負い、歩き出す。

（やっと……。やっと『ししょー』に会える……！）

頭から生えた獣人族特有の耳がピンと立ち、尻尾はとても嬉しそうに揺れていた。

＊＊＊

「フンフーン。フンフフ～ン♪」
夜――。《黄金《おうごん》の太陽《たいよう》》のギルド、その調理場でのこと。

配信を続けた状態でミズリーが鼻歌を歌いながらグレートボアを調理していた。

エプロンに三角頭巾を身につけ、歌姫メルビスの新曲を歌うその様子がリスナーたちに反響を与えないはずがなく、コメント欄は料理配信と思えない盛り上がりを見せていた。

【エプロン姿のミズリーちゃん、可愛すぎませんか？】

【尊い……。頭巾もめっちゃ似合ってる……】

【今帰宅しました。配信つけたら天使がいました。本当にありがとうございました】

【さっき危険度A級の魔物相手に剣を振っていた人とは思えませんね】

【歌ってるのはメルビスちゃんの新曲？】

【《シャルトローゼ》のレストランで聞いてたからかな？】

【ありがとう……ありがとう……】

「ミズリー、俺も何か手伝うぞ？」

「いえいえ、大丈夫です！　ゴーシュさんにはグレートボアを仕留めていただいたんですから。料理は私に任せて、ゴーシュさんはテーブルでゆっくりしていてください」

「そ、そうか……」

ミズリーにグイグイと背中を押され、ゴーシュは仕方なくテーブルの席につく。

ギルド協会が充てがってくれたおかげで、《黄金の太陽》のギルドはかなり広い。

少し前に買い出しに行った家具も届いて徐々に生活感が出てきたが、それでもまだゴーシュとミズリーの二人だけでは手に余っている感がある。

（そういえば、そろそろ新しいギルドメンバーを探してもいいのかもしれないなぁ）

ゴーシュはそんなことを考えながら、手持ち無沙汰な感じでギルド内を見回していた。

「じゃじゃーん！　できましたー。グレートボアの肉料理、完成ですー！」

順調に調理を終え、ミズリーがテーブルに意気揚々と肉料理を並べていく。

程よく焼かれた肉に彩りとして添えられた生野菜。それらが良い塩梅の盛りつけとなっていてゴーシュは「おお」と声を漏《も》らした。

【おおお、美味そう！】

【これは飯テロ】

【じゅるり……】

【ごめん。料理も凄いんだけど、エプロン姿でドヤ顔するミズリーちゃんが可愛すぎてお腹いっぱいです】

【ミズリーちゃんがミズリーちゃんしているだけだよ】

【ついにミズリーちゃんが動詞にｗ】

リスナーの反応も良好なようで、ミズリーは腰に手を当てて鼻を高くする。

「ふふーん。どうですか？　けっこう上手く作れた自信作ですよ！」

「いやぁ、ほんとに美味しそうだ。お疲れ様、ミズリー」

「いえいえ。あ、ちなみにリスナーの皆さん、お野菜はゴーシュさんが家庭菜園で育てているものなんですよ。みずみずしくて新鮮ですよね！」

「あ、そうだね。モスリフから苗をいくつか持ってきたんで、育ててるんです。ちょっと早いものもあるけど、せっかくだし料理に使ってもらいました」

【大剣オジサン、そういえば元農家だったｗ】

【野菜も美味そう】

【大剣オジサンの育てた野菜食べてみたい！】

【ゴーシュさん、意外と家庭的なのねｗ】

【そんなおじ様も素敵ですわ！】

自分の育てた野菜を褒められるというのは嬉しいものだ。

ゴーシュがデレデレしているとリスナーたちから「乙女かよｗ」というツッコミが入る。

【しかし、ミズリーちゃんって料理できたんだな】

【それ驚きだよな。鍋とか爆発させるタイプだと思ってたわ】

【オレも】

【私もー】

「なっ!? 酷いですよぅ皆さん……」

【だってなぁ。いつもドジしてるし？】

【それなw】

【分かりみw】

「くっ……！　否定できないのがつらい……！」

「まあまあミズリー。俺はミズリーの作ってくれる料理、好きだぞ」

コメントに肩を落としたミズリーだったが、ゴーシュの言葉に顔を跳ね上げる。

ゴーシュは何気なく口にした言葉だったが、ミズリーはその言葉を心の奥に深く刻み込んだ。特に後半、最後の部分を。

「ふ……ふへ。お、お世辞でも、そう言ってくれると嬉しいですね」

ミズリーは自分の顔を見せないように背中を見せ、それでも変な声が漏《も》れ出ていた。

「お世辞なんかじゃないさ。俺を誘ってくれたこともそうだけど、本当に、いつも感謝してるよ。ありがとうな」

「ゴーシュさん……」

そんな二人の初々しいやり取りに、リスナーたちも胸を打たれる。

そして、「ご夫婦ですか？」というコメントが数多く流れていった。

【同時接続数：１０１、６８９　※おめでとうございます。料理系ジャンルでの歴代1位を達成しました。】

「しかし、このギルドも二人だけだとだいぶ手に余ってるよなぁ」

配信を切り終えた後、ゴーシュは食後の紅茶に口を付けながら呟いた。

ゴーシュの向かいに座っていたミズリーも同じように紅茶を飲み、言葉を返す。

「そうですねぇ。確かに配信もたくさんの人が見てくれるようになってきましたし、新しい人を探しても良いのかもですね」

「ああ。もちろん誰でもってわけにはいかないだろうけど、一緒にやってくれる人がいたら配信の幅も広がりそうだよな」

「ま、まあ？　私はゴーシュさんともう少し二人きりでも良いかなー、なんて思ったりしますが？」

「はは。この件はおいおい考えていこうか。そんなすぐ良い人が見つかるとも限らないし」

ゴーシュが言って、再び紅茶のカップに口を付ける。

と、その時だった。

「たのもー」

変な掛け声とともに、ギルドの入り口がノックされた。

その声に反応したゴーシュとミズリーは、互いに顔を見合わせる。

「たのもー」

もう一度変な掛け声。

「これは、女の子の声？　しかもけっこう幼いような……」

「誰でしょうね？　こんな夜なのに」

訝《いぶか》しがりながらも、ゴーシュは席を立ち、入り口の方へと向かった。

――そして、扉を開ける。

「はいはい、どちら様？　って、うぉ!?」

「ししょー！　やっと会えたっ！」

ゴーシュは突然、何かに体当たりをくらったのかと錯覚した。

体当たりではなく、小柄な少女が腰のあたりに抱きついてきたのだと認識するまでに少し時間がかかる。

「ご、ゴーシュさん？　その子は？」

「さ、さぁ……？」

ゴーシュは少女を抱きとめ、後ろに倒れないよう踏ん張る。

その少女は謎の巨大なバッグを背負っていて、感じた重さはこれのせいかとゴーシュは理解した。

しかし、少女の外見で特徴的だったのはもっと別の部分だ。

（これは……）

その少女の頭から生えていたのは獣の耳。

そして腰とバッグの間からはみ出て、楽しげに揺れていたのはフサフサの尻尾。

それは、人並み外れた怪力を持つとされる獣人族の外見そのものだった。

＊＊＊

「はい、どうぞ」

謎の訪問者が現れてすぐのこと。

ゴーシュとミズリーはやって来た獣人少女をテーブルに着かせ、事情を聴くことにした。

「かたじけない」

ミズリーがソーサーに乗せた紅茶を差し出すと、獣人少女は訪れた時と同じく変な言葉でお辞儀をした。

「ふふ。熱いので気をつけてくださいね」

「わかった。……あちっ」

「だ、大丈夫ですか？」

獣人少女は言ったそばから熱い紅茶にびっくりして、尻尾をピンと逆立てる。

「ふーふー」

そうして今度は慎重に息を吹きかけ、恐る恐るカップに口を付けていた。

「「……」」

その様子を見ていたゴーシュとミズリーは顔を寄せてひそひそと会話する。

(何だか、見たところ普通の子供って感じだな)

(そうですね。でもこの子、すっっっごく可愛いんですが)

(まあ、まずは事情を聴かないと……)

ゴーシュは一つ咳払いをして、目の前に座った獣人少女に問いかける。

「えっと、ひとまず君の名前を聞いておこうか」

「私？　私は、ロコという」

「ロコか。はじめまして。俺はゴーシュでこっちは――」

「ミズリーでしょ？　だいじょぶ。二人のことはよーく知ってる」

ロコと名乗った獣人族の女の子はパタパタと尻尾を振っていた。

どことなく棒読み感のある声だったが、それが地声なのだろう。不思議と子供らしい雰囲気に合っているなと感じさせる声だ。

「ロコはどうして俺たちのことを？」

「配信で知った。いっつも見てる。あ、この前の《しゃるとろーぜ》での配信、二人ともすごくカッコ良かった」

ロコはふんすと鼻を鳴らしながら身を乗り出す。

表情はあまり変わっていなかったが、尻尾がパタパタと揺れていて、何となく興奮しているのだろうということは分かった。

「ええと、ロコちゃんはどうして私たちのギルドに来たんです？」

「ししょーに会いに来た」

「師匠って、ゴーシュさんのことですか？　そういえばさっきも入り口でゴーシュさんのことをそう呼んでいましたね。元々お知り合い……には見えませんが？」

「ししょーは、私にとってのししょーだから」

ロコの言葉に、ゴーシュとミズリーは顔を向かい合わせる。

「ごめん、話が見えないんだけど……」

「ししょーは『ヤギリ』という人を知ってる？」

「ヤギリ？　ああ……」

ゴーシュは思考を巡らせ、思い当たる。

その名前は、ある獣人族の老師の名前だった。

もっと言えば、かつて《四神圓源流《ししんえんげんりゅう》》の理論を解説し配信していた人物である。つまり、ゴーシュにとっては間接的ながら、自身の扱う武術の師というわけだ。

もっとも、ゴーシュはそれを朝の運動代わりにして習得してしまったのだが。

「その人物が何か？」

「ヤギリは、私のおじいちゃんなんだ」

「え？　ロコがあのヤギリ老師のお孫さん？」

ロコがコクンと首を縦に落とす。

そして、ロコはそのくりっとした赤い瞳でゴーシュを見つめたまま言葉を続けた。

「今、ししょーは獣人族のあいだですっごく話題になってる」

「そうなのか？」

「うん。前にS級ダンジョンの配信でミズリーが解説してた。獣人族の中にも扱える者がいない伝説のすごい武術。それを、ししょーは朝の運動で身につけちゃったって。獣人族の中でも天才が現れたって、とっても大騒ぎ」

「おおぅ……」

「ふふ。確かに、それはそうなってもおかしくないですね」

ゴーシュが恥ずかしさと恐れ多さで俯《うつむ》く傍《かたわ》ら、ミズリーはとても楽しげに声を漏《も》らす。

ゴーシュの扱う《四神圓源流》は、人並み外れた怪力を持つ獣人族でしか扱えないと言われた伝説の武術だ。

そして、獣人族の中にすら習得者がいなくなって久しく、現在ではその理論だけが残っている状態なのである。

それを「運動にちょうど良さそうだから始めてみた」というワケの分からない理由で中

年の男性が習得してしまったのだ。話題にならない方がおかしいと言えるだろう。

「ししょーに失われた古代武術を教わりたいって人もいっぱいいる。でも、いきなりみんなでお願いするのも迷惑だろうからって」

「なるほどー。確かにゴーシュさんのあの武術は凄まじいですからね。習いたい人がたくさんいるのも納得です。ということは、ロコちゃんもそれを習いに？」

「たしかに、それもある。でも、ここに来たのは別の理由もあって……。その……」

「……？」

歯切れが悪くなったロコに、ゴーシュは怪訝《けげん》な顔を浮かべる。が、ゴーシュはそこで追求しなかった。

単に言うのをやめたと言うより、言いにくそうな話題だと感じたからだ。

「と、とにかく。《ししんえんげんりゅー》は私もおじいちゃんに教えてもらったけどできなかった。だから――」

ロコの赤い瞳がじっとゴーシュを見つめる。

その幼い顔は真剣そのものだった。

「だから、お願い。私を、弟子にしてください――」

＊＊＊

――トットット。

ゴーシュの朝は早い。

軽快なリズムで足音を刻みながら、今は日課となっている朝のランニング中だ。

いつもは一人でこなしている習慣だったが、今日は少し違ったところがあった。

「ししょー！」

ゴーシュの後ろから、とてとてと可愛らしい足音が近づいてくる。

その音の主はゴーシュの隣までやって来ると、腰から生えた尻尾を楽しげに揺らした。

「ししょー、おはよう」

「ロコ、もう起きてきたのか」

「うん。ししょーの弟子にしてもらうためだから」

ロコはそう言って、きりりと気合の入った表情を浮かべる。

昨晩、ゴーシュとミズリーのギルド《黄金《おうごん》の太陽《たいよう》》を訪れた獣人少女ロコは、突然ゴーシュの弟子になりたいと申し出た。

夜も遅くだったため、とりあえずはロコに泊まってもらうことにしたゴーシュだったが、朝から猛烈なアピールを受けている。

ちなみにその頃。

ロコを自分のベッドに誘い、寝ぼけて抱きまくらのようにしていたミズリーはというと。

「ふみゅ……。ロコちゃん、モフモフですぅ……」

自分の布団に抱きつき、とっくにベッドから抜け出たロコに対して寝言を呟いていた。


「ししょー、次は何やるの？」

「ええと、《四神圓源流》の基本となる型の動作かな。ヤギリ老師――ロコのお祖父さんが配信で流していたものを俺なりにやってるだけなんだけど」

「ああ、あれね。じゃあ私もそれやる」

ゴーシュと並び、正拳突きの素振りを始めるロコ。

「ししょー、次は？」

「ん……。次は腕立て伏せや腹筋かな。ヤギリ老師が《四神圓源流》を身につけるためには基礎筋力や体力も大事って言ってたから」

「じゃあ私も」

次はゴーシュと並び、ギルド前の庭で筋力トレーニングを行うロコ。

「ししょー、次は次は？」

「次は――」

そうやって、ロコはゴーシュの朝の日課に付き合っていった。

「ロコは凄いな。子供にはけっこうハードなトレーニングだと思うが」

「ふふふ。獣人族は力が強いから。このくらいへっちゃらへーき」

「……」

ゴーシュに足を押さえてもらいながら腹筋をするロコだったが、その言葉通り余裕すら感じさせる。よほどの熱意だなと思いつつ、ゴーシュはロコに問いかけた。

「ロコはどうしてそんなに《四神圓源流》を習いたいんだ？」

「……おじいちゃんが、悲しんでたから」

「ヤギリ老師が？」

「うん。獣人族に残った伝説の武術の理論。おじいちゃんはそれを習得することが夢だったみたい。でも、おじいちゃんには扱えなかったみたいで」

「……」

「だから、おじいちゃんがずっと求めてきた武術がどんなものか、私は知りたくなった」

ロコは表情を変えずに、しかしはっきりと言葉にした。

その言葉にはロコの意思がこもっている気がしてゴーシュもまた真剣な表情になる。

「おじいちゃん、喜んでた。ししょーの配信を見て、やっと《ししんえんげんりゅー》を扱える者が現れたって。自分が必死に残してきた理論は間違っていなかったんだって」

「そういえば、ヤギリ老師は今どうしてるんだ？　最近は配信でも見かけないが」

「……おじいちゃん、元気だった。それが、ある日突然……」

ロコは獣耳《けもみみ》を力なく垂らし、とても悲しそうな表情を浮かべていた。

その様子を見たゴーシュが察すると、ロコの言葉が続けられる。

「ぎっくり腰で、動けなくなって……」

ゴーシュはガクッと肩を落とした。

「どうしたの？　ししょー」

「い、いや。それはお大事にだな」

ゴーシュはどこか安堵《あんど》しつつ、ほっと溜息《ためいき》をつく。

(俺が師匠というのはガラじゃないよなぁ。まあでも、ロコもすごく素直でいい子だし。こうして一緒に運動できる仲間がいるのは良いことかもな……)

足を押さえたロコが必死に腹筋に勤しむ姿を見ながら、ゴーシュはそんなことを考えていた。

「あぁあああ！　また寝坊しましたぁあああ！」

ゴーシュとロコが朝のトレーニングを終えてくつろいでいると、ミズリーが慌ただしく階段を降りてきた。

「ミズリー、ねぼすけさん」

「うぅ、すみません。今日のロコちゃんも起きてたのに……」

「ハハハ。まあ、今日の配信は午後からだし、ゆっくりで大丈夫だよ」

ゴーシュとミズリーがやり取りを交わすのを見て、ロコがぴこんと獣耳を立てる。

「そういえば今日、二人は配信をするの?」

「ああ。リスナーたちからの要望も多かったし、S級ダンジョンに出かけて配信するつもりだったんだけど」

ゴーシュとしてはミズリーとも話して、ロコについてどうするかを考えるつもりだった。

だから今日の配信は行わず、ロコのことを優先しようと考えていたのだが……。

「じゃあ、私も行っていい?」

「ロコちゃんも一緒にダンジョンへ?」

「うん。二人の配信を間近で見てみたい。あ、もちろん迷惑じゃなければだけど」

ロコの申し出にゴーシュとミズリーは顔を見合わせる。ダンジョンに連れていけばもちろん魔物とも出くわすことになるからだ。

ゴーシュとミズリーのどちらかが守れば問題ないかと考えられたが、予定していたのはS級ダンジョンでの配信だ。不測の事態が起こらないともいえない。

「う、うーん？　私たちはもちろん良いですけど、ロコちゃんが危なくないかなぁって」

「それはしんぱいむよー。こう見えても私、けっこう強い」

「え？」

ロコが意外なことを言って、胸を張る。

「そういえば昨日、ロコは一人でここまでやって来たんだよな。獣人が住む里って山奥にあるって聞いたことあるけど、途中で魔物とかに襲われなかったのか？」

「魔物？　出たけど全部ぶったおしてきた」

「へ、へぇ……」

ロコが力こぶを作るポーズをとって鼻を鳴らす。

その小柄さからは想像もできないが、さすが怪力を持つと言われる獣人族ということなのだろうかと、ゴーシュは驚きを隠せずにいた。

「お願い。邪魔にならないようにするから」

無垢な瞳で懇願《こんがん》され、ゴーシュは迷いながらも了解する。

「分かった。その代わり、俺かミズリーの近くにいるようにするんだぞ？」

「らじゃー」

ロコが今度はビシッと敬礼の姿勢をとる。

そうして、ゴーシュたちは三人でS級ダンジョン《ラグーナ森林》へと向かうことにした。

＊＊＊

「皆さんこんにちは。配信ギルド《黄金の太陽》のゴーシュです」

「こんにちはー、ミズリーですっ！　今日はリクエストをいただいていたS級ダンジョン《ラグーナ森林《しんりん》》の攻略を配信していきます。とっても綺麗な森という話なので、見ている方にもきっと楽しんでいただけるかと思います！」

午後になって。

ゴーシュとミズリーはS級ダンジョン《ラグーナ森林》へとやって来ていた。

【S級ダンジョン攻略、待ってました！】

【今日も楽しみですわ！】

【最近毎日頑張ってますね！　無理しないでくださいね！】

【この前のグレートボア討伐がすぐに終わっちゃったからなw　今日はいっぱい討伐してるところ見たい】

【→あれ、実は料理配信の一環でしてね……】

【そういえばそうだったw】

【フフ。料理配信であの注目度は凄かったわね】

【《ラグーナ森林》楽しみ！　というかめちゃくちゃキレー！】

【S級ダンジョン攻略なのにここまで安心感があるギルドはないでござるな】

【確か珍しい花が生えてる場所なんだっけか？】

【→『プリネアの花』ってやつな。毎年生える場所が変わるから相当レアらしいが】

【同時接続数：114，289】

　リスナーたちが待望していたS級ダンジョン攻略配信ということもあってか、フェアリー・チューブのコメント欄も盛況である。

「お、ご存知の方もいらっしゃるみたいですね。俺たちは今日、この《ラグーナ森林》を攻略していくんですが、『プリネアの花』の収穫を目標としてやっていこうと思います」

「ふ・ふ・ふ。そして～、今日はなんと、とっても可愛らしいゲストがいるんです！」

【お？】

【ん？】

【ゲスト？】

【だれだれ？】

　ミズリーが言って、離れた所にいたロコをちょいちょいと手招きして呼び寄せた。

　そして、近くまで来たロコを抱くと、リスナーたちによく見えるよう持ち上げる。

「じゃじゃーん！　獣人族の、ロコちゃんでーす」

「……ミズリー。あつくるしい」

ミズリーがロコのほっぺたの辺りに自分の顔をぐにっと押し付ける。

そのせいでロコは若干迷惑そうな顔をしていたものの、尻尾はパタパタと揺れていた。

【おおおお!?】

【獣人族の子供が！】

【これまた意外なゲストだw】

【かわわわわわ！】

【可愛いっ！】

【ミズリーちゃんダメだよ、お持ち帰りしてきちゃあw】

【お可愛いですわ～！】

【え？　え？　もしかして新メンバー？】

「ロコちゃんは私たちの配信を見学しに来ただけなので、ギルドに入ったとかってわけじゃないんですが……。あ、でも、それも良いかもですね！」

「まままあ、ミズリー。まずはそろそろ出発しないと」

「ミズリーがねぼすけさんのおかげで遅くなったからね」

「うぐっ……。そ、そうですね。今日は『プリネアの花』を見つけるって目的もありますし、そろそろ出発しましょうか」

「れっつごー」

ミズリーはよろよろとロコを地面に降ろす。

そうして、ゴーシュたちの二回目のS級ダンジョン攻略がスタートすることになった。


「ゴーシュさん、そっち行きました！」

「四神圓源流《ししんえんげんりゆう》、《紫電一閃《しでんいっせん》》――」

S級ダンジョン《ラグーナ森林》の攻略を開始してから一時間ほどが経ち――。

ゴーシュたちは順調にS級ダンジョン《ラグーナ森林》を進んでいった。

現れる魔物を次々に倒し、コメント欄も盛り上がりを見せる。

【これこれ！　この爽快感《そうかいかん》ですよ！】

【大剣オジサン、今日も元気に無双中】

【討伐メーター：129】

【バケモンかよw】

【ミズリーちゃんもカッコいい！】

【さっきあっさり倒してたのって危険度B級のデビルプラントですよね？　この前出くわして泣きそうになりました。仇《かたき》を取ってくれてありがとうございます】

【フフ。相変わらず規格外ね】

【大剣オジサンとミズリーちゃんも凄いけど、《ラグーナ森林》って綺麗だなー】

【樹がぼんやり光っててキレイですわ～！】

【こういうのが家で見れるのも配信の良いところよな】

【魔物が強すぎて俺たちじゃ行けないからなw】

【拙者の国にも紅葉というものがあるでござるが、それとは違った趣《おもむき》が良いでござるな】

【メルビスちゃんの歌配信終わったんで来ました～】

【めっちゃ人いるw】

【画面の端で手を叩いてるロコちゃんが癒やしなんだがw】

【同時接続数：137,779】

「おおー。ししょーはやっぱりすごい」

ロコが無邪気にぱちぱちと手を叩いて見守る中、ゴーシュたちは快調に進んでいく。

気づけば《青水晶《あおすいしょう》の洞窟《どうくつ》》攻略配信の時の同時接続数を上回っていた。

そのことを喜びつつも、歩いていたミズリーが溜息を漏《も》らす。

「うーん。でも『プリネアの花』が見つかりませんねぇ。けっこう進んだと思うんですが」

「まあ、幻の花と言われるくらいレアなものだからな。気長に探すとしよう」

ゴーシュは大剣を背負い直し、息をつく。

と、ロコが耳をピクピクと動かしながら尋ねてきた。

「ねえ、ミズリー。その『プリネアの花』ってどんな花なの？」

「青白くて綺麗なお花だって言われていますね。何でも、とーっても甘い蜜を含んでいることから、それでしか作れないお菓子があるんだとか」

「ははは。実は今回、ミズリーが『プリネアの花』を探しているのはそれが目的だからね」

「ゴーシュさんってば、それは内緒ですよぅ！」

ミズリーがゴーシュの肩をポカポカと叩くその隣で、ロコが何やら考え込んでいた。

「甘い、蜜……」

そうして、何かに気づいたようにロコが顔を上げる。

「それなら、わかるかも」

「「え……？」」

「獣人族は鼻がきく。で、あっちから甘い香りがする」

ロコはそう言って、ある方角を指差した。

「お、それじゃあその方向に進んでいけば『プリネアの花』があるかもな」

「すごい！　ロコちゃん、そんなこと分かるんですね！」

「ふふん。お役に立てたならよかった」

【ロコちゃん優秀！】

【お役に立ちまくりだよそれはｗ】

【ロコちゃんのドヤ顔、いただきました！】

【守りたい、この笑顔】

【この子マジでギルドに入ってくれんかな】

【だよな。何というか、癒やしオーラがすごい】

【大剣オジサンの周り、凄い子しかおらんなw】

ゴーシュに頭を撫でられ、ロコがご満悦な顔を浮かべる。

そして一行は、ロコの誘導で《ラグーナ森林》の更に奥地へと進んでいった。

十分ほど経った頃だろうか。《ラグーナ森林》特有の光る木々の数も少なくなり、開けた場所に出たところでミズリーが声を上げる。

「あっ！　あの遠くに見えるのが『プリネアの花』じゃないですか？」

「おお、ほんとだ。凄いなロコ。偉いぞ」

「ありがたきしあわせ」

ゴーシュに頭を撫でられ、ロコがまた変な言葉で返す。

【ロコちゃんの言葉遣い独特だなw】

【ところどころツボるw】

【ロコちゃんが嬉しそうで何より】

【『プリネアの花』ゲットだぜ！】

【ミズリーちゃん良かったね。これで甘いお菓子が食べられるよ！】

【ミッションン達成でござるな】

【フフフ。これで花は見つかったわね】

【今回の配信も素晴らしかったですわ！】

リスナーたちも『プリネアの花』を見つけたゴーシュたちを祝うムードになっていく。

――しかし、ゴーシュたちの《ラグーナ森林》の攻略はまだこれで終わりではなかった。

「な、何だか揺れてません？」

「これは……」

「地面、ぶるぶる」

地面の振動を感じ取り、みなが警戒態勢をとる。

振動は徐々に近づいて大きくなり、そしてその現象を引き起こした主が姿を現す。

――シュルルルルルッ！

「えぇ!?」

「あれは、確か砂漠地方にしか生息しない魔物だな」

「でっかいミミズー」

そこに姿を現したのは、ロコの言った通り、巨大なミミズのような魔物――《サンドワーム》だった。

「サンドワームか。砂漠に生息するはずの魔物が何故こんなところに……」

不可解な現象だったがゴーシュは考察を保留にし、背負っていた大剣を眼前に構える。

「これは、戦うしかなさそうですね」

「ぐねぐねやろう」

【サンドワーム……。私たちの砂漠には稀《まれ》に出現するのですが、出会ったら絶対に逃げろと言われている魔物ですね。それが何故……】

【前のS級ダンジョン配信でもこんなことあったよな。謎のでかいゴーレムが出てきたり】

【ダンジョンの生態系が変化してるのでござろうか……】

【今そんな場合じゃないだろうけど、ロコちゃんの言葉が辛辣《しんらつ》すぎて吹いたw】

【それなw】

【ゴーシュさん、やっちゃってくだせえ！】

【ミズリーちゃんも頑張れ！　ロコちゃんは危なくないようにね！】

ゴーシュはロコの前に立ちはだかるようにして、近づいてきたサンドワームを警戒する。

（もう少しで間合いだ。む……）

接近した敵に向けて剣を振ろうとしたゴーシュだったが、サンドワームは頭から地面に潜ってしまう。

「ミズリー、下からだ！」

「はいっ！」

ゴーシュが指示すると同時、ミズリーが跳躍しその場を離れる。

ゴーシュもまたロコを抱えて飛び退くと、直後にサンドワームが飛び出してきた。

「ハッ――！」

片手でロコを抱えながら反撃を繰り出すゴーシュだったが、サンドワームはまたすぐ地中に逃れてしまう。

【ああ、惜しいっ！】

【ゴーシュさん、よく反応したな】

【でもまた土の中に逃げちゃいましたわ！】

【ヒットアンドアウェイ戦法ってやつか】

【これは捉《とら》えにくそう】

そのごもサンドワームは、地中から現れて攻撃を仕掛けてはすぐまた地中に潜るという戦法で仕掛けてくる。

地表に現れたタイミングを見計らってゴーシュとミズリーは剣を振るい、いくらかのダメージは与えるものの、決定打までは至らない。

(厄介だな……。手はあるが、ロコを抱えたままだと難しいか？)

ゴーシュが思考を巡らせていると、ロコがちょんちょんと服を引っ張ってきた。

「ししょーししょー」

「ん？」

「ししょーの考えてることわかる。私がちょっとやってみていい？」

「え……？」

ロコがゴーシュの腕の中から抜け出て、地面に降り立つ。

「ぐねぐねやろう。せいばいいたす」

ロコは地中にいるであろうサンドワームを睨みつけると、空高く跳躍した。

「ろ、ロコちゃん!?」

ジャンプしたロコを見て、ミズリーが驚きの声を上げる。

ロコは空中でぐるぐると腕を回しながら、地面に向かって降りてきて――、

「せーの……。ぱんち」

そんな抑揚《よくよう》のない掛け声と共に、地面を思いきりぶん殴った。

途端、地面が大きく陥没し、大量の土砂と共にサンドワームが空中へと打ち上げられる。

――シュッ!?

その攻撃はサンドワームにとっても予想外だっただろう。

ゴーシュやミズリー、そして配信を見ていたリスナーたちも、小柄な獣人少女が放った一撃に驚愕《きょうがく》させられていた。

「ししょー、ちゃんす！」

「──っ」

身を晒《さら》し、無防備となったサンドワームめがけてゴーシュが飛ぶ。

そして──。

「四神圓源流、《飛燕乱舞《ひえんらんぶ》》」

ゴーシュが上昇の勢いそのままにサンドワームを斬り上げた。

サンドワームはなすすべなくゴーシュの剣撃を受け、地面に叩きつけられることとなる。

「や、やりました！」

「ししょー、ぐっじょぶ」

地面に着地したゴーシュに、ミズリーとロコが駆《か》け寄る。

ロコとゴーシュの見事な連携にコメント欄が大盛り上がりを見せたのは言うまでもない。

【ロコちゃんすげぇえええええ！】

【何だ今の!?　サンドワームを地面ごとぶっ叩いたぞ】

【大剣オジサンも何だよw　人間の動きじゃねえw】

【地面が陥没しとる……】

【打ち込む時の掛け声が可愛かったw】

【獣人少女、まさかの超パワーw】

【うわぁ……ようじょつよい……】

【獣人族って怪力って聞くけどここまでなの……】

【あら。また面白い子が出てきたわね】

【力技がすぎるw】

【朗報、怪物ギルドに期待の新人登場】

【このギルド、面白すぎるw】

【リスナーを飽きさせない配信ギルドの鑑《かがみ》】

【もう武術講座開いてくれw】

【→ミズリーちゃんが解説モードになるんですね。分かります】

【素晴らしすぎますわ～！】

【同時接続数：216、889】

＊＊＊

「『プリネアの花』、無事ゲットできましたー！」

「ぱちぱちぱち」

サンドワームとの戦闘終了後、ミズリーが手に入れた『プリネアの花』を掲げて高らかに声を上げる。隣にいたロコは無表情ながらも尻尾が揺れていて、どこか嬉しそうだ。

リスナーからも称賛と祝福の声が多数寄せられ、ゴーシュたちはS級ダンジョン《ラグーナ森林》の攻略配信を成功のもとに終えることができた。

「これで甘いお菓子が作れ――コホン、今回の配信の目標をクリアできましたね」

「ミズリー、欲望だだもれ」

「うぐ……」

「でも、目標を達成できて良かったな。リスナーたちも盛り上がってくれたし」

ゴーシュたちは配信を終えた後で帰路につく。

「どうでした、ロコちゃん？　配信を見学してみて」

「うん。楽しかった。ししょーの戦いを近くで見れてとっても興奮した」

「そうでしょうそうでしょう。でも、ロコちゃんも強くてびっくりしちゃいました。リスナーの人たちも大盛りあがりでしたよ？　コメントでたくさん褒《ほ》めてくれていましたしね」

「こめんと……」

「……？　どうしました、ロコちゃん」

不意にロコが頭から生えた耳を垂らし、悲しげな顔を浮かべた。

ミズリーはそんなロコの様子が気にかかり声をかけるが、当のロコはどこか上の空だ。

（コメントに何かあったのか？　好意的なコメントばかりだったと思うが……。念のため

後で変なものがなかったかチェックしてみるか）
ゴーシュは同じくロコの様子が心配にかかりながらも、まずは安全にダンジョンを抜けることを優先する。
そうして、陽が落ちる前にゴーシュたちは無事ギルドへと到着することができた。

「それでは今日も一日お疲れ様でした！」

夕食の折になって。

ミズリーが元気よく言って乾杯の音頭を取った。

ロコにはぬるめに温めたミルクが注がれ、目の前にはミズリーが腕によりをかけて作ったごちそうが並んでいる。

「……」

ロコはいつものごとく無表情で変わらないように見えるのだが、尻尾が垂れて力ない。

ゴーシュは時折ロコの方を見やりながら食事に手を付けていく。ミズリーも気になっていたようで、チラチラとロコの方に目をやっていた。

（コメントの話題が出てからどこか元気がないように見えるな。一応コメントをチェックしたんだが、別に変なものは無かったし）

「そういえばロコのお祖父さんとは明日になれば話ができるんだったか？」

「え……？　あ、うん。腰の調子も良くなってきたし、明日ならお話できるって」

「そうか。ならその時に挨拶《あいさつ》させてもらうよ。昨日今日と話せなかったからな」

「うん。おじいちゃんもしょーとお話をしたがってたし、喜ぶと思う」

やはりどことなく元気がないなと、ゴーシュはロコを見て感じる。

(そういえば、ロコが昨日ギルドに来た時、俺の弟子になる以外にも目的があるって言っていたな……。もしかして、それが関係しているのか？)

「ごちそうさま。おいしかった」

ロコはぺこりと行儀よく頭を下げて、ミズリーに礼を言った。

そして自分の食器を片づけた後、そそくさと寝室のある二階へと上がってしまう。

「ロコちゃん、どうしたんでしょうか……。気になりますね」

「……」

ミズリーが不安げな視線を送ってきて、ゴーシュは考え込む。

そして、放っておけるゴーシュではなかった。

「俺、ちょっとロコと話してくるよ。ミズリーは悪いが食器の片づけを頼む」

「あ……。はいっ！」

ミズリーが嬉しそうに笑顔を浮かべる。

その笑みは、ゴーシュに寄せる信頼を表すかのようだった。

「と、その前にミズリーに一つ相談があるんだが」

「はい、何でしょう？」

「ロコのことなんだが――」

ロコを追う前に、ゴーシュはミズリーにある話を持ちかける。

それはミズリーにとっても半ば予想していた話だったようで、ゴーシュが話を終えるとすぐに返事があった。

「ふふ、もちろん。というより、私も同じことを提案しようと思っていました」

「そうか。なら、決まりだな」

「はい。ロコちゃんのこと、よろしくお願いします、ゴーシュさん」

二人はそんなやり取りをした後、互いに笑みを交わす。

そして、ゴーシュはロコの後を追って階段を登っていった。


「ここにいたのか、ロコ」

「あ、ししょー……」

ゴーシュが声をかけると、ロコは耳をピクリと反応させ、ゆっくりと振り返る。

二階にいると思われたロコは、ギルド建物の屋根に登っていた。

たようだ。

天然石を敷き詰めただけという感じの屋根にちょこんと座り、どうやら月を見上げてい
「寝室にいるかと思ったから、探したよ」

「うん……。ちょっと、お月さまを見たかったから」

「そうか」

屋根に通じるハシゴを登り終えたゴーシュは、ロコの隣にそっと腰掛けた。

(そういえば、獣人族は月を見て精神を落ち着かせる種族だと聞いたことがあったっけな)

ゴーシュはふと、どこかの配信でやっていた情報を思い返しながら月を見上げる。

その日は満月で、夜にも関わらず煌々《こうこう》とした月明かりが降り注いでいた。

「お月さま、まんまるで気持ちがいい」

「ああ、そうだな」

ロコの可愛らしい表現に、ゴーシュは自然と笑みをこぼす。

――そうして二人で月を見上げたまま少し時間が経っただろうか。

不意にロコが何かを決心したかのように、膝の上で小さな拳《こぶし》をぎゅっと握りしめる。

「ししょー」

「ん？」

「私、ししょーに謝らなきゃいけないことがある」

「謝る？　ロコが俺に？」

予想外の言葉を投げかけられて、ゴーシュはロコの方に視線をやった。

ロコは俯《うつむ》き、握った自分の手をじっと見つめている。

「私……、ししょーにひどいことを言った」

「酷いこと？　別にそんなことを言われた覚えはないが？」

ゴーシュが言葉を返すと、ロコはふるふると首を横に振った。

悲しげな表情が月明かりに照らされ、その赤い瞳には涙が浮かんでいた。

「ししょーは、知らないかもしれない。でも、私は本当にひどいことを言っちゃったと思ってる」

「詳しく、話してくれるか？」

ロコは頷《うなず》く。

そして、一つ一つ絞り出すように言葉を発した。

「私、半年くらい前に、ある配信を見てた。そこに、ししょーもいた」

「半年前の配信……」

その言葉で思い当たるといえば、ゴーシュが元いたギルド《炎天《えんてん》の大蛇《だいじゃ》》を解雇された時のことだ。

具体的には、ギルド長のアセルスがゴーシュを貶《おとし》めた「追放配信」である。

アセルスがギルドメンバーに指示したことで、コメント欄はゴーシュを叩くような悪意の波に侵略されて……。

安全圏にいる者たちが一人の男をドブに落とし、そこで溺《おぼ》れている姿を見て笑いものにする。あの時行われていたのは、そういう配信だった。

（確かあの配信は、何故かすぐフェアリー・チューブの運営に削除されていたな。動画も残っていない。ということは、ロコはあれが配信された時に見ていたのか）

「あの頃の私、うかれてた。微精霊との交信ができるようになって、色んな配信を見られるようになって、コメントを打ち込んだら自分も配信に参加しているような気持ちになれて。……まるで新しい世界に出会えたようで、とても楽しかった」

ロコはそこで言葉を切る。握りしめた手はかすかに震えていた。純粋無垢《じゅんすいむく》な子供があの悪意の渦の中にいたら、それを悪意だと気付くことすら難しいだろう。

ゴーシュはロコのことを不憫《ふびん》に思い、それでもロコの声に耳を傾ける。

その声の一つ一つに、ロコの決意がこめられているように感じたからだ。

「それであの日も、ししょーが出ている配信を見てた。ししょーが悪いって、みんな言ってて、私もそうなんだって思って……。それで、ひどいコメントを送っちゃった……」

「……」

「ししょーのこと……『サイテー』って、そういう、コメントを……」

ロコはぽろぽろと大粒の涙が溢《あふ》れる。

手が白くなるくらいにきつく握りしめ、ロコは涙を拭おうともしなかった。

それは、大衆に埋もれたたった一つのコメントだったかもしれない。悪意に流され、たった一回批判するコメントを打ち込んだだけだと、そう思う者もいるかもしれない。

しかし、まだ幼いロコにとっては大きな……とても大きな出来事だったのだろう。

幼い頃にその場の流れで放った言葉が家族や友人を傷つけてしまったという類の話は誰しもが経験し得るものだ。それはゴーシュも分かっていた。

「その後、おじいちゃんに怒られた。目に見えることだけで真実を知った気になっちゃいけないって。特にその人が何者であるかは、うわべだけで判断しちゃ、絶対に絶対にいけないことなんだって」

「……」

「それで、私、ししょーの出ている過去の配信を見た。たくさんたくさん見た。ギルドの人たちを陰から支えて守ってる配信も、たくさん。それで、気づいた。この人は悪者なんかじゃないって。でも、私があの時ししょーに送ったコメントは違っていて……。その事実は、消えてくれなくて……」

「そうだったのか。じゃあ、初めて会った時にロコが言っていた、俺の所に来たもう一つの理由って？」

「うん……。ししょーに会って、謝りたいって思ってた。でも、勇気が出せなかった……」

ゴーシュは必死の思いで告げているロコから目をそらさず、その一言一言を受け入れる。

「ししょー、ごめんなさい……。ごべんなさい……。ごめ……、ぐ……えぐっ……」

ロコは顔をくしゃくしゃに歪め、そして嗚咽《おえつ》混じりに呟いた。

そんなこと気にすることはないと、大勢ある中のたった一つのコメントじゃないかと、そう返すのは簡単かもしれない。

けれど、ゴーシュは考える。勇気を振り絞って伝えてくれたであろうロコに対して返す言葉としては、ふさわしくないのではないかと。

だからゴーシュは、自分も真っ直ぐに告げようと決める。

「ロコ、ありがとう」

「え……？」

それはロコにとっては意外な言葉だった。責められることはあっても、感謝される謂《いわ》れなどないと思った。

それでもゴーシュはロコに対して言葉を続ける。

「人間、誰しも誤った見方をしてしまうことはある。俺だって、特に若い頃はそんなことばっかりだった。自分の信じたものを都合よく解釈して、それ以外は正しくなんてないとはねのけて……。その方が楽だからな」

「……」

「俺が偉そうに言えることじゃないかもしれない。でも、本当に大切なのはそういう見方をしてしまったと自覚した、その後なんだと思う」

「そのあと……？」

「ああ。間違っていると気づいた時、向き合うことから逃げたりすることは簡単だ。でも、ロコはそうしなかった。きちんと向き合って、俺に自分の想いを伝えてくれた」

「……」

「だから――」

ゴーシュはロコにそっと微笑む。

ロコも涙で濡《ぬ》れた顔を上げ、ゴーシュをじっと見つめた。

「俺は、その気持ちを尊敬するよ。勇気を出してくれてありがとうな」

「ししょー……」

ロコが身を寄せて、ゴーシュの胸に顔をうずめる。

その顔はさっきよりも涙で濡れていて、それでもロコは感じていた。

ああ、この人はやっぱり自分の「ししょー」なんだ、と――。

「ロコに一つ提案があるんだが」

「……？」

ゴーシュがそう呟いたのは、しばらくしてロコが泣き止んでからのことだ。

「もしロコさえ良ければ、俺たちのギルドに入らないか？」

「私が、ししょーとミズリーのギルドに？」

「ああ。ミズリーも話したら大歓迎だと言っていた。せっかくなら、一緒に配信をやらないか？」

ゴーシュの問いに、ロコは赤い瞳を見開く。

「い、いいの？」

「ああ、もちろん。その方がロコもずっと一緒にいられるし、きっと楽しいと思うんだ」

「……」

月明かりに照らされたロコが目を細め、笑みを浮かべる。

次に口にする言葉は決まりきっていた。

＊＊＊

「左様ですか。ロコがその話を申しましたか」

「はい」

屋根の上でのやり取りがあった翌日、ギルド前の庭にて――。

ゴーシュはロコの祖父であるヤギリ老師と微精霊を介した交信魔法で話をしていた。

「ロコは……お孫さんは、とても真っ直ぐに話してくれました。きっと勇気がいることだったと思います」

「ほっほっほ。あの子はとても素直な子でしてな。きっとゴーシュ殿に自分の気持ちを伝えることができて、ほっとしていることでしょう。……と、それよりもゴーシュ殿」

「はい、何でしょう？」

「あの子の声を聞いてくださり、本当に感謝申し上げます」

ゴーシュの目の前に表示された画面の中で、ヤギリは深々と頭を下げる。その所作は、相手に対する心からの尊敬と敬意を表すものだった。

「い、いえ、そんな。俺はただ話を聞いて考えを伝えたまでです。ですからそんな感謝をされるようなことは――」

「だとしても、です。先程あの子と話した際の晴れやかな表情を見れば分かります。ゴーシュ殿はロコが子供だからと気休めの言葉で応じるのではなく、真正面から向き合って話してくださったのでしょう」

「……」

「そのことが私には何よりも嬉しいのです。もちろん、ロコはそれ以上でしょうが」

言って、ヤギリは白い顎《あご》ひげの奥で口の端を上げた。

「本来であればあの子が訪れた当日にこうしてお話がするのが筋なのでしょうが、申し訳ありません。ちょっと最近は腰の調子が悪く、起き上がれなくてですな……ア、タタ」

「は、はい。それは、ロコからも聞いています。ぎっくり腰なのだとか……。どうか無理なさらず」

「むぅ……。お恥ずかしい限りです」

（……獣人族は誠実な種族だと聞くが、本当にその通りだな）

ゴーシュはそう考えながら、腰をさするヤギリを見て苦笑した。

「あ、ヤギリ老師。俺もお伝えしたかったことがあるんです」

「ほう、何ですかな？」

「俺、ヤギリ老師が行ってくれた配信のおかげで《四神圓源流《ししんえんげんりゅう》》を使えるようになって、一言お礼が伝えたくて……。本当にありがとうございます」

「ああ、配信もいくつか拝見しましたが、ゴーシュ殿は朝の運動代わりにして習得されたんでしたな」

「う……。そう言われると本当に恐れ多い気になるのですが、その、何と言いますか……」

ヤギリに言われて、ゴーシュはしどろもどろになった。画面向こうのヤギリに向けてペコペコと何度も頭を下げており、ゴーシュの生真面目さが伺える光景だ。

「ハッハッハ、けっこうけっこう。それくらい規格外な方が《四神圓源流》の習得者として納得がいくというもの。私も理論を残してきた立場として鼻が高い」

「そ、そうですか……」

「ロコも、自分も使えるようになるんだと言って張り切っておりましたからな。不躾《ぶしつけ》なお願いではございますが、色々と教えてやってください」

「は、はい。それと、ロコについてなんですが――」

「ゴーシュ殿のギルドに入れてくださる、というのでしょう？」

「え……？」

「ほっほ。ロコがゴーシュ殿の所に行くと言いだした時からそのようになると思っておりました。あの子は元々配信が好きですからな。私としても、ぜひにと思います。あの子が持っていったバッグの中身は、養育費用の代わりとでも思っていただければ」

（お見通し、か……）

ゴーシュはヤギリの言葉を聞いて流石だなと溜息を漏《も》らす。

昨晩、ロコがゴーシュたちの配信ギルド《黄金の太陽》に入る決意をした後のこと――。

ロコはそういえばと言って、自分がギルドの扉を叩いた時に背負っていた謎の巨大バッグの中身を差し出してきたのだ。

その中身は獣人の里近くで採れる大量の宝石類であり、ロコ曰《いわ》く、獣人の里を出発する前、ヤギリに持っていけと言われたお土産《みやげ》なのだという。

お土産にしては多すぎるとゴーシュたちは思ったのだが、ヤギリはこうなることを見越していたのだろう。……それにしても、あり余る量だったが。

「ゴーシュ殿。あの子をよろしくお願いいたします。そして、いち視聴者としてゴーシュ殿やミズリー殿の配信を楽しみにしておりますぞ」

「は、はいっ！」

「ほっほ。今度ぜひ、獣人の里にも遊びに来てくだされ。ゴーシュ殿の話を聞きたい者も大勢おりますでな」

そう言って、ヤギリはにこやかに笑っていた。


「ゴーシュさん、『プリネアの花』を使ったお菓子ができましたよ～」

「ミズリー、ちょー気合入ってた」

ゴーシュがヤギリとの交信を切り終えると、ミズリーとロコが声をかけてきた。どうやらロコのギルド加入を祝う会の準備が整ったらしい。

ロコはギルドの中から出てきて、庭にいるゴーシュの近くまで駆《か》け寄ってきた。

「ししょー、早く。じゃないとミズリーがみんな食べちゃう」

「ははは。そうだな。それは早くしないとだな」

ゴーシュは近づいてきたロコに手を引っ張られ、ギルドの方へと向かおうとする。

（あの追放配信から始まった縁か……。思えば、半年でずいぶんと色んなことが変わったな）

ゴーシュはそんな感慨とともに、隣を歩くロコを見やる。

ロコはどこか楽しげな表情を浮かべていて、その尻尾はとても嬉しそうに揺れていた。

幕間④――熱狂するファンたち

1：名無しの妖精さん
フェアリー・チューブの配信ギルド《黄金《おうごん》の太陽《たいよう》》について語る掲示板です。

（注意事項）
・ギルドメンバーの方々に見られても恥ずかしくない語り合いを心がけましょう
・他人を批判したり攻撃したりするような書き込みは絶対にダメです（《黄金の太陽》のファンの皆さまは民度が高いので大丈夫だと思いますが）
・他のギルドや配信者を下げたりするような書き込み、自分の配信の宣伝もＮＧです（《黄金の太陽》のメンバーのファンクラブへの勧誘は可）
・種族関係なく、みんなで仲良く語り合いましょう！
※９５０の人が次の掲示板を立てましょう（難しい場合は誰が立てるか指定してください）

●前の掲示板

【伝説の】配信ギルド《黄金の太陽》について語り合う掲示板５９２【配信ギルド】

●《黄金の太陽》のギルドメンバー、個別掲示板はコチラ
・今日の大剣オジサン４９８
・天真爛漫《てんしんらんまん》な金髪美少女、ミズリーちゃんを語る掲示板６７７
・【期待の新人】獣人少女ロコちゃんに癒《い》やされる掲示板０５モフモフ

２：名無しの妖精さん
立てましたわ〜！！！

３：名無しの妖精さん
>>2
おつです！

４：名無しの妖精さん
>>2
お疲れ！

5：名無しの妖精さん
《黄金の太陽》の皆さん、同時接続数20万超えおめでとうございます

6：名無しの妖精さん
料理配信の歴代1位も獲得おめ！

7：名無しの妖精さん
配信するたびに何かの記録を更新していくギルド

8：名無しの妖精さん
最近加入したロコちゃんが可愛すぎます

9：名無しの妖精さん
渋くて最強のイケオジに、天真爛漫美少女、怪力獣耳《けもみみ》ちびっ子って濃いメンツだなｗ

10：名無しの妖精さん

>>8
この前の配信見てて吹き出したわｗ
地中にいるサンドワームぶっ叩いてたぞ

11：名無しの妖精さん
獣人族ってあそこまで怪力だったんだなって思いました

12：名無しの妖精さん
>>11
いや、普通はあそこまではないはず
ロコちゃんが異常

13：名無しの妖精さん
ロコさん、お可愛いですわ～！
あのモフモフ感、女性のワタクシにもドンピシャリですわ～！

14：名無しの妖精さん

>>13
この前の配信で、ミズリーちゃんが抱きながら寝てるって言ってたなw
ロコちゃんは迷惑そうな顔してたけど、それがまた可愛かった

15：名無しの妖精さん
>>14
羨ましすぎますわ～！

16：名無しの妖精さん
ロコちゃんのあの変な言葉遣いがツボるw

17：名無しの妖精さん
大剣オジサンのこと師匠って呼んでて可愛いよなw

18：名無しの妖精さん
オレもゴーシュさんの弟子になりたい……

19：名無しの妖精さん
もうすぐギルドが発足してから1ヶ月くらいか？
1ヶ月でこれってメルビスちゃんのペース上回ってないか？

20：名無しの妖精さん
>>19
やってる配信の方向性が違うから単純比較はできんが、凄いのは確かだよな

21：名無しの妖精さん
やっと昼休みだー！
お、新しいの建ってる
>>2
おつです！

22：名無しの妖精さん
>>21
君もお疲れ様やで

23：名無しの妖精さん
>>22
ありがとう。最近は仕事の合間にこの掲示板見るのが癒やしだわ

24：名無しの妖精さん
>>23
分かるー。仕事場の上司も見てて意気投合したわｗ

25：名無しの妖精さん
おいｗｗｗ　《黄金の太陽》のファン登録が10万超えたぞｗｗｗ

26：名無しの妖精さん
ひぇえええええ！！！

27：名無しの妖精さん
１ヶ月で10万超えるのは異常

28：名無しの妖精さん
分かっていたとはいえ、改めてみると凄まじいな

29：名無しの妖精さん
10万超え！　ゴーシュさん、ミズリーちゃん、ロコちゃん、おめでとう！！！

30：名無しの妖精さん
これは10万人突破配信記念あるか!?

31：名無しの妖精さん
大剣オジサンの武術講座希望！

32：名無しの妖精さん
>>31
ミズリーちゃんも熱望してたけど大剣オジサンが恥ずかしがってたなｗ

33：名無しの妖精さん
正直ミズリーちゃんが見られればどんな配信でも見ます！

34：名無しの妖精さん
皆さんはどんな配信が見たいですか？
・大剣オジサンが無双する配信
・ミズリーちゃんの解説モード（眼鏡姿）再び
・ロコちゃんの一日を見て癒やされる配信
・前にやってた、レアモンスター発見するまで帰れません企画を3人で
・《黄金の太陽》のメンバーに質問できる配信
・3人が雑談するのを見てほっこりする配信
・晩酌配信（ミズリーちゃんもお酒飲める？）
・どこかとのコラボ配信

35：名無しの妖精さん
>>34
ぶっちゃけ全部見たい！！！

36：名無しの妖精さん
>>34
晩酌配信見たい！　一緒にお酒飲みたい！

37：名無しの妖精さん
>>34
大剣オジサンの《四神圓源流《ししんえんげんりゅう》》だっけ？
あれをミズリーちゃんが解説モードでドヤ顔解説するのが見たいw

38：名無しの妖精さん
>>37
今なら獣人族のロコさんがおりますし、より深い解説が見れそうですわ！

39：名無しの妖精さん
>>34
レアモンスター発見企画またやってほしい

あれ面白かった

40：名無しの妖精さん
>>34
前にメルビスちゃんの配信に映ってたゴーシュさんとミズリーちゃん
あの時のカッコいい&可愛い感じの衣装が見たい

41：名無しの妖精さん
>>40
それいいな〜
コスプレというか、色んな服着るの見たい！

42：名無しの妖精さん
>>40
メイド服姿のミズリーちゃんが見たいです

43：名無しの妖精さん

>>42
天才か？

44：名無しの妖精さん
あれ？　そういえば1ヶ月経つんだよな？

45：名無しの妖精さん
>>44
それがどうかした？

46：名無しの妖精さん
>>45
あれだよ、フェアリー・チューブ運営の基準クリアしてれば「収益化」できるってやつ

47：名無しの妖精さん
>>46
あー、確かスペシャルチャットってやつで俺たちが配信者に金を渡せるんだっけ？

48：名無しの妖精さん
あれ、流行《はや》るわけないって思ってたけど、けっこうやられてるの見るよな

49：名無しの妖精さん
>>48
メルビスちゃんの歌唱配信とかスペシャルチャットの嵐ですごいぞ

50：名無しの妖精さん
>>49
この前メルビスちゃんにスペチャ投げてきたわ
オレの名前を呼んでくれてありがとうっていってくれるんだぞ？

51：名無しの妖精さん
え？　じゃあ《黄金の太陽》が収益化始めたら、ミズリーちゃんが俺の名前を呼んでくれるって……コトッ!?

52：名無しの妖精さん
ゴーシュのおじ様がワタクシの名前を……
ふふ、うふふふふふ

53：名無しの妖精さん
>>52
落ち着きなさいw

54：名無しの妖精さん
ただ収益化ってフェアリー・チューブ側の審査があるらしいからな
さすがにもうちょい時間かかるんじゃないか？

55：名無しの妖精さん
どちらにせよ、俺はあのギルド推し続けるぞ！

56：名無しの妖精さん
いまさらながらファン登録した者です

皆さんよろしくお願いします

57：名無しの妖精さん
>>56
いらっしゃーい

58：名無しの妖精さん
そろそろ午後の仕事だ
今日の配信を楽しみにしながら頑張るか

59：名無しの妖精さん
いやぁ、今日も楽しみが尽きない

60：名無しの妖精さん
今日は一体どんな配信をやってくれるやら

第8章　大剣オジサンは頼られる

「これで四百八十七体目、ですっ！」

「おおー。ミズリーすごい」

王都グラハムの外れにある丘陵《きゅうりょう》地帯――。

その場所でゴーシュたちは本日の配信を行っていた。

今回の企画は、ミズリー立案の「魔物五百体を倒すまで帰れません配信！」である。

動画配信オタクの顔も持つミズリーによれば、今後の配信業界ではこういった「耐久配信」が人気になり得るということなのだが……。

【いやいやいや、ミズリーちゃんたち凄すぎぃ！】

【この手の配信って50とかが普通なんですけどね……】

【討伐メーター、大剣オジサン：３０５、ミズリーちゃん：１１２、ロコちゃん：70】

【→だからオカシイってｗ】

【ミズリー殿は素早い魔物が得意、ロコ殿は大型の魔物が得意のようでござるな。そしてゴーシュ殿はどっちでもいけると。しかし、それぞれが規格外すぎるでござる】

【ござるの言う通りだわ】

【耐久配信とか言ってたけどただの無双配信でワロタｗ】

【A級冒険者のシグルド・ベイクだ。ウチの配信ギルドでもこの前耐久配信をやってみたんだがな、その時は70が限度だったぜ。ギルドメンバー8人もいるけどな！】

【ワケガワカラナイヨ】

【同時接続数：287、890】

　ここのところ、《黄金《おうごん》の太陽《たいよう》》の同時接続数は右肩上がりとなっていた。日に日にファン登録者数も増え、まさに飛ぶ鳥を落とす勢いである。

「よし、これで四百九十九体だ。最後は……ロコの方だな」

「ロコちゃん決めちゃってください！」

「よし、ばっちこい」

　ロコが独特な掛け声を発して腰を落とす。

　そして向かってくる大型魔物、ワイルドボアの突進に対して正拳突きをお見舞いした。

　――ブゴォオオオオオ！

「ふっ。ざまみろ、てやんでい」

　ワイルドボアが地面に倒れ込み、ロコの一撃が五百体討伐企画の締めくくりとなった。

【500体討伐おめ！】

【フフ。まだ始まって2時間くらいしか経ってないのにね】

【ロコさんカッコいいですわ！】

【だからロコちゃんの変な掛け声はなんなのw】

【クセになる可愛さ】

【カッコいい、可愛い、強い、面白い。三拍子揃った怪物ギルド】

【→四拍子じゃねえかw】

【同接数30万近い！】

【これはそのうち50万いくだろうな】

【魔物討伐の配信以外も面白いからなこのギルド。万能ハイクオリティでとんでもないわ】

いつものごとくと表すべきか、コメント欄も大熱狂だった。

「やりましたね、ゴーシュさん、ロコちゃん！」

「ぶいっ」

「二人ともお疲れ様。リスナーの人たちも喜んでくれて何よりだ」

ゴーシュたちは配信を切り終えた後で互いの健闘を称え合う。

討伐された魔物が山のように積み重なっていて、それを眺めながらミズリーが得意げに胸を張った。

「食用の魔物もけっこう討伐できましたからねぇ。《シャルトローゼ》支配人のグルドさんに連絡して、使える分は引き取ってもらいましょうか」

「骨とか素材の持ち帰りは私にお任せ」

ロコが持参していた巨大バッグに戦利品を詰め込み、ゴーシュとミズリーも手伝う。

「……」

「どうしました？　ゴーシュさん」

「ん？　ああ、いや」

ミズリーに声をかけられ、何かを考えていたゴーシュが顔を上げた。

「今日の配信、思ったより早く終わったなと思って」

「ええ。ロコちゃんがギルドに加入してくれたおかげですかね」

「……早かったのは確かにそれもあるが、魔物の数が多すぎないかと思ってな」

「あ、言われてみれば確かに」

ゴーシュの言葉でミズリーは丘陵《きゅうりょう》地帯を見回す。

ゴーシュたちが今いる丘は街道から離れた場所ではあるが、ここまで多くの魔物が跋扈《ばっこ》していたのは不自然だった。本来ならば五百体の魔物を見つけるまでにもっと時間がかかると予想していたのだが……。

「最近、魔物が多く現れるようになったってたびたび配信ニュースでも見かけるよな」

「そうですね……。念のため、ギルド協会や冒険者協会にも報告しておきましょうか」

「ああ。そうしようか」

そんなやり取りを交わし、素材の回収と《シャルトローゼ》への連絡を済ませた後で、ゴーシュはまた思考を巡らせる。

(思えば、二度のＳ級ダンジョン攻略配信を行った際にも、普段この地方で見かけない魔物に出くわした。何かの前触れじゃなきゃいいが……)

そうして、ゴーシュは疑問を抱えたまま帰路につくことになった。


その日の夜のこと――。

ゴーシュに対してある人物から交信魔法による連絡が届く。

「おう、ゴーシュ。悪いなこんな夜遅くに。今ちょっといいか？」

それは、ゴーシュが王都に来る前、モスリフで農地を引き継いでもらった友人――ロイだった。

＊＊＊

「ロイか。久しぶりだな」

夜――。ゴーシュに対し、田舎モスリフの地にいる友人ロイが連絡をよこしていた。

引き継いでもらった農地についての質問だろうかとゴーシュは考えたが、こんな夜に連絡をよこしてくるというのも妙である。

「ほんと久しぶりだな。ミズリーさんとは相変わらず上手くやってるか？」

「ああ。おかげさまで配信の方も順調だ。今は食器を洗ってもらっているよ」

「くっ、新婚さんかよ。……ってまあそれはいい。今日はお前に知らせておきたいことがあってな」

「知らせておきたいこと？」

ゴーシュが聞き返してロイは少し真剣な表情になる。

「ゴーシュがモスリフを出ていく時に引き継いだあの農地なんだがな。何《なん》か変なんだよ」

「変、とは？」

「これを言えばお前には分かる話だと思うんだが、作物の育ちが異常なんだ。それこそ、もう収穫できるんじゃないかってくらいでな」

「え？　まだ雨季の前なのにか？」

ゴーシュが元々育てていた作物は、基本的にこの後に来る雨季を経て収穫期を迎えるものが大半だった。しかし、農地を引き継いだロイの話によれば、もうほとんどの作物が収穫できるほどに実っているのだという。

「あと、そんな作物に釣られて来るのか魔物の数も多い。まあ、こっちは村の連中も協力してくれてるし、ゴーシュが前に武術を教えてくれたおかげで何とか駆除できてるんだが」

「魔物の数が多い、か……」

ゴーシュはすぐに、最近身の回りで起きている魔物の異常発生について思い当たった。

そして、その話をロイにも共有する。

「実は最近、王都の周辺でも魔物が大量に現れたり、普段じゃ見かけない魔物を見るようになってな。何か関係しているんだろうか？」

「つっても、ここと王都じゃ結構距離あるけどな。……いや、待てよ。ゴーシュ、その魔物の異常発生があったのってどの辺りだ？」

「ふぅむ……」

《青水晶《あおすいしょう》の洞窟《どうくつ》》や《ラグーナ森林《しんりん》》、後は王都近くの丘陵《きゅうりょう》地帯とかだな」

ゴーシュが挙げた土地の名前を聞いて、ロイはそれらの場所を一つ一つ思い浮かべる。

「あー、やっぱりそうかもなぁ」

「何か気づいたのか？」

「たぶんだけどな。……なあ、ゴーシュ。モスリフの農地とお前が今挙げた場所とで共通していることって何だと思う？」

「共通していること……。あ、《シナルス河》か」

ゴーシュはポンと手を叩き、ある河の名前を口にした。

《シナルス河》とは、モスリフと王都グラハムを通る広大な河川である。

その豊富な水量から、《シナルス河》の周辺は農業を行うのに適した土地だとされてきたのだが、今考えるべきことは別にあった。

「となると、《シナルス河》が魔物の異常発生に何らかの影響を与えている？」

「かもな」

そういえば、自分がモスリフの地で駆除したフレイムドラゴンも最近になって現れた新種の魔物だったなと、ゴーシュは思い当たる。

「そうか……。詳しく調べてみる必要があるな。明日、ギルド協会や冒険者協会にも報告するつもりだったから、ちょうど良い」

「ああ。そうした方がいいな。何か分かったらこっちにも教えてくれると助かる」

「分かった。連絡、感謝するよ」

ゴーシュは画面越しのロイに向けてしっかりと頷く。ロイもまた頷き返し、その後で、柔らかい笑みを浮かべた。

「どうした？　ロイ」

「いや、なんか以前にも増して、良い顔するようになったなって思ってさ。お前、変わったと思うぞ」

「そうか？」

「はっはっは。何より何より。ま、こっち来ることがあったらまた一杯やろうや。伝説の大剣オジサンと話ができるなんて光栄だしな」

「あのな……」

ロイがからかってきてゴーシュは溜息を漏《も》らす。

（変わった、か。でも、そうだとしたら、きっと……）

ゴーシュが後ろを振り返ると、そこには鼻歌混じりで食器を洗うミズリーの姿がある。

「……」

そうしてふと、ゴーシュは自分が自然と笑みを浮かべていることに気づいたのだった。

＊＊＊

「ふぅ。ここに来るのも久しぶりだな」

ロイと話をした翌日。

ゴーシュはミズリーとロコを連れて王都グラハムのギルド協会へとやって来ていた。

最近の魔物の多発化、そしてロイとの会話で立てられた仮説――《シナルス河》に何か異変が起きているのではないかという件について報告するためである。

「ゴーシュさんと一緒にギルドを立ち上げる手続きをした時以来ですね。ふふ、一ヶ月くらいしか経っていないのに、何だか懐かしいです」

「でっけー建物」

ミズリーが昔を懐かしむように笑い、ロコがギルド協会の建物を見ながら呟いていた。

「あ、ゴーシュさんじゃないですか！　お久しぶりでっす！」

ゴーシュたちがギルド協会の建物内に入ると、すぐにそんな声が響いた。

カウンター向こうで元気の良い声を上げていたのは、受付嬢のアイルである。

アイルのその声でざわつき始めたのは、普段からゴーシュらの配信を見ている者たちだ。

遠巻きに羨望《せんぼう》と尊敬の眼差しを向け、ひそひそと何かを語り合っていた。

「やあアイルさん。こんにちは」

「もー、私のことは呼び捨てで良いって言ったじゃないですか」

「そ、そうだったな」

アイルの勢いに押されてゴーシュは思わず引きつった笑いを浮かべる。

「そういえば、アイルのおかげで助かってるよ。あんなに良いギルド物件を紹介してくれてありがとうな。S級ダンジョンへの探索許可をくれたのも大感謝だ」

「いえいえ、受付嬢としてお役に立てて嬉しいでっす。というか、私の見る目は間違ってなかったですね。いやぁ、見てますよゴーシュさんたちの配信。すごい人気ぶりですよね」

「ふふ。相変わらずお元気そうで何よりです、アイルさん」

「ミズリーさんもこんにちは！　ミズリーさんとはこの前会ったばっかりですけど」

「そうですね。またぜひ、お茶しに行きましょう」

「ぜひっ！」

アイルはミズリーに対してはくだけた感じで挨拶《あいさつ》をする。

この二人は度々プライベートでも一緒にお茶を飲みに出かける仲になったらしく、微笑ましいことだなとゴーシュは思った。

「はじめまして」

「あ、あ～！　本物のロコちゃんだ！　可愛い～！」

アイルはロコの姿を認めると、お気に入りのぬいぐるみを露店で見つけたかのような喜びを爆発させる。カウンターに阻まれていなければロコを抱きしめていたに違いない。

そのあまりの勢いにゴーシュもミズリーも乾いた笑いを浮かべていた。

「ミズリーさん。今度お茶行く時、ロコちゃんも連れてきてくださいよ」

「はは、そうですね。ロコちゃんが良ければ」

「ところでアイル、今日は報告をしたくてここに来たんだが」

「あ、しまった。つい皆さんに会えてテンションが上っちゃってました。気を取り直して、どのようなご報告ですか？」

「実はな――」

受付嬢モードに切り替わったアイルに向けて、ゴーシュは魔物多発化の件を話していく。

話を聞き終えたアイルは難しい顔になり、メモを取るために走らせていたペンを止めた。

「うぅむ、気になる話ですね。というより、もっと上の人に相談すべき案件な気がします。ちょっと待っていてくださいね」

アイルはそう言い残してスタスタと二階に上がり、ある部屋の中へと消えていった。

恐らく上司の部屋だろうなと思いつつ、ゴーシュたちはカウンター前で待つことにする。

そして、程なくしてアイルがゴーシュたちの元へと戻って来たのだが、何故か興奮気味の様子だった。

「と、と、とんでもない人がいました。サインでも貰《もら》っておけば良かったかな」

「アイル？」

「あ、す、すみませんお待たせして。え……と、今ギルド協会長の方に報告しに行ったんですが、皆さんの話を直接聞きたいそうで。ですので、今私が出てきた部屋に向かってもらえますか？　あと、一人来客がいたんですけど、その人も同席するとのことでっす」

「……？　あ、ああ、分かった。とりあえずその部屋に行ってみるよ」

「じ、じゃあよろしくお願いします」

落ち着きがないアイルの様子に怪訝《けげん》な顔を浮かべながらも、ゴーシュたちは二階にあるというギルド協会長の執務室へと向かうことにする。

「失礼します」

「ああ、お入りください」

声が返ってきて、ゴーシュは扉を開ける。

中に入ると、ギルド協会長と思わしき男性の姿。そしてその男性の斜め横のソファーに座っていた人物が目に留まる。

「ふふ、お久しぶりです」

「え……？」

「お、お姉ちゃん？」

それは、ミズリーの姉にして現配信業界のトップと評される稀代《きだい》の歌姫、メルビス・アローニャの姿があった。

「こんにちは、ゴーシュさん。またお会いできて嬉しいです」

メルビスが差し出してきた手を握り、ゴーシュは困惑した表情を浮かべる。

「ええと、どうしてメルビスがギルド協会に？」

「私がお呼びしたのです」

メルビスに向いていたみなの意識を引き寄せたのは、奥にいた利発そうな男性だ。

歳はゴーシュより少し若いくらい。柔和な笑みを浮かべる様子からは人の良さが窺《うかが》えた。

「と、申し遅れました。王都グラハムのギルド協会長を務めております、ケイト・アルマンと申します」

ケイトと名乗ったその男性は、ゴーシュたちに向けて深々と腰を折る。

ゴーシュたちも一人ずつ挨拶を交わしたところで、ソファーに座るよう促《うなが》された。

「改めて、ゴーシュさん、ミズリーさん、ロコさん。本日はお会いできて光栄です」

「ケイトさんは俺たちのことを知っているんですか？」

「ええ、もちろん。日頃から皆さんの配信を視聴しておりますからね。とても楽しく拝見させてもらっています」

「おお、協会長さんも見てくれているんですね！　ありがとうございます！」

「ふふん。私たち、ゆーめーじん」

ミズリーとロコが嬉しそうな反応を見せる。

（なるほど。今のギルドは配信を生業《なりわい》にしているところも多いからな。所属するギルドの配信のチェックという意味合いもあるんだろうが、見てくれているのは嬉しいものだな）

ゴーシュはそのように考え、軽く咳払いを挟む。

そして、ケイトに対し本題を切り出すことにした。

「本日はご報告したいことがあり協会に来たんですが」

「ええ。先程、受付嬢のアイルからも簡単に聞いております。何でも、魔物の多発化の要因について思い当たることがあるのだとか」

「はい。昨日、モスリフの地にいる友人から連絡を受けまして――」

ゴーシュが昨夜のロイとの話も交え、《シナルス河》に何か異変が起きているかもしれないという仮説を語っていく。

「なるほど……。魔物の頻出や突発がある地域には、《シナルス河》に近いという共通点がある、ですか。気になりますね」

ケイトは顎に手を当て、ゴーシュの語った内容を頭の中で整理していた。

すると、少し時間が経った後で今度はケイトがゴーシュたちに切り出す。

「実は、魔物の多発化については私も気になっていたのです。そして、それこそがメルビスさんをお呼びしていた理由でもあります」

「え？」

「魔物の多発化についてはギルド協会の方でも警告をしていますが、まだまだ周知が足りていない状況です。街道から少し外れた場所でピクニックを楽しんでいたら、魔物に遭遇してしまったという話も聞きます。そこで、多くの注目を集めている配信者の方に協力をお願いし、注意喚起してもらうのが良いのではないかという結論に至ったのです」

「ああ、なるほど。それでメルビスに」

ゴーシュが目を向けると、メルビスが柔らかく微笑み反応する。

「私はゴーシュさんや他の冒険者さんみたいに剣を振ることはできませんからね。歌の配信をする前後など、リスナーの方たちに呼びかけをすれば多少は効果があるでしょう」

「そうか。メルビスらしいな」

「ふふ。配信でお役に立てるなら何よりですから」

歌唱をしている時とは異なる雰囲気で微笑むメルビスを見て、ゴーシュは思う。

(本当に、メルビスらしい)

鬱屈《うっくつ》した日々を送っていた自分に光を見せてくれた人物。配信で人を笑顔にしたいと、そう思わせてくれた人物。

ゴーシュにとっては、だからメルビスの想いが嬉しかった。

と同時に、献身的であり続ける歌姫にゴーシュは尊敬の念を抱いていた。

「でも、《しるなす河》？　《しすなる河》？　の方はどうするの？」

「《シナルス河》ですね、ロコちゃん。確かに、そっちが今は気になりますね」

「ああ。メルビスが協力してくれるとしても、原因を究明したいところだな」

「それについては、ギルド協会の方にお任せいただければと。解析の魔法が得意な人にツテがありますし、水質などから何かが分かるかもしれません」

ゴーシュたちのやり取りをケイトが引き継ぎ、今後の対応について方向性を定める。

「結果が分かったら皆さんにも報告します。情報の提供、大変感謝です」

そうして、その日はメルビスとも別れ、ゴーシュたちは一旦ギルドに戻り、ケイトからの報告を待つことにした。

――その三日後。

昼食を終えて団らんしていたゴーシュたちの元へ、ケイトから交信連絡が届く。

「ゴーシュさん。《シナルス河》の調査に関して、恐ろしいことが判明しました。すみませんが、至急ギルド協会の方に来ていただけますか？」

ケイトはゴーシュに対し、慌てた様子で告げたのだった。

＊＊＊

「失礼します」

「おお。お待ちしておりました、皆さん」

王都グラハムのギルド協会にて。緊急の報せを受けたゴーシュたちは、その日の内にギルド協会長ケイトの執務室を訪れていた。

今日は執務室の中にいたのはケイトのみで、メルビスは来ていないらしい。

「それで、ケイトさん。《シナルス河》の調査について判明したことというのは？」

「はい。さっそくで申し訳ありませんが、こちらをご覧いただきたいのです」

挨拶を早々に済ませ、ケイトが差し出してきたのは一冊の書物だ。

どうやらかなり古い書物のようで、背の部分などところどころが剥《は》がれ落ちている。

(配信文化が根づいた現代で書物というのも珍しいな……)

ゴーシュはミズリーやロコと一緒に開かれた本を覗《のぞ》き込む。

そこに書かれていたのは黒い石の絵だった。

「んーと？　《こくふーせき》？」

文字を読み上げたロコに向けてケイトが頷く。

聞いたことがない石の名前だなと思いつつ、ゴーシュはケイトに視線を送った。

「《黒封石《こくふうせき》》――。それがここに描かれている石の名前です。この世界に配信文化が広まる前の代物だとされているため、書物でしか見つけることができなかったのですが」

「その黒封石というのが何か？」

「はい。《シナルス河》に異変がないか調査を行っていたところ、河の水からこの《黒封石》の成分が発見されたのです」

「なるほど。それで、黒封石というのは……」

「この本によれば、『魔力を持つ魔物を封じるための石』とされています」

「え……？」

　ケイトが神妙な面持ちになってゴーシュらを見回す。

「かつて時の大賢者様が配信文化を広めるよりもずっと前のこと。この世界には魔力を持つ魔物が跋扈《ばっこ》していたとされています。その魔物は現代の魔物よりも遥《はる》かに強かったとも」

「それ、私もおじいちゃんから聞いたことがある」

「そうなんですか？　ロコちゃん」

「うん。獣人族の間では悪い子を叱る時によく使われる。早く寝ないと昔のちょーこわい魔物が出てきて食べられちゃうぞー、って」

　ロコがやけに実感のこもった声で呟き、獣耳《けもみみ》をピクピクと反応させる。

　その様子に少しだけ場の空気が和むが、やはり全員今は黒封石のことが気になるようで、再び開かれた本に目を落としていた。

「この本には、強大な魔力を持つ魔物に対抗するため人々は黒封石を用い、各地の魔物を封じるために一致団結したとあります。もしかすると今の時代に国家間の争いがないのは、そうした背景があるのかもしれませんね」

　ケイトは一旦言葉を切り、そして続ける。

「とにかく、黒封石というのはそういった危険な魔物を封じるための石だということです」

「ふむ……。しかし、《シナルス河》にその黒封石の成分が含まれていたとなると……」

「ゴーシュさんの考えている通りだと思います。恐らく、《シナルス河》の上流に黒封石があるのでしょう」

「あれ？　でもそうなると魔物の多発化とどう関係してくるんでしょうか？」

「これは推測になりますが、凶悪な魔物を封じている黒封石に何らかの異変が発生しているのだと思います。つまり、《シナルス河》の上流に封じられている魔物の魔力が流れ出しているのではないかと」

「ま、まさか、黒封石に封じられた魔物が復活しちゃってたり？」

「いえ、恐らくそれはないでしょう。もしそうなっていれば既に何かしらの騒ぎが起きていてもおかしくありません。もっとも、このまま異常を放置すれば分かりませんが……」

「協会長さんってば、また怖いことを……」

　ケイトが答えた言葉に、ミズリーは引きつった表情を浮かべていた。

（なるほど。となるとロイが言っていた、モスリフの地で俺の農地の作物が異常に成長が早いというのも流れ出した魔力が影響しているのかもな。いずれにせよ、《シナルス河》の上流に存在する黒封石に何かしらの対処が必要ということか……）

　ゴーシュはそこまで考えたところで、顔を上げてケイトにある申し出をする。

「ケイトさん。その黒封石の調査と対処、俺たちにやらせてもらえませんか？」

「ありがとうございます。実は、本日皆さんをお呼びしたのは、それをお願いするためだったのです。皆さんが声を上げてくださるのであれば、これほど心強いことはありません」

「黒封石をこのまま放置したら、凶悪な魔物が復活しちゃうかもしれないってことですもんね。やりましょう、ゴーシュさん！」

「ふふん。ししょーと私たちにおまかせあれ」

ミズリーにロコも続き、ゴーシュたちは互いに頷《うなず》き合う。

「ゴーシュさんたちにお願いしたいことは二つ。黒封石の現状の確認と、《シナルス河》の上流からの移動です。その応急措置が取れれば、後日運搬と保管のための部隊を結成し、より安全な場所で管理することができるでしょう」

「分かりました」

「《シナルス河》の源流はモスリフから近い。ですから、一度モスリフを経由して向かわれるのが良いでしょう」

「そうですね。その辺の地域なら土地勘もありますし。それでは、出発の準備を――」

「あ、ゴーシュさん」

ゴーシュが席を立とうとしたところでケイトが声を上げる。

そして、かけられたのは意外な申し出だった。

「今回の黒封石の調査についてなのですが、その様子をぜひ配信していただきたいのです」

「配信を？　それは構いませんが、何故？」

「黒封石は《シナルス河》の上流以外にも存在している可能性が高いのです。今後同じようなことが起こった場合も踏まえ、映像的な資料を残しておいた方が良いでしょう。多くの人に対する周知ができれば、注意喚起にもなりますしね」

「なるほど、確かに……。分かりました。黒封石の調査は配信しながら行うことにします」

「はい。よろしくお願い致します。それから――」

ケイトは席を立ち、ゴーシュたちに対して頭を下げる。

「今回の一件、ゴーシュさんたちのギルド以上の適任はいないと思っています。引き受けてくださったことに対して、最大限の感謝を――」

そうして、ゴーシュたちは《シナルス河》の上流、まずはモスリフに向けて出発することになった。


一方その頃――。

「チクショウ……。ゴーシュの野郎……」

ギルド《炎天《えんてん》の大蛇《だいじゃ》》にて。

「全部……。全部アイツのせいだ。アイツがいなけりゃもっと上手くいってたんだ……。クソッ！」

酒瓶を片手に声を荒げる男――アセルス・ロービッシュの姿があった。

【SIDE：炎天《えんてん》の大蛇《だいじゃ》】破滅の更に先へ

「チッ、もう酒が切れやがった」

ギルド《炎天の大蛇》にて――。

ギルド長アセルスは空いた酒瓶を苛立たしく放り投げ、また新しい酒瓶を取り出した。

そのまま半分ほど一気に呷《あお》り、テーブルの上に瓶を激しく叩きつける。

ゴーシュや、炎上騒動にかこつけて騒ぐフェアリー・チューブのリスナーたちのことを思い出し、ぶつくさと毒を吐いて――。

《シャルトローゼ》の一件で自らの企みが暴かれて以降、ずっとこんな調子だった。

ギルドメンバーにも愛想を尽かされ、今やだだっ広いギルドの中にいるのは同じく《シャルトローゼ》の一件に関わっていたプリムだけである。

「ギルド長ぅ……。お酒飲み過ぎですよぅ。やめましょうよぅ」

「うるせえ！　酒でも飲まなきゃやってられっか！　つべこべ言う暇があったら新しい酒でも買ってこい！」

「ひぅっ……！」

突然の怒鳴り声を上げられ、アセルスを案じていたプリムも萎縮《いしゅく》してしまう。

「で、でも、もうギルドにあんまりお金残ってなくてぇ……。《シャルトローゼ》の件でお店の人やお客さんたちへの賠償金だってまだ払いきれてないですしぃ」

「フン。金なら明日、ベルーナ商会の商品を紹介する案件配信があっただろ。あそこは定期的に仕事くれてるからな。それさえ入ってくりゃまだ何とか……」

と、そこまで言ったアセルスの元に交信魔法が使用される。

今まさに話していたベルーナ商会の者からだった。

「はい。《炎天の大蛇》のアセル――」

「アセルス殿。突然ですが、貴殿のギルドとの契約を打ち切りにさせていただきます」

「ハァッ!? ち、ちょっと待ってくれ！ 打ち切りって、どうしてそんな突然……」

「以前からも警告申し上げていたはずです。貴殿のギルドは確かに視聴者の数こそ多かったものの、少し過激な配信が目立っていた。それに先日の《シャルトローゼ》での一件」

「うっ……」

「貴殿のギルドと交わした契約書にも、互いの利益を損なう事由が生じた場合には契約を即時破棄できる旨がきちんと記載されています。このような状況で私どもの商会の商品を紹介されても、逆に悪印象を与えられてしまうというものです」

「そ、そんな……」

「とにかく、今後は別のギルドに打診をかける予定ですので。もっと真っ当な配信で人気を博していらっしゃる――そう、例えば《黄金《おうごん》の太陽《たいよう》》などですか。あそこは誠実で素晴らしい。アセルス殿もあのようなギルドを手本にされてはいかがですかな？」

「っ……」

「それではこれにて。あ、そうそう。貴殿のギルドが私どもの商会に与えた悪印象に関しては現在法務部とも協議しておりますので、その件は別途損害賠償として請求させていただくことになるかと思います。では――」

――ブチッ、と。

弁解の余地もなく、アセルスは一方的に交信を切断された。

「ギルド長ぅ……」

「く、く………クソがぁっ！！！」

アセルスは手にしていた酒瓶を投げつけ、叩き割る。

あまりにも惨《みじ》めだった。

全ては自業自得かつ自身の欠落した倫理観がもたらした結果なのだが、アセルスはただただ他者を呪う。

――誰しもが誤った行動を取ることはある。しかし、真に重要なのはその後。逃げることは簡単だが、そこで自分を省みて向き合えるか。

先日のゴーシュからロコへの言葉だが、アセルスは全力疾走で逃げる側の人間だった。

「…………おい、プリム」

「は、はい？」

「ゴーシュの野郎。今は何してる」

「え、ゴーシュさんですか？　……ええと、モスリフの方に向かうってさっき配信で告知してましたけど」

「モスリフに？　何故？」

「なんかぁ、とっても強い魔物を封じ込めた石が見つかったらしくて、それが壊れたりしないよう保護しに行くってことでした」

「魔物を封じた、石？」

「はい。危険だから黒い石を見つけたら近づかないようにって注意喚起も兼ねてたみたいで。その石が割れたりすると大変だからって。そういえばメルビスちゃんもさっき配信で同じようなことを注意してて――」

「……」

もしかしてゴーシュに謝りに行くのだろうかと。かつての非礼を詫《わ》びて、心を入れ替えようとしているのかと。

そんな考えが一瞬、プリムの頭によぎったが、アセルスの表情を見てその考えがまったくの見当違いであることに気付く。

「そうか……。クク、ククククク……」

「ぎ、ギルド長……？」

「ケヒャーハッハッハァッ！　もういい！　もういいさ！　こうなったのは全部アイツのせい！　アイツのせいなんだ！」

狂気じみた笑いを浮かべるアセルス。

そしてそのまま、アセルスはフラフラとした足取りでギルドから出ていこうとする。

もはや、それを止めることができる人間はどこにもいなかった。

幕間⑤　大剣オジサン、期待される

241：名無しの妖精さん
とんでもないことが起きましたわ～！

242：名無しの妖精さん
どしたどした？

243：名無しの妖精さん
>>242
起きた、というより発覚したって感じなんですが……
なんかヤバげな魔物が復活しそうってゴーシュおじ様が配信で言っておりましたの

244：名無しの妖精さん
俺も見てきた

ちょっとこれヤバそうな事件じゃね？

245：名無しの妖精さん
はい！　今日も寝過ごしました！
いつものまとめさんお願いします！

246：名無しの妖精さん
>>245
しょうがないにゃあ
・大剣オジサンたちが配信で注意喚起
・何やら、《シナルス河《がわ》》の上流に変な石（岩？）があるらしい
・その石は黒封石《こくふうせき》と言って、古代の魔物を封じているらしい（黒封石については後述）
・黒封石に異変が起きているらしく、大剣オジサンたちが調査&保護しにいくとのこと
・今回は王都グラハムのギルド協会長直々の依頼とのこと

247：名無しの妖精さん
続き（黒封石について）

・黒封石とは古代、配信文化が根づくよりももっと前に使われていた魔物封印のための石
・けっこうデカいらしい
・昔は今よりも強い魔物がたくさんいて、黒封石を使うことが多かったそうな
・つまり各地に黒封石はあるかもしれない
・昔の魔物は魔力を持っていてさまざまな手段で攻撃してくるらしい。肉体強化とか魔法とか
・今回、黒封石の成分が《シナルス河》から発見されたらしく、《シナルス河》の上流に黒封石があるんじゃね？　石にヒビとか入ってんじゃね？　って状況
・発見できたのは大剣オジサンのおかげらしい
・最近の魔物多発化は、封じられた魔物の魔力が流れ出している影響？
・その証拠に、魔物の多発化は《シナルス河》の周辺でしか起きていない
未確定情報もあるがこんなところか

248：名無しの妖精さん
>>246、247
まとめサンクス

249：名無しの妖精さん
>>246、247
有能ってよく言われない？

250：名無しの妖精さん
要はヤバい魔物を封じてる石が発見されたってことか
で、割れると危険だと

251：名無しの妖精さん
既に割れてんじゃねえの？

252：名無しの妖精さん
>>251
それはないらしい
割れてたらヤバい魔物の目撃情報が出てきてパニックになってる

253：名無しの妖精さん

ただ、放置するわけにもいかないよな
このまま魔物がうじゃうじゃなんて嫌だし

254：名無しの妖精さん
あー、なるほど
大剣オジサンこの前魔物たくさん倒す配信やってたもんな
それで気づいたのか

255：名無しの妖精さん
>>254
あの魔物５００体倒す規格外配信かｗ

256：名無しの妖精さん
大剣オジサンが報告に行って、ギルド協会が調査した結果判明したらしい
大剣オジサン有能すぎる

257：名無しの妖精さん

ゴーシュのおじ様、さすがですわ！

258：名無しの妖精さん
でもさ、その黒封石は各地にあるって話なんだろ？
これまで見つかってなかったのか？

259：名無しの妖精さん
>>258
そういえば拙者も昔、山奥で黒い石を見かけたことがあるでござる
確かに妙な気配を感じたでござるが……

260：名無しの妖精さん
>>258
たぶん黒封石だって認識されていなかったんだろうな
見た目は黒い石（デカいらしいけど）があるってだけで

261：名無しの妖精さん

そんなもんが世界中にあるってこと？　ヤバくね？

262：名無しの妖精さん
>>261
だから大剣オジサンが警告してくれてた
黒い石を見かけたら近づかず、最寄りのギルド協会とかに報告してくれって

263：名無しの妖精さん
>>262
メルビスちゃんも言ってたな
有名配信者が注意喚起してくれるのはありがたいことだぜ

264：名無しの妖精さん
>>261
安心しろ、黒封石はちょっとやそっとじゃ割れないらしい
でも、今回は河の水に侵食されて徐々に削れてったんじゃないかって見方

265：名無しの妖精さん
だからってお前ら変な衝撃与えるなよｗ
中に封じられてる魔物が復活したらヤバいからなｗ

266：名無しの妖精さん
今回判明した黒封石の場所ってモスリフから近いって言ってたな
そういえば大剣オジサンって前はモスリフにいたんだっけか

267：名無しの妖精さん
あー！　あの時の配信切り忘れて倒してたフレイムドラゴン！
あれってもしかして、黒封石の魔物が垂れ流してた魔力の影響なんじゃね!?

268：名無しの妖精さん
おおぅ、繋がった

269：名無しの妖精さん
何であんな田舎にフレイムドラゴンがって思ってたがそういうことか

モスリフって《シナルス河》に近いもんな

270：名無しの妖精さん
つまりあの時から既に異変は起きてたってことか

271：名無しの妖精さん
なるほどなー
じゃあS級ダンジョンで出てきたゴーレムや巨大ミミズもその影響だったのかもな

272：名無しの妖精さん
そういえば大剣オジサンの調査なんだが、配信しながらやるらしいな
何でも、黒封石に関しての理解を周知するためだって

273：名無しの妖精さん
>>272
ほうほう、それは興味深いでござるな

274：名無しの妖精さん
絶対に見に行きますわ

275：名無しの妖精さん
これは全世界注目だな

276：名無しの妖精さん
おい、どうでもいいことなんだが、《炎天《えんてん》の大蛇《だいじゃ》》のギルド長がなんかヤバい笑い方しながら歩いてったぞ

277：名無しの妖精さん
>>276
ほんとにどうでもいいなｗ

278：名無しの妖精さん
>>277
ううむ、なんか普通の様子じゃなくて気になっちゃってな……

何やら馬を調達しようとしてたみたいだけど、金が無いらしくて断られてたw

279：名無しの妖精さん
まあ、そんなことより今は大剣オジサンの方だな

280：名無しの妖精さん
～大剣オジサン、世界の危機を救いに～

281：名無しの妖精さん
>>280
そこまで大げさかよw

282：名無しの妖精さん
>>281
いやでも、ヤバい魔物を封じた石の調査と保護なんだろ？
復活を止めるって意味ではあながち間違いでもない

283：名無しの妖精さん
大剣オジサンが行ってくれるならこれほど心強いことはないな
協力したいがオレ程度の腕じゃ足手まといか

284：名無しの妖精さん
どちらにせよ応援するぜ！

285：名無しの妖精さん
ワタクシもですわ！
きっとゴーシュおじ様ならやってくださいます！

ゴーシュたちがモスリフの地へと向かう頃――。
フェアリー・チューブの掲示板ではそのようなやり取りが交わされていた。

第9章　配信される英雄

「おぉー。久しぶりですね、モスリフ！」

「ししょーのこきょー。わくわく」

夕暮れ迫る時間帯――。

ゴーシュたちはギルド協会に準備してもらった馬車に揺られ、王都グラハムからモスリフの地へと向かっていた。

「約一ヶ月ぶりか。そんなに経っていないのに懐かしい気がするな」

「ふふふ。私とおんなじですね」

ミズリーは馬車の窓から顔を離して座り直すと、ゴーシュの隣で柔らかく微笑んだ。

（半年前にモスリフに帰省する馬車の中では一人だったな。《炎天《えんてん》の大蛇《だいじゃ》》を解雇されて、それで、意気消沈していたっけ……）

一年も経っていないことなのに感傷に浸《ひた》るなんていよいよ歳かもなと、ゴーシュは自嘲気味な笑みを浮かべる。

そして、ミズリーやロコと共に乗っている馬車の揺れを、どこか心地よく感じていた。

「おう、ゴーシュ。来てくれたか」

馬車から降りてモスリフの村の入り口まで来ると、そこにはロイが立っていた。

どうやらゴーシュたちの到着を待ってくれていたらしい。

「久しぶりだな、ロイ。また会えて嬉しいよ」

「へっ。こっちの台詞だぜ」

ロイが言って、久々の再会を果たしたゴーシュの胸を拳《こぶし》で軽く叩いた。

「ロイさん、お久しぶりです！」

「おお。ミズリーさんも久しぶりだなぁ。どうだい？　ゴーシュと上手くやってるかい？」

「はいっ！　ゴーシュさんはとっても良くしてくれていますので！　配信だけじゃなく、夜も付き合ってくれて、本当に毎日充実しています！」

「そ、そうか……」

夜のお酒にも付き合ってくれて、というのが正しいのだが、ミズリーが微妙に省略した発言をしたせいでまたロイに誤解を与えてしまったようだ。

引きつった笑いを浮かべていたロイに、続けてロコが声をかける。

「ししょーの友だちのおっさん、こんちは」

「お、おぅ。ロコちゃん、だったな。配信見て知ってるよ」

ロコからは辛辣《しんらつ》な言葉で挨拶《あいさつ》され、ロイの表情はますます苦いものになった。

そんな友人を不憫《ふびん》に思い、ゴーシュは話題を切り替えることにする。

「ところでロイ。あれから目立った変化はないか？」

「おう。相変わらず魔物はよく出るが、何とか村の奴らと協力して対処できている。といっても、このままだとマズそうだが……」

「へー。ロイのおっさんって強いんだね」

ロコにまたもおっさん呼ばわりされ、ガクリと肩を落とすロイ。が、まあ確かに幼いロコからしてみればおっさんかと、切り替えて応じる。

「強いつってもゴーシュにはぜんぜん及ばんがな。俺も村の奴らも、魔物に太刀打ちできるようになったのはゴーシュに色々と武術を教えてもらったからだし。あの《四神圓源流《ししんえんげんりゅう》》とやらはできんけど」

「おおー、さすがしょー。教えるのもすごい」

「ああ。ほんとコイツはバケモンだからな」

自分が師事しているゴーシュの凄さが認められていることに嬉しくなったのか、ロコが尻尾をパタパタと振りながら目を輝かせる。

その流れに乗って、ミズリーもかねてよりゴーシュに掛け合っていたことを切り出した。

「改めて思いますけど、ゴーシュさんって本当に影響力が凄いですね。やっぱりこれは《四神圓源流》の講座配信をやってもらうしかないですね！　リスナーさんたちからも圧倒的に要望が多い配信の企画ですし！」

「いや、さすがにヤギリ老師が解説していたものを俺が、というのもおこがましいよ。というか恐れ多い……」

「でもおじいちゃんはやってほしいって言ってたよ？　というか、はよやれって言ってた」

「え、そうなの？」

「ほらほら。ヤギリさんからも公認のようですし、やるしかないですよ」

「う……、む。考えておく……」

逃げ道を塞がれゴーシュが観念すると、ミズリーはぱぁっと笑顔をはじけさせる。

「ハッハッハ。すっかり有名配信者になっちまったな、ゴーシュよ。このままいけば世界一の配信者になれるんじゃないか？」

「……いや、まだまだだよ。大勢のリスナーたちに見てもらえているのもミズリーやロコの協力あってのものだ」

ゴーシュのそれは謙遜ではなく、自らを卑下してのものでもない。本心から出た言葉だ。

それに、自分を変えてくれた歌姫メルビスのこともある。

まだまだ数字の上でも彼女には及んでいないと、そして、ゴーシュは更に上を目指したいとも思っていた。

「くっくっく。本当に良い顔するようになったな」

ゴーシュを見てロイが嬉しそうに笑う。友人の変化を心から喜んでいるようだった。

「と、そういえばゴーシュが配信で注意喚起をしていた黒封石《こくふうせき》のことだが、あれは明日保護しに向かうんだったよな？」

「そのつもりだ。《シナルス河》の上流は深い森の中だし、陽が落ちてから進むのは危険だろう」

ゴーシュが答え、ロイも頷《うなず》く。

「なら、しっかりと準備していくんだな。お前の家も掃除しておいたし、みんなで泊まるにはちょうどいいだろう」

「すまないな、ロイ。恩に着る」

「いいってことよ。その代わり、ことが終わったら酒でも飲もうや。お前の畑の野菜ももう収穫できる頃合いだし、いい肉もあるからな。みんなで一緒にバーベキューでもやろうぜ」

「おお、ばーべきゅー。一度やってみたかった」

「私、モスリフのお酒、興味あります！」

「お？　ミズリーさんも飲めるのか。そいつは楽しみだな」

（ロイの奴、ミズリーの酒豪っぷりを知ったら驚くだろうな……）

呑気《のんき》な笑顔を浮かべているロイに、ゴーシュは頬を掻《か》きつつ苦笑した。

しばらくすると、来訪に気づいた村の者たちが押しかけてくる。

そうして、ゴーシュたちは日々の配信の称賛や、今回の魔物多発化への対処に関して期待を寄せられ、慌ただしい凱旋《がいせん》となるのだった。

＊＊＊

深夜——。

明日の黒封石の保護に向けての緊張からか、ゴーシュは目を覚ます。

寝ていたソファーから身体を起こし、ベッドの方を見やるとミズリーとロコが穏やかな寝息を立てていた。若干、ミズリーの抱き枕化しているロコが寝苦しそうではあるが……。

「う、む……」

「……ちょっと、歩いてくるかな」

そのままでは寝つけそうになかったので、ゴーシュは外に出ることにした。

二人を起こさないようにしつつ、ゴーシュはそっと部屋を抜け出し、扉を閉める。

そして少し時間が経って——。

「んむ……。あれぇ？　ゴーシュさんは？」

目を覚ましたミズリーがゴーシュの不在に気づき、もぞりとベッドの上に身を起こした。

「この辺りも変わっていないな」

ゴーシュは村の中を散策しながら独り言を呟く。

空には半分の月が浮かんでいて、夜のモスリフを静かに照らしていた。

一ヶ月——。

ゴーシュがモスリフを出て、ミズリーと配信ギルドをやりながら過ごした時間だ。

まだ時間はそんなに経っていないのに、人生の中でも大きな割合を占める、濃い時間になっているなとゴーシュは感じていた。

始めはメルビスのように、見ている人に何かを与えられるような配信をしたいと、漠然《ばくぜん》とした気持ちに後押しされて始めたことだった。が、今ではゴーシュの中でかけがえのないものになっている。

「ミズリーのおかげだな」

ゴーシュは心の内に浮かんだ感傷に応えるようにして、また独り言を呟く。

すると——。

「私がどうかしました？」

背後からかけられた声に驚き、ゴーシュは振り返る。

そこにはミズリーが立っていた。

「ミズリー、起きてきたのか？」

「はい。ゴーシュさんがいなかったもので、どこに行ったのかなーなんて」

「ちょっと寝つけなかったから散歩でもしようかと。もしかして起こしちゃったか？」

「いえいえ。ふと目が覚めちゃっただけですから。むしろ私の方こそすみません。久々の故郷ですし、お一人で歩きたいかと思ったんですが、名前を呼ばれたような気がして」

ミズリーが慌てたように手を振って、それに合わせて金の髪も揺れる。

ゴーシュはそんな様子がおかしくて、自然と笑みをこぼしていた。

「ミズリーも一緒に歩くか？　明日もあるし、少ししたら戻ろうと思うが」

ゴーシュとしては何気なく言った言葉。

しかしその言葉は当然と言うべきか、ミズリーに深く突き刺さる。

（こ、これはもしや……夜のお散歩デートというやつでは!?）

そんなことを考えるミズリーが、怪訝《けげん》に思ったゴーシュが再び声をかけられて慌てるまで、いつも通りの流れだった。

「うわぁ……。すごくいい眺めですね」

村の外れまでやって来て、ミズリーが呟いた。

そこはちょうど高台にあり、眼下には広大な農地が広がっている。爽やかな夜風に揺られる草木が月に照らされ、何とも幻想的な光景だった。

「あ、ここからゴーシュさんの畑も見えますね」

「ここの景色は俺も好きでな。気持ちが落ち込んだりした時なんかはよくここに来てたよ」

ゴーシュが目の前に広がる自然豊かな土地を見下ろしながら呟く。

ミズリーもまた、隣に立つゴーシュと同じ方向に視線を向けていた。

「あそこで私、初めてゴーシュさんとお会いしたんでしたね」

「ああ。あの時は驚いたよ。自分の配信をずっと見てくれていたニャオチンって人が、いきなり訪れたんだからな。しかも、俺を誘うために分厚い資料まで用意してくれて」

「ふふ。あの時はゴーシュさんの居場所が分かって、行動せずにはいられませんでしたから。それだけ一緒に配信をやりたいと思ったんですよね」

ミズリーらしい真っ直ぐな言葉を投げかけられて、ゴーシュは少し照れくさくなる。

「しかし、色んなことがあったもんだ。ミズリーと配信を始めて、メルビスがミズリーのお姉さんだと分かったり、今ではロコも一緒にやってくれて」

「本当に、激動の一ヶ月でしたね。でも、ゴーシュさんと私たちなら更にたくさんの人た

ちに喜んでもらえる配信ができますよ、きっと」

「そうできるように頑張らないとな。まだまだミズリーが企画してくれた配信もあるし」

「ギルドにも人がたくさん入ってほしいですねぇ。そうしたら今より色んなことができますし、もっともっと楽しくなるはずですから」

ミズリーが言って、ゴーシュに柔らかく微笑みかける。

月明かりのせいもあるだろうか。

金色の髪が夜風に舞い、純粋無垢《じゅんすいむく》な青い瞳が見上げてくるその様は、遠くまで広がる景色よりも輝いて見えた。

（本当に、君のおかげだよ。ミズリー）

ゴーシュはそんな思いを胸に、目の前に立つミズリーを見つめる。

と――。

「ゴーシュさん」

「ん？」

「今の私があるのは、ゴーシュさんのおかげです。本当に、ありがとうございます」

ミズリーが目を細めて笑い、ゴーシュの腕を一瞥《いちべつ》した後で言った。

いつもより大人びたような表情で、ゴーシュはそんなミズリーに息を呑《の》む。

「えっと……。それは配信のことか？」

「いえ、それはもちろんなんですが、私が幼い頃に助けていただいたことに関して、です」

「幼い頃に？」

言われた言葉に心当たりがなく、ゴーシュは聞き返した。

「ふふ。やっぱり覚えていないんですね。その腕の傷を負った時のこと」

ミズリーはゴーシュの前腕に残っている傷を指差しながら、くすりと笑う。

かつてゴーシュが傭兵《ようへい》をやっていた頃、魔物に負わされた傷である。

「この傷を負った時のことって。もしかして……」

ゴーシュの言葉にミズリーはこくんと頷いた。

傭兵時代、ゴーシュは王都近くの森を彷徨《さまよ》っていた少女を保護したことがある。

それはある任務を終え、帰還していた途中での出来事だ。

ゴーシュが悲鳴を聞いて駆《か》けつけると、そこには魔物に襲われている少女がいて――。

咄嗟に自らの腕を犠牲にして少女を庇《かば》い、結果としてゴーシュは少女を護ってみせた。

少女は草原で家族とはぐれ、森に迷い込んでしまったのだという。

幸いにもすぐに少女の親が見つかり、ゴーシュは名乗らずに立ち去って、という形で幕を閉じたのだが、今ミズリーが話しているのはその時のことだ。

「じ、じゃあ、ミズリーがあの時迷子になっていた女の子だったのか……？」

「ええ、そうです」

言って、ミズリーの青い瞳がゴーシュを見つめる。

「あの時助けてくれた人のことを、私はずっと探していたんです。名前も聞いていなかったので時間がかかっちゃいましたが、ある時《炎天《えんてん》の大蛇《だいじゃ》》の配信を見て、それで……」

「な、なるほど……。腕の傷を見つけて、それで俺だと」

「はい。そこからは以前お話していた通りですね。ゴーシュさんの配信を追いかけて、一緒に配信がしたいと思うようになって。でも、それ以上に私は恩返しがしたかったんです」

「……そうだったのか」

ミズリーの話を聞き終えたゴーシュは深く息をつく。

あの頃の、苦しかった時期も決《けっ》して無駄ではなかったのだと、そんな想いが巡っていた。

「ゴーシュさんは以前、お姉ちゃんに救われたって言ってましたけど、それは私も同じです。ゴーシュさんに救われて、憧れて……。だから、ありがとうございますって、あの時の気持ちを、今の気持ちを、お伝えしたかったんです」

ミズリーはやや赤面した表情をゴーシュに向ける。

一方で、ゴーシュが感じていたのもまた、感謝だった。

メルビスに光を見せられる以前のこと。その頃のことが今こうして、素晴らしい縁に繋がっているのだと。目の前に立つ少女は、真っ直ぐに自分を追いかけてくれていたのだと。

「ありがとな、ミズリー」

「ふふ。ゴーシュさんがそれを言うんですね」

「ダメかな？」

「いいえ、ゴーシュさんらしいです」

ミズリーが照れたようにはにかむ。

二人はそれからしばらくモスリフの大地が見える丘にいて、昔の話に花を咲かせていく。

そうして、ゴーシュとミズリーの二人の夜は更けていくのだった。

＊＊＊

「よし。それじゃ、配信を開始するぞ」

「はい、準備オーケーです！」

「ばっちぐー」

朝――。

ロイや村人たちの声援を受け、モスリフの村を出立したゴーシュたちが配信を開始する。

魔物多発化の要因となっている黒封石の保護を行い、その存在を周知するためである。

「どうも皆さん、こんにちは。配信ギルド《黄金《おうごん》の太陽《たいよう》》です」

王都グラハムを出る前に告知をしていたこともあってか、ゴーシュがいつも通り挨拶《あいさつ》をすると大勢のリスナーたちが集まりだす。

【キター！】

【こんにちは】

【ゴーシュのおじ様、来ましたわ！】

【今日は黒封石の保護が目的か。大剣オジサン、頼んます！】

【おお、自然豊かな場所だな。なんか新鮮】

【後ろに見えるのはモスリフの農地か】

【初期から大剣オジサンを追ってきた身としては感慨深いものがあるでございます】

【今回の配信は特に重要な回でござるな……】

【メルビスちゃんがこの配信を見た方が良いって言ってたんで見に来ました！】

【なんかめっちゃ強い魔物が封印されてるってことですけど大丈夫です？】

【ゴーシュさんになら安心して任せられるさ】

【うーむ。今日の配信は特殊とはいえ、めっちゃ人多いな】

【フフフ。みんな期待してるわね】

【オレのギルドも今日の配信は休みだ！　みんなでゴーシュさんたちを応援するぞ！】

【ゴーシュさん、以前教育していただいたウェイスでぇっす！　ボクの配信でも呼びかけしておきましたよ！】

【同時接続数：418,930】

歌姫メルビスを始めとして、多くの配信者が促《うなが》している影響もあるだろう。

今回のゴーシュたちの配信は娯楽性の薄い、どちらかと言えば報道系の配信に近い内容なのだが、それでも多くのリスナーが訪れているようだ。

（メルビスや他のみんなも呼びかけてくれているのか。これは、期待に応えないとな）

ゴーシュはそんなリスナーたちのコメントを見て奮起《ふんき》した。

そして、事前の告知配信を見ていないリスナーのために、今回ギルド協会から請《う》け負った任務について説明する。

黒封石や封じられている魔物についての情報周知及び注意喚起。今回は黒封石の保護が目的であり、首尾よくいけば多発化している魔物の発生を抑えられるであろうことなど。

説明を終えたゴーシュたちは、《シナルス河》に沿って上流を目指し歩き始める。

――ギャァアアアアアス！！！

ほどなくして現れたのはドレッドワイバーンだ。

ゴーシュがいつぞや倒したフレイムドラゴンと同様、近頃モスリフの周辺に多発している魔物だった。

数は五体。通常であれば交戦せずに逃げることを推奨される状況だったが、ゴーシュたちにとっては準備運動に過ぎない。

「ハッ――――！」
「えいっ！」
「どっかん」
三人がそれぞれ剣や拳《こぶし》を振るうと、瞬く間に敵は殲滅《せんめつ》された。
そして立て続けに現れた魔物を撃破しつつ、ゴーシュたちは上流への道を進んでいく。
【さすがすぎるｗ】
【めっちゃ魔物多い……。けど大剣オジサンたちにとっては朝飯前だぜ！】
【相変わらずの無双っぷりでござるな】
【キャー！　ゴーシュのおじ様、素敵ですわ～！】
【フフ。三人ともさすがね】
【この安心感よ】
【心配より面白いが勝つｗ】
【これはこのまま順調にいきそうだな。風呂入ってくる】
【→フラグ立てるのやめなさいｗ】
【大剣オジサン、この一件が終わったら講座配信お願いします！】
【しかし黒封石はまだ見つからないか】
【もっと上流の方にあるんだろうな】

【ゴーシュさんたち、頑張ってください。配信の成功を祈っております】

【同接50万超えた……！】

【同時接続数：509、338】

ゴーシュらが進み、魔物を討伐するたびに同時接続数は増え、リスナーたちも熱の入ったコメントを流していく。

そうして少し時間が経過し、ゴーシュたちは河原の道から山道へと足を踏み入れていた。

「うーん。ありませんねぇ、黒封石。ギルド協会長さんに見せてもらった本によればけっこう大きい石のはずなんですが」

「とはいえ、方向は間違ってなさそうだな。次第に魔物の数も増えているし、より河に溶け出した魔力が濃くなっているんだろう」

「まだまだへっちゃら」

恐らくもっと上流にあるのだろうという認識を確認し、ゴーシュたちは頷《うなず》き合った。

程なくして道と呼べるようなものも無くなり、傍《そば》を流れる《シナルス河》の川幅もいつしか細くなっていった。

そうしてどのくらい進んだだろうか。

不自然に集まっていた魔物の群れを退けると、その地面からは湧《わ》き水が溢《あふ》れ出していた。

「これが《シナルス河》の源流、か？」

「あれ？　着いちゃいましたね？　ここまでに黒封石らしきものは無かったようですが」

「お水、ここからぽこぽこ湧いてるね」

どうやら河の水が流れ出る源の場所まで着いてしまったようだ。

しかし、これまでにゴーシュたちは目的である黒封石を見つけられていない。

「マズいな……。もし黒封石が地面に埋まっているんだとしたら、見つけるのが難しいぞ」

どうするべきかとゴーシュは顎《あご》に手を当てて思考する。

ミズリーも同様に頭を悩ませていたが、その隣でロコが鼻をひくひくと動かしながらある方向を指差した。

「ししょー。あっちの方からかすかだけど匂いを感じる」

「え？」

「たぶん、何かある」

そう言って歩き出したロコをゴーシュとミズリーが追う。

すると――。

「これは……」

ゴーシュたちの目の前にはぽっかりと空いた洞穴が現れる。

ロコに確認したところ、どうやらこの洞穴の奥から匂いがしているようだ。

「中に、入るしかありませんよね」

ミズリーの言葉に頷いたところで、ゴーシュは洞穴の入り口にあるものを見つける。

それはぬかるんだ地面にくっきりと浮かぶ、靴の跡だった。

（……人の、足跡だ。それもまだ新しい）

ゴーシュは二人にそのことを告げて、慎重に進むよう提案する。

中に足を踏み入れると、ゴツゴツとした岩がそこかしこに露出しており、奥から吹いてくる風もひどく冷たい。

洞穴はかなりの広さで、ゴーシュたち三人が並んで歩いても余裕があるほどだ。天井からは先の尖《とが》った石が垂れ下がり、幻想的とも言える空間だった。

「天然の鍾乳洞《しょうにゅうどう》か。モスリフ近くの山奥にこんなところがあるなんてな……」

「何だか光る石もちらほらありますねぇ。《青水晶《あおすいしょう》の洞窟《どうくつ》》とはまた違った感じです」

「きれーだけど気をつけて進まないとね。滑りやすそうだし、ずっこけないように」

言葉を掛け合いながら進むゴーシュたちの先に何が待ち受けるのか、その様子をリスナーたちも息を呑んで見守る。

徐々に下る道を進み、右へ左へとうねりながら先へと。

――そうして開けた空間に出ると、そこには一人の男がいた。

「ゴーシュ、待ってたぜぇ！　テメェへの恨み、今日ここで晴らさせてもらうからなぁ！」

巨大な黒い石の傍に立っていたのは、半年前にゴーシュを追い出した男――《炎天《えんてん》の大《だい》蛇《じゃ》》のギルド長、アセルス・ロービッシュだった。

「アセルス……」

突如として現れたアセルスは下卑た笑みを浮かべ、ゴーシュを見据えている。

思わぬ人物の登場に、ゴーシュたちの配信を見ているリスナーたちもざわついていた。

【おい、あれって前ゴーシュさんにボコされたアセルスって奴じゃねえか？】

【あの《シャルトローゼ》で騒ぎを起こした奴か。何でアイツがここに来てるんだ？】

【なんかケタケタ笑ってて気持ち悪いですわ】

【さっき大剣オジサンに恨みを晴らすとか言ってなかったか？】

【もしかして大剣オジサンにやられたのを根に持って邪魔しに来たってこと？】

【いやいや、逆恨みもいいところだろ】

【まったく、見下げ果てた男ね。なかなかの屑《くず》っぷりだわ】

【しかしあんな輩がゴーシュ殿に敵うでござろうか？　返り討ちにされるのでは？】

「どうしてあのチャラチャラ横暴最っ低ギルド長さんがここに？　というか、あの横にあるのが黒封石じゃないですか？」

「ミズリー、たぶん正解。あの黒い石から変な匂いがプンプンする」

ミズリーとロコが言って、アセルスの横にある巨大な黒い石を見やる。

そこにあったのは、まさに書物に描かれていたものと同じ――古代の凶悪な魔物を封じているとされる、黒封石だった。

黒封石には鍾乳石から水が滴っており、その水がゴーシュたちの辿《たど》ってきた方へと流れている。

そうして長年に渡り水の侵食を受けたからか、黒封石は上部が変形しところどころにヒビのようなものも見て取れた。

「アセルス。何故お前がここに？」

「はんっ。さっきも言っただろうが。お前に恨みを晴らすためだよ、ゴーシュ」

「恨み……？」

「テメェのせいで俺のギルドは崩壊状態になっちまった。多額の賠償金まで払うハメになって、得意先の商会からも契約を打ち切られてな！」

「いやいや、全部自業自得じゃないですか。ゴーシュさんのせいでも何でもないですよ」

「ししょー。あのえらそーなやつ、ぶっとばしてもいい？」

アセルスの勝手な言い分にミズリーとロコがもっともな指摘を入れ、それはリスナーたちもまったくの同意見だった
【なに言ってるんだアイツ？】

【さすが迷惑系配信者。思考が色々とおかしい】

【ミズリーちゃんの言う通り自業自得じゃねえか！】

【思い通りにいかないことは他人のせいにしてきたんでござろうな。悲しい男でござる】

【最っ低ですわ！】

【まあでもああいう輩っているよな。自分を棚に上げて無理やり人のせいにする奴】

【→分かる。ウチの上司がそれだわ。って言ってもあそこまでじゃないけど】

【みんなに叩かれてて草。でも、そりゃそうなるよな】

コメントはアセルスの目にも留まったが、当の本人は動じる素振りを見せない。

それどころか、アセルスはそんな状況を心地いいとすら感じているようだ。

今のアセルスは全てを失ったと自覚しており、だからこそ、失うもののない人間としての行動原理を持つに到っていた。

「はっ。何とでも言え、クソリスナーども。俺はゴーシュへの復讐《ふくしゅう》が果たせりゃもう何でも良いんだよ」

「アセルス、お前まさか……」

「聞いたぜゴーシュよ。テメェはこの黒い石を保護しに来たんだろ？　めちゃくちゃに強力な魔物を封じ込めてるってこの石をな。だから……、こうしてやるんだよォッ！」

「――っ」

アセルスが突如、取り出した剣の柄《つか》で黒封石を叩く。

本来であれば多少の衝撃では破壊できない代物だが、そこにあるのは生憎と水の侵食で劣化したと思われる黒封石だ。

　アセルスの加えた一撃が決定打となったのか、ピシピシと音を立てて崩壊していく。

【何やってんだお前ぇ!?】

【おいおいおいおいおい】

【はぁ!?　馬鹿なのコイツ!】

【めちゃくちゃ強い魔物を封印してるって言ってただろうが!】

【やだ……無敵の人、怖い……】

【え?　は?　あれ割れたらマズいんじゃないの?】

【空気読めないどころの話じゃない】

【悲報。逆恨み男、古代の魔物を復活させる】

【ミズリーちゃんたち逃げてー!】

【もしかすると魔物が里の方まで降りてくるかもしれません!　モスリフの近くに住んでいる人は急いで避難してください!】

　アセルスの凶行にリスナーたちも慌てふためき、コメント欄は阿鼻叫喚《あびきようかん》の図となる。

　対して目的を果たしたアセルスは場違いな高笑いをしていた。

「な、何してるんですか!　そんなことしたらあなただって――!」

「クックック。そいつはどうかねえ?」

余裕の表情を浮かべるアセルスの手には、紫色の液体が入った小瓶があった。

アセルスはその瓶を開けて中身を飲み干す。

「それは……。魔除けの薬か？」

「そうさゴーシュ。ここに来る前、馬と一緒にかっぱらって来たんだよ。これで復活した魔物はテメェらだけを襲うって寸法だ。どうだ、名案だろう？」

なるほど、この鍾乳洞に来るまでの大量の魔物をどうやって凌《しの》いできたのかと腑《ふ》に落ちなかったがそういうことかと、ゴーシュは合点がいく。

「さぁて、強靭《きようじん》凶悪な魔物様のお目覚めだ！　仲良く蹂躙《じゆうりん》される様子を大勢のリスナーたちに見てもらえや、ゴーシュ！」

アセルスが勝ち誇ったように言って、黒封石が音を立てながら崩壊する。

その中から姿を現したのは、漆黒の竜だった。

――グガォアアアアアア！！！

漆黒の竜の体躯《たいく》は広い鍾乳洞の天井にも届き得るほどに巨大。永きに渡って封印されていた鬱憤《うつぷん》を晴らすかのように尾を振り回し、近くにあった壁面を破壊していた。

「カカカッ！　こいつは壮観だ！　お前がやられる様が今から楽しみだ！」

嘲笑を向けてくるアセルスには取り合わず、ゴーシュは大剣を眼前に構える。

ゴーシュはそのまま対象から目を逸らさず、隣にいた二人の仲間に声をかけた。

「ミズリー、ロコ。協力してくれるか？」

「ええ。聞かれるまでもありませんよ、ゴーシュさん」

「巨大トカゲめ。せいばいいたす」

ミズリーとロコがゴーシュの声に応じ、現れた敵に対し臨戦態勢を取る。

そんな強敵に立ち向かおうとするゴーシュたちの姿が、世界中に配信されていた。

世界が伝説を目撃するまで、あとわずか――。


「さあ、せいぜい足掻《あが》いてみせるんだな！　ゴーシュよぉ！」

――グルガァアアアアアッ！！！

アセルスの声を受けたわけではないだろうが、黒竜はひときわ大きく咆哮《ほうこう》したかと思うと、鋭い眼光をゴーシュたちに向ける。

「漆黒の竜……。そういえば昔、魔物考古学者さんの配信で聞いたことありますね。古代には今よりも遥《はる》かに大きな、黒く凶暴な竜がいたと。確か《ニーズヘッグ》と呼ばれていましたが」

「ニーズヘッグ……。それがあの竜の名前か」

「ツノがでっかい。しっぽもでっかい。つばさもめっぽうでっかい。見るからに強そう」

「そうですね、ロコちゃん。でも、臆せずいきましょう」

「がってんしょーち」

　ゴーシュたちは互いに頷き合い、黒竜ニーズヘッグと対峙《たいじ》する。

【だだだ大丈夫かな？　確かに止めてくれないと、とんでもないことになりそうだけど】

【あんな魔物が山から降りてきたら逃げるしかねえよ……。ゴーシュさん、頼む！】

【逃げようともしない大剣オジサン。だが、それがいい】

【しかしあの竜、フレイムドラゴンやクリスタルゴーレムよりも更にでかいぞ】

【こんな魔物、封印するしかないのも納得ですわ……！】

【なんかアセルスが偉そうにしてるのが腹立つ。竜に踏まれて潰れちゃえばいいのに】

【→オレもまったく同じこと思ってたわ】

【フフ。魔除けの薬を使ったと言ってたけれど、ニーズヘッグに効果あるかしら？】

【第一お前の力じゃないだろって感じ】

【どうでもいいさ！　大剣オジサンたちがあの竜を倒しちまえば丸く収まるってもんよ！】

【そうだな！　ゴーシュさん、ミズリーちゃん、ロコちゃん、やっちまえ！】

【くっ、応援することしかできないのが歯がゆいでござる！】

【同時接続数：６４８，００７】

【同時接続数：７６２，２９８】

【同時接続数：８９７，５６８】

同接数も急増し、みながニーズヘッグを食い止めようとするゴーシュに声援を送っている。

その声を背に受けるようにして、ゴーシュはニーズヘッグをねめつけた。

（こんな魔物が人里の方へ行ったら、間違いなく大きな被害が出る。絶対にここで食い止めてみせる……！）

ゴーシュはニーズヘッグの挙動を注視しながら、ジリジリと距離を詰める。ニーズヘッグもまた、目の前にいるゴーシュを脅威と感じ取ったのか、敵意をあらわにしていた。

そして両者睨《にら》み合いのような格好が続き――。

「四神圓源流《ししんえんげんりゅう》、《紫電一閃《しでんいっせん》》――」

先に動いたのはゴーシュだった。

ニーズヘッグの至近距離まで接近し、先制攻撃を見舞おうと大剣を横に薙ぐ。

その距離から攻撃を仕掛けられるとは思っていなかったのか、ニーズヘッグは驚いたように短く咆哮し、即座に前足を振り上げて迎撃態勢を取る。

が、その迎撃よりもゴーシュの人並み外れた速度の方が上だった。

「ハッ――！」

――ゴガァアアア！

瞬速の剣撃がニーズヘッグの胴を捉え、ゴーシュは確かな手応えを感じ取る。

【おぉおおお！！！】

【捉《とら》えたでござる！】

【やったか!?】

【さすが大剣オジサン！】

【黒竜がナンボのもんじゃい！】

【よっしゃぁああ！】

【ゴーシュさんならやってくれると思ってたぜ！】

【ワタクシもですわ！】

リスナーたちのコメントが歓喜一色に染まり、すれ違いざまに攻撃を放ったゴーシュはニーズヘッグを振り返る。

さしもの巨大竜も、ゴーシュの一撃を食らってはひとたまりもない。

そう、思われた。

「なっ――」

ゴーシュに向け、何かが勢いよく振り下ろされる。

それは今ゴーシュが一太刀を浴びせたはずの、ニーズヘッグの鉤爪だった。

「ぐっ……！」

「ゴーシュさんっ！」

「ししょー！」

ゴーシュはその攻撃を受け、ミズリーとロコがいる場所まで弾き飛ばされる。

膝をついた形になりながらも、ゴーシュはニーズヘッグから視線を逸らさずにいた。

「だ、大丈夫ですか、ゴーシュさん!?」

「……ああ。何とか剣と《浮体《ふたい》》で凌《しの》いだ。しかし、凄まじく重いな」

「さすがししょー、よく防いだ。でもあのトカゲ、ししょーの攻撃を受けたのにどうして……」

ニーズヘッグには先程の攻撃がまるで効いていないようだ。いや、正確には効いていないというよりも……。

「あれは……、傷を与えた箇所が再生している……？」

ゴーシュがその現象を目の当たりにして呟く。

ニーズヘッグの脇腹には確かにゴーシュの振るった剣で傷がついていた。

しかし、その部分はニーズヘッグの体表から発されている黒い靄《もや》のようなものに包まれたかと思うと、瞬時に修復されていく。

「黒封石に封じられた魔物は魔力を持っている……。とすれば、あれは魔法か何かの一種なんでしょうか？」

「分からん……。しかし、あれは厄介だな」

ゴーシュほどの大剣使いが負わせた傷を瞬時に回復してしまう能力。それは脅威だった。

「ハーハッハッハァ！　ざまぁねえなあ、ゴーシュよ！　テメェはここでお終いだ！」

その様子を見ていたアセルスが、勝ち誇った笑いを浮かべる。

魔除けの薬を使用していることから自身に危害が及ぶことはなく、必然、ニーズヘッグの攻撃はゴーシュらに向かう。

そういう安全圏にいると思っているからこそ、アセルスには余裕があった。

【くっそ、アイツ本当にムカつく】

【お前の力じゃないだろ！】

【繰り返しになるけど、竜に踏み潰されないかなコイツ】

【お前が余計なことするから厄介なことになってるんだよ！】

【人を小馬鹿にして、踏みにじって、許せませんわ！】

【大剣オジサンが今に竜を倒すからな！　見てろよ！】

【屑《くず》のお手本】

【フフ。あまり調子に乗っているとそのうちバチが当たるかもしれないわよ】

アセルスが高笑いする様子は配信の画面にも映り込み、リスナーたちは激しい非難の声を浴びせていく。

アセルスはそれを意に介した様子もなく、自分のものでもないのにニーズヘッグの力を見て酔いしれているようだ。

一方でニーズヘッグは一際大きな咆哮を放つ。

そして――。

「いいぞ！　この調子でやっちま――プギュッ！」

「「「あ……」」」

アセルスの言葉が途中で途切れる。

配信画面には、ニーズヘッグの長い尾によって吹き飛ばされるアセルスが映っていた。

ニーズヘッグは鬱陶《うっとう》しい蝿《はえ》でも払おうと思ったのか、それとも咆哮の後の動作が偶然にもアセルスに命中したのか、それは分からない。

分からないが、アセルスは勢いよく、そして成す術なく飛んでいく。

そしてそのまま壁面に激しく衝突すると、変な体勢で地面に崩れ落ち、気を失った。

【アイツ、吹き飛ばされていったぞｗ】

【チッ、気絶しただけか】

【そんな所にいるから……】

【ざまぁｗ】

【フフフ。ざまぁみろね】

【魔除けの薬とはｗ】

【竜は恐ろしいけど、これはスッキリ】

【あんだけイキってたのにこのザマかよｗ】

【だからお前が従えてる魔物じゃないんだってｗ】

【プークスクスｗ】

【ゴーシュさんは防いでたのに、雲泥《うんでい》の差だな】

【こんなこと思うのあまりよろしくありませんけど、すごく爽快《そうかい》でしたわ】

【ざまぁみろでござる】

【《シャルトローゼ》の時もそうだったが、やはりこの男、詰めが甘い模様】

コメント欄にはそんな声が満ち溢《あふ》れていた。

ゴーシュたちもその様子を見やりながら、声を漏《も》らす。

「やっぱり因果応報、かな……」

「ニーズヘッグがちょっと尻尾を振ったら飛んでいっちゃいましたね……。偶然当たったのか、それともあの魔除けの薬がニーズヘッグ相手には効果がなかったのか。まあ、どちらでもいいんですが」

「ざまぁみやがれ」

ゴーシュたちはすぐにアセルスから注意を引き戻し、ニーズヘッグと対峙する。

まさに、場違いな屑が退場した瞬間だった。

「えいっ！」

「たっ！」

ミズリーが黒竜ニーズヘッグの足元を突き、ロコが肩口めがけ、剣と拳を振るう。

それぞれの攻撃は、通常の魔物であれば一撃で屠《ほふ》れるほどの威力を持っていたが、ニーズヘッグを倒すには至らない。

攻撃の結果としては確かにいくばくかのダメージを与えているものの、たちどころに回復してしまうのだ。

――ガァアアアアア！

ニーズヘッグは鋭い鉤爪のついた前足や、尾撃で変則的な攻撃を繰り出し応戦してくる。

「やはり、相当な耐久性だな……」

同じくニーズヘッグに攻撃を仕掛けていたゴーシュも距離を取って呟く。明らかに、これまで対峙してきた魔物と一線を画す強靭さだった。

【くそ！　何発も入れてるのに倒れない！】

【黒封石に封じられてる魔物ってこんなに強かったんか】

【でも、相手の攻撃も致命的なものはもらっていないでござるな。さすがでござる】

【さっき黒竜が尻尾で岩を砕いてたぞ。攻撃力も尋常じゃない】

【こんだけデカい図体してるくせに耐久力もあるとかズルだな】

【どうすりゃいいんだ、この魔物。攻撃を入れていれば、いつかは倒せる……のか？】

【さっきミズリーちゃんも言ってたけど、あのすぐ回復しちゃうやつは魔法の一種なのか？　だとすれば人間の魔法使いと同じで、魔力が枯渇するのを待つのが正解か？】

【しかし、あれだけの大型だと人間の常識が通用するのかは不明だが……】

【もはや吹き飛ばされていったアセルスに誰も興味を持っていない模様】

【そりゃそうだ。それよりも今は大剣オジサンの応援だ！】

【こんなんオレが戦ってたら10秒と持たない自信がある……】

【この魔物に立ち向かうのはほんとすげえよ】

配信を見ていたリスナーたちはニーズヘッグの脅威を感じ取りながらも、ゴーシュたちに信頼を寄せる。

その応援が何か具体的な解決をもたらすということはない。しかし、それでもリスナーたちは自分の声を届けたかった。

リスナーたちの声を受け、ゴーシュはニーズヘッグに攻撃を繰り出す。

「四神圓源流、《枯葉《かれは》散水《さんすい》》――――」

大剣による高速の連撃。

それらは的確に対象を捉《とら》えたが、それでもニーズヘッグは倒れない。

「くっ、これでもダメか」

ゴーシュはニーズヘッグの反撃を上手く躱《かわ》し、再び距離を取る。

今の攻撃を含め、相当な数の斬撃を浴びせたはずだが、ニーズヘッグの動きは鈍る兆候すら見せてくれなかった。

「ぜ、ぜんぜん倒れる気配がありませんね……」

「巨大トカゲめ。すぐに回復するのずるい」

「かなり攻撃を与えたはずだが、今のところダメージ無しか……」

「でもでも、あっちの攻撃も凌げていますし、遠距離攻撃とかはしてこないようです。このままヒットアンドアウェイで戦えばいつか倒れてくれるんじゃ」

「そう願いたいが。……む」

ニーズヘッグから離れたところで言葉を交わしていたゴーシュが、その変化を感じ取る。

それまで暴れるように攻撃を繰り返していたニーズヘッグが、不意に動きを止めたのだ。

(今になって効いてきたか?)

ゴーシュは自然とそう考えたが、違っていた。

ニーズヘッグはゆったりと頭をもたげ、そして口を開けて牙を剥き出しにする。

咆哮するわけでもなく、その行為だけを見れば意図が不明だったが、ゴーシュは直感的にニーズヘッグから攻撃の気配を察知した。

「二人とも、横に飛ぶんだっ！」

「「――っ」」

突然血相を変えて叫んだゴーシュの声に従い、ミズリーとロコがその場から離れる。

――カァアアアアア！！！

直後、ゴーシュたちがいた場所に何かが着弾し、地面を大きく削る。

ニーズヘッグが大きく開いた口から黒弾《こくだん》を飛ばしてきたのである。

「え、ええ!?　何ですかこれ！」

ミズリーが叫ぶのも束の間、ニーズヘッグはゴーシュたちに向け新たな黒弾を射出する。

それはさながら、黒い火球のようだった。

その黒弾をまともに喰《く》らえば無事に済まないであろうことは、着弾した箇所に大穴が空いていることを見れば明らかだ。

【なんだアレ！】

【遠距離からも攻撃してくるのかよ！】

【おいおい、これは喰らったらヤバいぞ】

【とんでもない威力でござる……】

【ヤバいですわっ！】

【あれだけ高威力なやつを連発してくるとか聞いてない！】

【アセルスどこ行った？　埋まったか？】

【さっき風圧で吹き飛んでいった】

【ざまぁｗ　とか言ってる場合じゃないな……】

【あばばば、こんなのが人里まで降りてきたらオシマイだぞ……】

【でも大剣オジサンたちもよく躱した！】

【絶対に初見殺しの攻撃だったぞ今】

【フフフ。よく避けたわね。さすがだわ】

【とはいえキツいぞこれは】

【ああ。岩が崩れて逃げ場がなくなってきてる】

【くっ、何とかならんのか！】

【大丈夫です。ゴーシュさんなら、きっと――】

「ど、どどど、どうしましょう!?　このまま避けてても生き埋めになっちゃいますよぅ！」

「ちょーやばい」

ミズリーとロコが狼狽《ろうばい》し、ギリギリで黒弾を躱していく。

ニーズヘッグが黒弾を乱発してくるため、鍾乳洞の天井も崩壊しつつあった。

（確かにこの状態で長期戦は不利だ。なら、攻撃に転じるしかない）

ゴーシュもまた、飛んでくる黒弾を回避しつつ思考を巡らせていた。

（圧倒的な回復力を持つ魔物。しかし、ニーズヘッグも生物であることに変わりはない。

ならば――）

そして次の一手を決め、ミズリーとロコに声をかける。

「ミズリー、ロコ。少しだけ時間を稼いでほしい。決め手は、俺に任せてくれないか？」

「ゴーシュさん？」

回避行動を取りつつ、ゴーシュは端的な、しかし決意のこもった言葉を二人に告げた。

「次の一撃で、必ずニーズヘッグを仕留めてみせる」

「……分かりました。ゴーシュさんを信じます」

「私も。ししょーなら絶対にやってくれるって信じてる」

「ああ。任せてくれ」

信じるという言葉とともに、青と赤の瞳が一瞬、だが真っ直ぐにゴーシュを見つめる。

そして、二人はニーズヘッグを引き付ける役を買って出た。

黒弾を躱しつつ、前へ。

決定打にならないことは承知の上で、ミズリーとロコはニーズヘッグに攻撃を繰り出す。

「ハッ――！」

「ていっ！」

ミズリーは持ち前の素早さを活かした刺突剣《しとつけん》で撹乱《かくらん》し、ロコは黒弾により崩れた大岩をニーズヘッグに投げつけた。

――ガァアアアアア！！！

ミズリーとロコの決死の攻撃は黒弾の射出を中止させ、ニーズヘッグの注意をゴーシュから逸らすことに成功する。

（本当に、俺は恵まれたな……）

ゴーシュの胸の内にあったのは、二人への感謝。

少しの迷いすら無く信じると言ってくれた二人に応えるべく、ゴーシュは手にした大剣を握りしめる。

【おお、いいぞ！】

【攻撃は最大の防御だ！】

【よし、あの黒い弾を打ってこなくなったぞ！】

【大剣オジサンが何かやろうとしてる？】

【ゴーシュのおじ様ならきっとやってくれますわ！】

【しかし、どうするのでござろうか？　やはりミズリー殿とロコ殿が与えているダメージもすぐ回復しているようでござるが……】

【フフフ。見ものね】

【もしかしてあのクリスタルゴーレムを倒した時の技か？】

【確か《玄武《げんぶ》》とか言ったっけか。しかし、あの技は叩き割るって感じだったぞ】

【打撃系の攻撃じゃ結局また回復される気がするな】

【となると別の技、か……？】

【大剣オジサンならきっとやってくれる！】

配信を見ていたリスナーたちはミズリーとロコに声援を送り、そして剣を構え精神を集中させているゴーシュに対し期待と信頼を寄せていた。

（二人が作ってくれた好機。絶対に逃さない）

ゴーシュはみなの想いを受け、ニーズヘッグに狙いを定める。

視線はそのままに、大剣の切っ先を地面に付けると深く息を吸い込んだ。

「炎帝《えんてい》の名の持つ者よ。我が全霊の一振りに朱《あか》の理《ことわり》を与えよ」

ロコの祖父ヤギリが現代にまで受け継いできた、四神圓源流の奥義。その発動の符丁《ふちょう》となる言葉をゴーシュは口にした。

そして、地面を擦り上げるようにして、剣を上段へと構え直す。

すると――。

【た、大剣オジサンの剣が……!?】

リスナーの一人がその現象を目の当たりにして呟いた。

ゴーシュの持つ大剣の刀身が熱を帯びたかのように朱く染まっている。周囲には火の粉のような粒子が舞い、それはさながら、炎を纏《まと》った剣のようだった。

「ロコちゃん！　今ですっ！」

「らじゃー！」

ミズリーの合図で、ロコがニーズヘッグの足元を殴る。

地面が陥没し、ニーズヘッグは一瞬、足場を失うことになった。

——ゴーシュには、その隙で十分だった。

瞬時にニーズヘッグまでの距離を詰め、そして、朱く染まった剣を横に薙ぐ。

「四神圓源流奥義、《朱雀《すざく》》——」

刹那、暗い洞窟内に朱が走る。

——ガァッ!?

その一閃で決着だった。

いかに凄まじい回復力を持つニーズヘッグといえど、生物であることに変わりない。

それゆえの、致命に至らせる手段がある。

すなわち、首を斬り落とされて無事でいられる生物はいない。

ゴーシュの振るった剣は硬い鱗《うろこ》を熱で溶かしながら、ニーズヘッグの首を一刀両断したのだ。

さしものニーズヘッグも回復のしようがなく、巨体を震わせた後で動かなくなった。

「やった、ししょー！」

「ゴーシュさんっ！」

【おぉおおおおおおっ！！！】

【大剣オジサン！　大剣オジサン！】

【お前ら落ち着着――やったぁあああああああ！！！】

【黒竜討伐じゃあああああ‼】

【伝説確定な】

【一生ファンですわ～‼】

【ゴーシュ殿、お主こそ真の強者でござる！】

【ミズリーちゃんもロコちゃんもよくやった！】

【フフフ。本当におみごとね】

【凄い、ただただ凄い】

【信じてた！　大剣オジサンならやってくれるって信じてた！】

【最高の配信だわ！】

【伝説を目撃しました】

【同時接続数：1、584、998】

奮闘したミズリーもロコも、そして配信を見ていたリスナーたちも歓喜の声を上げる。

まさに、伝説の竜を討伐し、世界にゴーシュの実力が配信された瞬間だった。

【SIDE：？？？】伝説を目撃した者たち

「く、ははははっ！　面白い！　此奴《こやつ》、本当に面白い男じゃな！」

「ええ。本当に凄い人です。ゴーシュさんは」

王都グラハムの、とある屋敷にて——。

ソファーに座り、ゴーシュたちの配信を見る二人の人物がいた。

大声を上げて笑っていたのは魔女帽子を被った小柄な女性だ。銀の髪を肩口の辺りで揺らしながら、実に楽しげな笑みを浮かべている。

二人の目の前にあった配信画面には、黒竜ニーズヘッグを討ち倒したゴーシュが仲間たちと勝利を称え合う様子が映し出されていた。

「くっくっく。此奴、リスナーのコメントを見て照れておるのか？　あの黒竜を討ち倒したというに、なんとも慎ましい奴じゃ」

配信画面に映るゴーシュの姿は先程までの戦闘が嘘のように腰の低い態度だった。

ペコペコと配信画面、もとい称賛を向けてくるリスナーに対してお辞儀をしている。

「まあ、これがゴーシュさんの良いところですから」

同じくソファーに座った人物――歌姫メルビスは配信画面を見ながら顔を綻《ほころ》ばせていた。

メルビスは妹たちの無事に安堵《あんど》しつつ、温くなった紅茶に口を付ける。

「しかし、なるほどな」

「なるほど、とは？」

不意に切り出されて、メルビスはオウム返しに尋ねる。

魔女帽子を被った女性は老獪《ろうかい》な口調だが、メルビスよりも小柄で幼い顔立ちに見えた。

吊り目がちのエメラルドの瞳と、職人が手掛けた人形のごとく均整の取れた顔立ち。そして、子供のような見た目に反して妖艶な笑みを浮かべるさまが印象的である。

「いやなに。お主がこの男に入れ込むのも分かると思ってな、メルビスよ」

「い、入れ込んでいるなどと……」

「おや、違うのか？」

「……」

温くなった紅茶などではなく、冷たい水を飲み干したい気分だと思いながら、メルビスはカップに口を付ける。

「はっはっは。何じゃその顔は。愛《う》いヤツめ」

いつもクールな印象のメルビスをからかえたことが嬉しかったのか、魔女帽子の女性は無邪気に笑っていた。

（久々に山奥から出てきたかと思えばこの人は……。相変わらずですね）

どうせ反論してもまたからかわれるだけだろうと諦め、メルビスは小さく嘆息する。

「しかし、あのニーズヘッグを倒すとはの。それに、四神圓源流《ししんえんげんりゅう》まで使いこなすとは。現代にこのような奴がいたとは、実に興味深い」

「でしょう？　だからゴーシュさんは凄いんですよ」

「何でお主がちょっと得意気なんじゃ」

やはりミズリーの姉といったところか。

似た者同士な笑みを浮かべ、今度はメルビスが魔女帽子の女性に溜息をつかれていた。

「それより、黒封石《こくふうせき》じゃな。まさかあれが割れるとは」

「配信を見ていた感じでは、アセルスという男が叩き割ったようでしたが？」

「ふん。黒封石はあんな小物っぽい輩が割れるほどヤワなものではないわい。たとえ鍾乳洞《しょうにゅうどう》の水に侵食されていたとはいえ、な」

「……」

「まあ、今は良しとするか。おかげで面白いものも見られたしの」

「もう。ゴーシュさんたちがいたから事なきを得たものの、不謹慎ですよ。子供のようなことを言う歳じゃないでしょう」

「あれ？　もしかして儂《わし》、煽られたのか？　儂、今煽られた？」

「冗談ですよ冗談」

「ったく、口ばかり達者になりおって」

魔女帽子の女性はジトッとした目をメルビスに向ける。メルビスは先程の仕返しだとでも言わんばかりに、すまし顔で紅茶に口を付けていた。

「とはいえ、あのアセルスという奴は許しがたいの。聞けばこれまでも配信を悪用してきたとか。うむ、腹が立ってきた」

「どうなさるおつもりです？」

「なに。罰を与えねばと思ってな」

「まさか何かの実験体にしたり？」

「はぁ……。お主は儂のことを何だと思っとるんじゃ。ただちょっと、おいたをした小僧に灸を据《す》えてやるだけよ。二度と悪さができんようにな」

魔女帽子の奥で瞳が妖しく光り、メルビスは周囲の温度が下がったように感じられた。どんな方法を使うかは分からないが、恐らくアセルスにとっては地獄が待ち受けているのだろうと、メルビスは独りごちる。

(この人は容赦ないですからね。きっとあのアセルスという者も後悔することになるでしょう。……因果応報ですが)

「大剣使いのことも気になるが、それはまた今度にするとしよう。くふふ、楽しみじゃ」

「もう行かれるんですか？」

「ああ。今回の件は王都の兵団も知ったじゃろうしな。アセルスとかいう小僧の処遇を決めるのにちょっとだけ噛《か》ませてもらおうと思っての」

「そうですか」

「と、お主の妹やゴーシュとやらに儂のことはまだ言うでないぞ。会うまでのサプライズというやつじゃ」

「はいはい。分かりましたよ」

魔女帽子の女性が席を立ち、お茶目に笑ってみせた。

そして、配信画面の中で未だ照れながらお辞儀を繰り返しているゴーシュを横目に見る。

「ゴーシュ・クロスナーか……。ふふふ」

微笑を浮かべながら呟き、魔女帽子の女性は部屋を出ていこうと踵《きびす》を返す。

その足取りは軽く、彼女の高揚感が表れているようだった。

「ゴーシュさんも――」

その背に向け、メルビスは一言呟く。

「ゴーシュさんも、貴方の作ったこの文化に感謝していると思いますよ、大賢者様――」

メルビスの言葉を受け、大賢者と呼ばれた魔女帽子の女性は振り返ることなく口の端を吊り上げていた。

エピローグ

【ニャニャニャ！　今週のフェアリー・チューブ関連のニュースを配信していくニャ！】

よく晴れた日の昼下がり。

モスリフに留まっていたゴーシュたちは、獣人族の少女のニュース配信を見ていた。

【もう言うまでもないことだと思うけどニャ。今週の目玉は何と言ってもギルド《黄金《おうごん》の太陽《たいよう》》の黒竜ニーズヘッグ討伐配信ニャ！　どっかんシビレたニャ～！　あれはまさに神回……いや、伝説の配信ニャッ！】

「ははは……。すごい持ち上げられ方だな」

「でも、嬉しいですね！　こういう風に取り上げてもらえるの」

「あ、この人、テトラだ」

「知ってるんですか？　ロコちゃん」

「うん。私とは別の獣人の里なんだけど、よく遊びに来てて仲良くなった。まだ私が一人で配信を見ちゃいけない時、一緒に配信見せてもらっていろんな言葉も教えてもらった」

その言葉にゴーシュとミズリーは顔を合わせ、ロコの言葉遣いが特徴的なのはそういうことかと苦笑する。

テトラと呼ばれた獣人少女はロコとはまた種族が違うようで、猫のような細い尻尾を振りながら陽気に話していた。

【それからそれから～。《黄金の太陽》さん、初の日間同時接続数ランキング1位獲得おめでとうニャ！　これはとってもめでてぇことニャ！】

テトラが配信画面の中で大絶賛を繰り返し、コメント欄には大量のお祝いの言葉が流れ、ゴーシュはやはり照れくさいなとそんなことを思う。

――ニーズヘッグを倒した後、ゴーシュたちの元には多くの称賛が寄せられていた。

ゴーシュたちのスポンサーともなっている高級レストラン《シャルトローゼ》の支配人グルド。王都グラハムのギルド協会からは受付嬢のアイルや協会長のケイト。ロコの祖父であるヤギリ老師や以前ミズリーをナンパしようとしたウェイス、たびたびゴーシュらの配信に顔を出す公爵家の令嬢メイシャ・アルダンや領主ケイネス・ロンハルクなどなど。

多くの人間からメッセージが届くたび、本当に激動だったなと、ゴーシュはミズリーと出会ってからの一ヶ月を思い出していた。

「そういえば、お姉ちゃんからもメッセージが届いていましたね」

「メルビスから？」

「はい。同接数一位おめでとうと。それから今度ギルドに遊びに行くって言っていました」

「え……？」

「おおー。ミズリーのお姉ちゃん、また会ってみたい。いろいろとお話したい」

「そういえばロコちゃんもギルド協会で会っていましたね。ふふ、楽しみです」

（遊びに来るって、何か軽いな。いや、ミズリーの姉なんだしそれが普通か？　うーむ）

ゴーシュは困惑気味に頬を掻《か》き、引きつった笑みを浮かべていた。

【そうそう、みんなは知ってるかニャ？】

配信画面から聞こえてきた声に、テトラが何かを思い出したように手をポンと叩くところが映っている。

【あの黒封石《こくふうせき》をぶっ壊した犯人、アセルス・ロービッシュが牢屋にぶち込まれたらしいニャ。そんでだニャ。関係者に取材したところ、どうやらアセルスにはある刑が執行されているらしいんだけどニャ。牢屋でアセルスは人が変わったかのように『ごめんなさい、ごめんなさい……』って繰り返しているらしいニャ】

「「「……」」」

【どんな刑を執行したらそうなるのか気になるニャ～！　なんかどこぞのお偉いさんが介入してるって噂《うわさ》もあるけど、そこまでは教えてもらえなかったニャ。一体誰なんだニャ！　気になって夜しか眠れないニャ～！】

テトラが大げさに叫ぶ様子が映し出され、ゴーシュたちは顔を見合わせる。

「あの後、王都の兵団がやって来てアセルスの身柄を引き渡したが、そんなことになっていたんだな……」

「何というか、やっぱり悪いことって良くないですねぇ」

「こーゆうの、何ていうんだっけ？　悪が食えたメシはなし？」

「たぶん『悪の栄えたためしなし』ですねロコちゃん。まあ、牢屋に入れられたらしいですし、あながち間違いじゃないかもですけど」

アセルスのその後の状況を聞いた一同が揃って溜息《ためいき》をつく。

結局のところ、アセルスは自身の行動で身を滅ぼしたわけだ。

それも元を辿れば、同接数八千の配信と引き換えだったのだから皮肉極まりない。

テトラの話によればゴーシュが元いたギルド《炎天《えんてん》の大蛇《だいじゃ》》も解体を余儀なくされ、メンバーも散り散りになったとのこと。

ゴーシュは一つの気持ちの区切りを付けるかのように、その様子を聞いていた。

「おーい。そろそろ準備できたぞー」

遠くから声をかけてきたのはロイだ。

ロイは肉やら野菜やらを詰め込んだ大きめの籠《かご》を持っており、奥では他のモスリフの村人たちが火を熾《おこ》しているのが見えた。

今日はこれから、黒封石の調査に出かける前にロイが提案してくれたバーベキュー兼、ニーズヘッグ討伐の祝勝会を行う予定なのである。

場所はゴーシュの畑のすぐそば。ニーズヘッグを討伐したためか今では魔物の発生も収まり、ただ自然豊かな土地が広がっていた。

ゴーシュたちはロイの声に応じて歩いていく。

それからまもなくして、宴が開始された。

「この『ぷちぷちモロコシ』おいしー」

「はわ～。屋外で飲む麦酒は最高ですねぇ」

「うん。このワイルドボアの肉も美味いな。『あまあまトマト』もよく熟れてる」

「ミズリー、泡でおヒゲついてる」

「おっと……。あ、ロコちゃん、ダメですよ。『にがにがピーマン』をゴーシュさんのお皿に避けちゃ」

「……バレた」

「お前ら、まだまだ肉も野菜もたくさんあるからなー」

賑やかなやり取りが繰り広げられ、みなが笑い合っていた。

そんな光景を見ながら、ゴーシュは思う。

(思えば、前はここで配信をしていたんだよな。あの時は同接数もまだまだ少なくて、ニャオチンさん――というかミズリーが毎回見に来てくれるくらいで……)

かつて配信していた頃のこと、そして、毎回訪れてくれていた少女の名前を思い出し、ゴーシュは昔を懐かしんでいた。

——ピロン。

と、不意に無機質な通知音が鳴り、ゴーシュは視線を落とす。

何かと思いゴーシュが通知を開くと、そこには一通のメッセージが表示されていた。

【ゴーシュさん。私、今が本当に楽しいです！】

メッセージの差出人には『ニャオチン』と記されており、その文字を目にしたゴーシュは隣を見やる。

満面の笑みを浮かべる金髪の少女がそこにはいて、だからゴーシュも笑顔で返すことにした。

柔らかな陽射しが降り注ぎ、気持ちのいい風が吹き抜けていく。

それはまるで、ゴーシュたちのことを祝福してくれているかのようだった——。

この作品に対するご感想、ご意見をお寄せください

【あて先】

〒154-0002
東京都世田谷区下馬6-15-4
(株)コスミック出版
ハガネ文庫 編集部

「天池のぞむ先生」係
「レルシー先生」係

ハガネ文庫

最強《さいきょう》は田舎《いなか》農家《のうか》のおっさんでした
～最高《さいこう》ランクのドラゴンを駆除《くじょ》した結果《けっか》、実力《じつりょく》が世界《せかい》にバレました～

●

2024年7月25日　初版発行

●

著者：天池のぞむ

発行人：佐藤広野

発行：株式会社コスミック出版
〒154-0002　東京都世田谷区下馬 6-15-4

代表 TEL 03-5432-7081
営業 TEL 03-5432-7084　FAX 03(5432)7088
編集 TEL 03-5432-7086　FAX 03(5432)7090

https://www.hagane-cosmic.com/
振替口座：00110-8-611382

装丁・本文デザイン：RAGTIME
印刷・製本：中央精版印刷株式会社

●

Printed in Japan ISBN978-4-7747-6580-8 C0193
本作は、小説投稿サイト「小説家になろうに」掲載されていた作品を、書籍化するにあたり大幅に加筆修正したものとなります。
この作品はフィクションであり、実在の人物・団体・事件・地名・名称等とは関係ありません。

ハガネ文庫